निखिल सचान

निखिल सचान हिंदी के एकमात्र IIT-IIM से पढ़े लेखक हैं और वह हिंदी के सबसे पॉपुलर लेखक भी हैं जिसके कारण उन्हें हिंदी का चेतन भगत भी कह दिया जाता है। लेकिन वह ख़ुद को निखिल सचान कहलाना ही पसंद करते हैं। वह फ़िलहाल मुंबई के एक बैंक में वाइस प्रेसिडेंट हैं। उनकी किताब 'पापामैन' पर रिलीज़ के पहले से ही फ़िल्म बनने का काम शुरू हो चुका है जिसे अनिरुद्ध रॉय चौधरी (नैशनल अवॉर्ड विनिंग डायरेक्टर – 'पिंक') डायरेक्ट कर रहे हैं। उनके उपन्यास 'यूपी 65' पर भी वेब सीरीज़ निर्माणाधीन है। कहानी-संग्रह—'नमक स्वादानुसार' और 'ज़िंदगी आइसपाइस' पर कई शार्टफ़िल्म्स बनी हैं और उनकी कहानियों का देश भर में मंचन होता रहता है। इनकी किताबों पर जर्मनी (मैक्सम्यूलर यूनिवर्सिटी) तथा अमेरिका (यूनीवर्सिटी ऑफ़ ह्यूस्टन, टेक्सस) में थीसिस छपी है और उन्हें देश-विदेश में मान-सम्मान भी मिला है।

पापामैन

निखिल सचान

हिन्द युग्म

ISBN : 978-93-87464-99-5

प्रकाशक:
हिंद युग्म
सी-31, सेक्टर-20, नोएडा (उ.प्र.)-201301
फोन- 0120-4374046

मुद्रक : थॉमसन प्रेस, दिल्ली
आवरण : ईशान त्रिवेदी

पहला संस्करण : सितंबर 2020
मूल्य : ₹150

Papaman
A novel by *Nikhil Sachan*

Published By
Hind Yugm
C-31, Sector-20, Noida (UP)-201301
Phone- 0120-4374046
Email : sampadak@hindyugm.com
Website : www.hindyugm.com

First Edition : Sep 2020
Price : ₹150

प्यारी बेटी सितारा के लिए,
जिसने मुझे एक साधारण से आदमी से
एक असाधारण-सा 'पापामैन' बना दिया।

(सितारा - इस किताब के पहले संस्करण की सारी रॉयल्टी महिंद्रा 'नन्ही कली' प्रोग्राम के तहत, तुम्हारे जैसी और भी तमाम नन्ही लड़कियों की पढ़ाई के लिए डोनेट की जाएगी।)

आपकी नज़्र

शुभांगी के लिए, जिसके हिस्से का बहुत सारा वक़्त क़िस्से-कहानियों के लिए मेरे पागलपन की भेंट चढ़ गया, फिर भी उसने मुझसे इस सिलसिले में कभी झगड़ा नहीं किया। उल्टा मेरे जुनून को अपने प्यार और भरोसे से पाला और पोसा।

मेरे पापामैन के लिए, जिनका मन किसी बरगद के पेड़ जितना विशाल है और स्वभाव किसी झील के पानी जितना मीठा।

हम सबके अपने-अपने पापामैन के लिए, जो मन से एक कोमल-सी माँ होते हैं, लेकिन वो माँ होने वाली बात पिता होने की ज़िम्मेदारी के चलते हमसे छिपा जाते हैं।

आकाश और जॉय के लिए, जो इस कहानी पर बन रही फ़िल्म के प्रोड्यूसर हैं, जिन्होंने नवंबर 2018 में एक शाम बड़े भाई की तरह मेरी उँगली न पकड़ी होती, तो शायद मैं कभी बंबई जैसे अजीब शहर में फ़िल्म लिखने की हिमाक़त न कर पाता।

अनिरुद्ध रॉय चौधरी (टोनी) के लिए, जो इस कहानी पर बन रही फ़िल्म के डायरेक्टर हैं, जिन्होंने नेशनल अवॉर्ड विनिंग- 'पिंक' जैसी ख़ूबसूरत फ़िल्म बनाने के बाद मेरी कहानी में भरोसा दिखाया और सालभर मेरे साथ इस कहानी को तराशा।

मेरे परिवार के लिए, जो इस अजीब दुनिया में मेरे सुकून भरे घोसले हैं, जिनके पास मैं दिनभर की भागदौड़ के बाद हर शाम लौट आना चाहता हूँ।

इस देश के सबसे बड़े फ़नकार, मुहम्मद रफ़ी और किशोर कुमार के लिए, जो न होते तो शायद मोहब्बत करने वालों की हिम्मत कम हो जाती, उनके दुखों की सीलन और उनकी ख़ुशियों की ऊष्मा फीकी रह जाती।

उन सभी आर्टिस्ट्स के लिए जो अघोरियों की तरह अपना सब कुछ छोड़कर, एक दिन अपने जुनून को पालने-पोसने बंबई चले आते हैं।

बंबई के लिए, जो कुछ आर्टिस्ट्स को चमकता सितारा बना देता है, और बाक़ियों को पागल।

मुझे पढ़ने वालों के लिए, आप न होते तो शायद अब तक मेरे जुनून ने मुझे पागल बना दिया होता।

ऐ मेरे हमनशीं

मुझे मालूम है कि तुमने कई सपने देखे हैं। कुछ बचपन में, कुछ जवानी में और शायद कुछ बुढ़ापे में। सपने, जिन्हें तुमने दुनिया वालों की नज़र से छुपाकर रखा है।

वो कहते हैं न- "दुनिया का सबसे पुराना रोग कि क्या कहेंगे लोग?" मैं जानता हूँ कि इसी रोग से अपने सपने को बचाने के लिए तुमने उसे अपने डर के संदूक़ में छुपाकर रख दिया था।

मैं चाहता हूँ कि यह किताब पढ़ने के बाद तुम उसी संदूक़ से अपने एक पुराने सपने को तो निकालो यार। उसे झाड़ो-पोंछो, उसे दुलारो। उसे बच्चे की तरह पुचकार के कहो कि हाँ, मैं तुझे एक दिन ज़रूर पूरा करके रहूँगा।

देखो यार, सपने पूरा करने की कोई उम्र नहीं होती। लेकिन सपने न पूरा कर पाने के मलाल में एक उम्र भी कम है।

तुम्हें मालूम है, एक ब्रिटिश सरदार, फौजा सिंह जी ने 93 साल की उम्र में मैराथन दौड़ना शुरू किया। सौ साल की उम्र में वह मैराथन दौड़ने वाले पहले इंसान बने। धीरे-धीरे ही सही लेकिन वह दौड़ते तो हैं।

अगर कोई उनसे पूछे कि आप तो किसी से आगे भी नहीं निकल पाते, फ़र्स्ट भी नहीं आते, तो फिर इस बुढ़ापे में दौड़ने का क्या फ़ायदा? तो जानते हो, वह क्या कहेंगे? वह कहेंगे कि बस जी मैं किसी और से नहीं, अपनी उम्र से आगे-आगे दौड़ता हूँ, यही मेरा सुख है।

कितनी कमाल बात है न!

एक और महिला हैं, हरभजन कौर। उन्होंने 94 साल की उम्र में बेसन की बर्फ़ी बनाने का काम शुरू किया क्योंकि उनको ज़िंदगीभर बस यह मलाल था

कि उन्होंने अपने दम पर एक पैसा भी नहीं कमाया। कोई भी कहेगा कि वह दस-पाँच रुपये कमाकर क्या ही कर लेंगी? लेकिन बात यह नहीं है। शायद उन्हें यह समझ में आ गया था कि आदमी की जब अर्थी उठे तो उस पर बस उसका शरीर जाना चाहिए, पछतावा और मलाल नहीं।

पछतावे का वज़न इंसान के शरीर के वज़न से सौ गुना भारी होता है, जो चार लोगों के कंधे पर अर्थी में भी नहीं उठता।

मैं चाहता हूँ कि हम मलाल का जीवन न जिएँ। हम इस दुनिया से जाएँ तो मुस्कुराते हुए जाएँ। इसकी ख़ूबसूरती में अपने सपनों की फुलकारी जोड़कर जाएँ।

सपने पूरा करने का अर्थ यह भी नहीं है कि हम उन्हें पूरा करके एक दिन फ़िल्मी सितारों की तरह पॉपुलर हो जाएँ या अमीर हो जाएँ। सपने देखने का अर्थ बस उसे जीने, उसके साथ समय बिताने का सुख होता है। वो सुख जो अँधेरी रात में जुगनुओं की रौशनी में भी उतना ही मिलता है, जितना सूरज की चमक में।

मेरे यार, यह किताब तुम्हें उन्हीं छोटे-छोटे चमकीले जुगनुओं के पीछे भागने की हिम्मत दे।

इसी उम्मीद में,
तुम्हारा निखिल

1

शाम के चार बजे थे। मई के महीने में कानपुर में सूरज ऊँघ रहा था और गर्मी से पसीना चुआ रहा था। पारा 48 के पार था। गर्मी इतनी थी कि कानपुर में सूरज भी डरता था कि कहीं उसे लू न लग जाए। बस यही कसर थी कि सूरज भी मुँह पर अँगोछा बाँध लेता और काला रेबैन चढ़ा लेता। चंद्रप्रकाश गुप्ता कानपुर सेंट्रल रेलवे स्टेशन में टिकट विंडो पर बैठे टिकट बना रहे थे। तीस साल से रेलवे में क्लर्क की नौकरी करते थे, लोगों को उनके गंतव्य तक पहुँचाते थे।

रोज़ की तरह आज भी टिकट बनाते हुए मोहम्मद रफ़ी का गाना गुनगुना रहे थे। 52 साल की उम्र में भी उनके गले में ग़ज़ब की मिठास थी। सफ़ेद शक्कर वाली बनावटी मिठास नहीं, ताज़े शहद वाली मिठास, जो ज़बान पर चिपक जाए तो घंटों लार में भी मिठास बनी रहे। आज भी जब वह रफ़ी साहब का गाना गाते थे तो एहतियातन उनका एक हाथ कान पर चला ही जाता था। जैसे एक शागिर्द जब गुरु का नाम लेता है तो इज़्ज़त देते हुए एक हाथ कान पर रख लेता है।

वह जी.पी. सिंह का इंतज़ार कर रहे थे जो उनके बाज़ू में टिकट विंडो पर बैठता था। दो दिन बाद चंद्रप्रकाश की बड़ी बेटी मिट्ठू की शादी थी। जी.पी.

सिंह आता तो टिकट विंडो उसके हवाले करके चंद्रप्रकाश घर चले जाते। जी.पी. सिंह अक्सर सिगरेट-चाय के बहाने घंटाभर के लिए ग़ायब हो जाता और चंद्रप्रकाश को उसके हिस्से की टिकटें भी बनानी पड़तीं।

"अरे कितना देर कर दिए जी.पी. सिंह जी। मिट्‌टू की शादी है। आज जल्दी घर जाना था। सँभाल लीजिएगा प्लीज़।" चंद्रप्रकाश फटाफट खड़े हो गए और उन्होंने बैग हाथ में उठा लिया।

"अरे गुप्ता जी! कानपुर में जल्दीबाजी में कुच्छो नहीं होता।" जी.पी. सिंह ने कहा।

"क्यों?"

चंद्रप्रकाश ने 'क्यों' बोलकर ग़लती कर दी थी क्योंकि जी.पी. सिंह कानपुर का ज़िक्र आ जाने पर इसके इतिहास के बारे में घंटों जुगाली कर सकता था। बोलता था तो फिर रुकता ही नहीं था। कुर्सी पर पैर बाँधकर, चौकड़ी मारकर बैठ गया और कहने लगा, "आपको मालूम है, एक बार ब्रह्मा जी यहाँ अमरित बाँटने आए थे। जो पी लेता, वो अमर हो जाता। चौराहे पर गुमटी लगाकर बइठे थे। फिरी में कुल्हड़ से अमरित बाँट रहे थे। दुपाहर हो गई। शाम हो गई। अमरित लेने कोई नहीं आया। हमाए कानपुर वालों ने ब्रह्मा जी को ये कहिके लौटा दिया- अरे गुरु अभी दुपाहरी की चाय और समोसा छानकर सोए हैं, तुम भाईजी बाद में आना।"

चंद्रप्रकाश अपना हाथ छुड़ाकर जाने लगे लेकिन जी.पी. सिंह ने उन्हें पकड़कर फिर से बिठा लिया। वह हाथ छोड़ने को क़तई तैयार नहीं था। बाहर पैसेंजर हल्ला मचाने लगे तो जी.पी. सिंह ने लंच टाइम का बोर्ड विंडो पर तान दिया। वैसे तो बोर्ड पर लिखा था- 'लंच- 1 बजे से 1:30 बजे तक- लेकिन कोई भी समझदार आदमी उसे ध्यान से पढ़कर बता सकता था कि जी.पी.सिंह ने बोर्ड पर असल में लिखा था- 'जो उखाड़ना है उखाड़ लेओ, काहे से ये कानपुर है और यहाँ का सरकारी क्लर्क भी कलक्टर है'। उसके चारों और भीड़ इकट्‌ठा हो गई और लोग उसे यूँ सुनने लगे जैसे गौतम बुद्ध आख़िरी उपदेश दे रहे हों। चपरासी से समोसे भी कहलवा दिए गए क्योंकि अब बतकही लंबी चलने वाली थी। जी.पी. सिंह होंठ के अंदर चूना भरके, गर्दन झटककर, माथे की ऊपर झूलती लट को कान के पीछे ठूँसकर बोला,

"अरे बइठिए गुप्ता जी। अब कानपुर का जिक्र चला है तो अपने कानहीपुर वाले नहीं सुनेंगे तो कौन सुनेगा! भड़भड़ाइए नहीं। यहाँ सब सिलो-सिलो होता है। अपने हिसाब से। काहे से यहाँ घंटाघर है, जिसमें घंटा नहीं बजता। घंटाघर जा के देखिए, घंटे की सुई पर लोग तौलिया और बनियान लटका के घड़ी की छाया में पत्ते खेलते हैं, इसीलिए यहाँ समय ही समय है। अलबेला शहर है। यहाँ पान की पिचकारी से रँगी लाल-लाल दीवारें हैं जिस पर बड़े-बड़े अक्षरों में 'यहाँ गंदगी न फैलाएँ' लिखा रहता है लेकिन यहाँ के एम.एफ. हुसैन कमलापसंद की पीक से 'न' अक्षर मिटाकर उसे जादू से 'यहीं गंदगी फैलाएँ' में बदल देते हैं। काहे से यहाँ का अपना नियम है और अपना कायदा है। आप उसे बदलने की कोशिश करेंगे तो वो झाँट बदलने से रहा।"

"जी.पी. सिंह जी मैं चलता हूँ, मिट्ठू की शादी है न! और आज थोड़ा तबियत भी कम ठीक है। गैस हो रही है।" चंद्रप्रकाश ऐसे हाथ छुड़ा रहे थे जैसे चूड़ी पहनाने वाला कलाई ज़ोर से दबा दे तो महिलाएँ 'हाय दइया' कहके हाथ पीछे खींच लें। लेकिन जी.पी. सिंह हाथ छोड़ने को तैयार न था और अब तो चपरासी समोसे भी ले आया था। वह चटनी भी दो तरह की लाया था- एक हरी वाली जो दही में धनिया और हरी मिर्च पीसकर बनाई जाती है और दूसरी लाल वाली जो इमली और टमाटर से बनती है। काहे से कानपुर वाले समोसे और चटनी के मामले में उतने ही पट्टीकुलर थे जितना माछेर झोल, बेगुन भाजा और भात के मामले में बंगाली होते हैं। ये नहीं कि समोसा की चटनी के नाम पर कुछ भी खा जाएँ। दो कौरे गले के नीचे ठेलकर जी.पी. सिंह के शरीर में जान आ गई और वह जाँघ पर त्रिताल का ठोंका बजाकर बोला,

"गैस हो रही है? अरे तो लौकी के पानी में जीरा और सौंफ मिलाकर पीजिए। ऐसा फारमूला है कि गले से तर करते ही पेट में चउकस टरबाइन चल जाती है और फुफकार के सारी गैस निकल जाती है।"

जी.पी. सिंह ने फिर से चंद्रप्रकाश को बिठा लिया, लेकिन इस बार वो जैसे-तैसे अपना हाथ छुड़ाकर वहाँ से फ़ारिग़ हो लिए। यह अलग बात है कि जी.पी. सिंह फिर भी बाक़ी के लोगों को कानपुर का इतिहास बतलाने लगा।

यहाँ के महान कटियाबाज़ों के बारे में, जो बेजान बिजली के तार में भी कटिया मारकर बिजली निकाल लेते थे। यहाँ के लंबे नाक वाले टैम्पू के बारे

में, जिसे गणेश भी कहते थे, क्योंकि उसका पेट बड़ा और नाक लंबी होती थी। उसने बताया कि कानपुर में एक गणेश ऐसा भी है जिसका चालीस सवारी बिठाने का वर्ल्ड रिकॉर्ड है। जो डीज़ल से नहीं, बल्कि मोहम्मद अज़ीज़ और शब्बीर कुमार के गाने पीकर चलता है। इसीलिए वह अपनी कोख में इतने दिलजले बिठा ले जाता है।

इधर चंद्रप्रकाश तेज़ चाल से प्लेटफ़ॉर्म से गुज़र रहे थे। घड़ी देखी तो छह बज रहे थे। चाल और तेज़ बढ़ा दी। लेकिन अचानक रुक गए क्योंकि एक भिखारी नाक के सुर से गा रहा था- "जिंदगी एक सफर है सुहाना..." चंद्रप्रकाश उसे सुनने लगे। बड़े प्यार से उसे देख रहे थे। उसने उँगलियों के बीच में गोल पत्थर फँसाया हुआ था। गाते हुए किट-किट-किट की आवाज़ से पत्थर बजाकर सुंदर धुन भी निकाल रहा था।

"यहाँ कल क्या हो किसने जाना..." चंद्रप्रकाश ने उसके साथ सुर लगाया।

"जिंदगी एक सफर है सुहाना..." भिखारी ख़ुश होकर आगे गाने लगा।

"अरे उडलेइ, उडलेइ, उडलेइ, ओऊsss" चंद्रप्रकाश ने किशोर कुमार की तरह सुर खींचा। दोनों ऐसे गा रहे थे जैसे स्टेज पर डुएट परफ़ॉर्म कर रहे हों। तारीफ़ और तवज्जो पाकर भिखारी भूल गया कि उसे पैसा भी माँगना था। अरसे बाद वह मुस्कुराया होगा, चेहरे की दरारों के बीच में उसकी मुस्कान बिला गई थी।

"आज आप फिर छह बजे निकल रहे हैं?" पीछे से कड़क आवाज़ आई।

चंद्रप्रकाश ने मुड़कर देखा तो बड़े बाबू खड़े थे, जो कानपुर रेलवे स्टेशन के स्टेशन मास्टर थे। बड़े बाबू को देखकर ही समझ आ जाता था कि कानपुर सेंट्रल एक रियासत है, और वह इस रियासत के बादशाह हैं। चंद्रप्रकाश उनके आगे मेमने जैसे लगते थे और बड़े बाबू उस शेर की तरह लगते थे जो सीधे मेमने की गर्दन पर झपटेंगे और बिना हलाल-बिना झटका, मेमने को अल्लाह मियाँ के पास पारसल कर देगा।

"सर बेटी की शादी है इसलिए आज जल्दी निकल रहा था।"

"हाँ तो जाइए न! रोज़ की तरह फिर तुम्हारा चित्रहार शुरू। जब देखो तुम्हारे ऊपर मोहम्मद रफ़ी और किशोर कुमार की आत्मा आ जाती है।"

चंद्रप्रकाश चिढ़ गए। वह इस रियासत का क़ायदा तो समझते थे। अपनी

बेइज़्ज़ती तो बर्दाश्त कर सकते थे लेकिन किशोर दा और रफ़ी साहब का अपमान एकदम सहन नहीं कर सकते थे, फिर चाहे सामने बड़े बाबू ही क्यों न होते।

"सर 'आत्मा' न कहें। आत्मा तो मरे हुए आदमी की होती है। किशोर दा और रफ़ी साहब तो अमर हैं... और आप जब किशोर कुमार दा का नाम लिया कीजिए तो उनके नाम के आगे 'दा' लगाया कीजिए और उनका नाम लेते वक़्त कान पर हाथ भी लगाया जाता है।"

चंद्रप्रकाश ने हिम्मत करके बड़े बाबू को कान पर हाथ लगाकर दिखाया। बड़े बाबू का ग़ुस्सा उनके चेहरे पर साफ़ दिख रहा था, इसलिए पल भर में चंद्रप्रकाश को अपनी ग़लती का एहसास हो गया और वह फटाफट अपनी स्कूटर स्टार्ट करके, मुस्कुराते हुए वहाँ से दफ़ा हो लिए।

अगर सामने कानपुर का कलक्टर भी होता, तो भी उन्हें किशोर दा का नाम ज़बान पर लेने का सही क़ायदा सिखाए बिना चंद्रप्रकाश से नहीं रहा जाता। मोहम्मद रफ़ी और किशोर कुमार उनके लिए भगवान थे। दोनों चलते-फिरते उन्हें दिख भी जाते थे। घर पर तो वह दोनों के पोस्टर से बतियाते भी थे। सुबह किशोर कुमार के हाल-चाल पूछने से शुरू होती थी और रात रफ़ी साहब को शुभ रात्रि बोलकर। जैसे विक्रम हमेशा बेताल को लादकर घूमता था, वैसे ही चंद्रप्रकाश हमेशा एक कंधे पर मोहम्मद रफ़ी और दूसरे कंधे पर किशोर कुमार को लादे घूमते थे। जैसे हनुमान जी समुद्र लाँघकर एक कंधे पर भगवान राम और दूसरे कंधे पर लक्ष्मण जी को लेकर चल दिए थे, वैसे ही चंद्रप्रकाश रफ़ी और किशोर के भक्त थे। दोनों उनके जीवन का नमक और शक्कर थे।

***

चंद्रप्रकाश की दो बेटियाँ थीं। छोटी बेटी छुटकी और बड़ी बेटी मिट्ठू। उन्हें दोनों पर बड़ा नाज़ था। छुटकी आईआईटी कानपुर में पढ़ती थी। इक्कीस बरस की थी। बेहद सुंदर, तेज़ दिमाग़ और ख़ुशमिज़ाज। बड़ी बेटी मिट्ठू डॉक्टर थी। तीस बरस की। छुटकी उन लड़कियों में थी जो घर के बाहर निकल आएँ तो मोहल्ले के लड़कों में ख़बर हो जाती थी कि छुटकी बाहर निकली है। पान की दुकान पर आशिक़ों की भीड़ हो जाती थी और समोसे की दुकान पर

अगली खेप तलने के लिए कड़ाही चढ़ जाती थी।

लेकिन क्या मजाल कि कोई उसे छेड़ने की हिम्मत करता! क्योंकि वह सुंदरता से अतिरिक्त और भी बहुत कुछ थी। पूरे कानपुर से आज तक आई.आई.टी. में बेस्ट रैंक छुटकी ने ही निकाली थी। वह अब एम.आई.टी. जाकर अमेरिका में साइंटिस्ट बनना चाहती थी। इसलिए आशिक़ बस उसे देखने-निहारने आते थे, और उसके बारे में सौ कहानियाँ कहने। अधिकतर कहानियाँ झूठी होती थीं। सुनने वाला भी जानता था और सुनाने वाला भी। लेकिन कानपुर में किसी को इससे क़तई फ़र्क़ नहीं पड़ता था।

कोई उसके सिगरेट पीने का अंदाज़ बयाँ करता था तो कोई यह बताता था कि वह एकदम गोल छल्ले निकाल सकती है। कुछ कहानियाँ उसके गोरे रंग पर भी थीं कि छू दीजिए तो कैसे उसके गाल में नील पड़ जाता है। कुछ कहानियाँ उसके साइंस के इनोवेशन पर भी थीं कि कैसे वह लो कॉस्ट मंगलयान पर काम कर रही है, जो ख़रीदने में ऑटो से भी सस्ता पड़ेगा। आधी कहानियाँ पनवाड़ी और समोसे वालों की बनाई हुई थीं क्योंकि कहानियों की जुगाली करते-करते कस्टमर एक के मुक़ाबले चार सिगरेट पी जाया करता था और दो के मुक़ाबले चार समोसे ठेल जाया करता था।

"तब क्या भैया! गुप्ता जी की लड़की तो इतनी माडरन है कि वो बीसवीं सदी में ही इक्कीसवी सदी टहिल आई थी। वो आजकल एक मूबाइल ऐप बना रही है, जिसके आगे चाइना वालों का ये टिकटोक-बिकटोक सब फेल हो जाएगा।" कर्नलगंज का चौरसिया पान वाला ऐसी ही मनगढ़ंत कहानियाँ कहता और पान पर चूना लगाकर लौंडों की तरफ़ बढ़ा देता।

फिर भारत बनाम चाइना की क्रांतिकारी बहस शुरू हो जाती और सौ रुपये का पान और बिक जाता। घंटों बहस चलती। चौरसिया पान वाले की दुकान पर रोज़ एक चाइना बर्बाद होता, रोज़ भारत विश्वगुरु बनता, कांग्रेस की शवयात्रा ढोई जाती और प्रधानमंत्री के कल्कि अवतार होने पर न्यूज़रूम से भी भारी चर्चा होती। काहे से, कानपुर वालों का मानना था कि क़ायदे से देखा जाए तो हिंदुस्तान में पान की दुकानों पर संसद से भी बड़ी और कारगर चर्चाएँ होती हैं। संसद में तो बस लट्ठमलट्ठी होती है।

चौरसिया की दुकान के ठीक सामने छुटकी का आदमक़द होर्डिंग लगा

था- आठ फ़ीट लंबा और बारह फ़ीट चौड़ा। उस पर बड़े-बड़े अक्षरों में लिखा था- "तरु गुप्ता, आल इंडिया रैंक 10, आईआईटी कानपुर।"

चंद्रप्रकाश जब रोज़ाना अपनी बेटी छुटकी को लेने आईआईटी कानपुर जाते थे तो आईआईटी जाने के लिए उन्हें बड़े चौराहे से दाएँ लेना होता था लेकिन आदतन वह रोज़ बाएँ मुड़ जाते थे। यह रास्ता तीन किलोमीटर लंबा था लेकिन वह लंबे रास्ते से रोज़ इसलिए जाते क्योंकि इस रास्ते से जाने पर उन्हें छुटकी का आदमक़द होर्डिंग मिलता था।

आदतन उन्होंने आज भी स्कूटर होर्डिंग के पास फिर से रोक लिया और बच्चों के उत्साह से अपनी बेटी को मन भर निहार रहे थे।

"मेरी बेटी है।" उन्होंने बग़ल वाले से कहा। बग़ल वाले ने कुछ नहीं कहा। वह दाँत खोद रहा था।

"कानपुर से आज तक की बेस्ट रैंक है।" उन्होंने फिर कहा। बग़ल वाले ने फिर कुछ नहीं कहा।

"अरे, देखिए न! इसीलिए उसका फ़ोटो बाक़ी सबके फ़ोटो से बहुत बड़ा लगाया गया है।"

बग़ल में बस ने हॉर्न बजाया- पम पम पम। वह हॉर्न के पम-पम के इशारे से फिर गाने लगे। "बाबू... समझो इशारे, हौरन पुकारे, पम पम पम, यहाँ चलती को गाड़ी कहते हैं सारे, पम पम पम..." और गाते-गाते स्कूटर से आईआईटी कानपुर पहुँच गए।

अंदर उनकी बेटी तरु, जिसे वह प्यार से छुटकी कहते थे, आईआईटी कानपुर के बड़े से ऑडिटोरियम में अपना बनाया एक इनोवेशन प्रेज़ेंट कर रही थी। उसके हाथ में एक छड़ी थी जिसे उसने 'स्मार्टकेन' का नाम दिया था। वह डेमो देकर सबको अपना इनोवेशन समझा रही थी।

"दुनिया में 25 करोड़ लोग ब्लाइंड हैं। आई हैव डिज़ाइंड स्मार्टकेन फ़ॉर ब्लाइंड। आप इसे बस इसके कान में यह बता दीजिए कि आपको जाना किधर है, इन-बिल्ट गूगल मैप्स आपको यह बताता रहता है कि आपको कब लेफ़्ट लेना और कब राइट और इसके सेंसर्स आपको सामने से आ रही गाड़ी और ख़तरे को सेंस करके 'बीप' की आवाज़ देकर आपको पहले से एलर्ट कर देते हैं।"

पूरे ऑडिटोरियम ने डेमो देखकर ताली बजाई। छुटकी बेहद ख़ुश थी। उसका चेहरा दमक रहा था। प्रोफ़ेसर्स भी ख़ुश थे।

चंद्रप्रकाश ने बाहर पहुँचकर स्कूटर खड़ा किया और छुटकी को फ़ोन लगाया लेकिन छुटकी ने फ़ोन काट दिया। उन्होंने मैसेज भेजा- "ओये रॉबिन, पापामैन इज़ हियर। जल्दी आ जा नहीं तो सुलेखा हम दोनों का बैंड बजा देगी।"

वह हमेशा छुटकी को रॉबिन कहते थे और छुटकी उन्हें पापामैन बुलाती थी। जैसे अमेरिकन सुपर हीरो बैटमैन का दोस्त रॉबिन था, छुटकी उनकी सब कुछ थी।

छुटकी ने मैसेज पढ़ा और फटाफट अपना प्रेज़ेंटेशन ख़त्म करते हुए बोली- "ये स्मार्ट केन बस पाँच सौ रुपये की है। हमने जब इसका टेस्ट किया तो 98 परसेंट ब्लाइंड लोगों ने पाया कि इससे उनके एक्सीडेंट की संभावना 80 परसेंट तक ख़त्म हो जाती है।"

ऑडिटोरियम में बैठे सारे लोगों ने फिर ताली बजाई। छुटकी एक कान से दूसरे कान तक चौड़ी-सी हँसी के साथ बाहर आई और उसने अपने पापा का हेलमेट निकालकर ख़ुद पहन लिया।

"चलो पीछे बैठो। मैं चलाऊँगी।"

"नहीं तुम बहुत तेज़ चलाती हो, मैं चलाऊँगा।"

"नहीं मैं चलाऊँगी।"

दोनों हेलमेट के लिए झगड़ने लगे। छुटकी ने हेलमेट छीना और स्कूटर चलाने लगी।

"पापा, मारेगी मम्मी। रिश्तेदार आना शुरू हो गए हैं। मिट्ठू की शादी में अच्छे से ख़ातिरदारी नहीं की तो सब नाराज़ हो जाएँगे।"

"टेंशन नहीं लेने का रॉबिन। तेरा पापामैन है न। पक्की प्लानिंग है। सारे रिश्तेदारों को नयी कार से रिसीव करेंगे। अभी जान-बूझकर उसका फीता और कुमकुम भी नहीं उतारा है ताकि सारे रिश्तेदारों को लगे कि उनके लिए गाड़ी अभी शोरूम से लाए हैं। ताजा-ताजा। फूफा जी जैसे ही गुस्सा हों उनके सफारी सूट की जेब में बैगपाइपर का क्वॉर्टर सरकाना है और तेरी माँ तो कह रही थी कि 1000 रुपये की साड़ी पर 4000 का टैग चिपका देगी ताकि बुआ लोग

को लगे कि उन्हें एकदम महँगी साड़ी दी है। एक को काटकर चार बनाना आसान होता है न!"

"अरे वाह पापामैन, आई एम इम्प्रेस्ड!" छुटकी खिलखिलाई और उसने स्कूटर की रफ़्तार और बढ़ा दी। वह फ़रारी की तरह स्कूटर चला रही थी। चंद्रप्रकाश डर रहे थे और उसे लगातार इंस्ट्रक्शन दिए जा रहे थे।

"बेटा, लेफ्ट से काटो। हाँ, दाएँ से लो, अरे हॉर्न दो... ब्रेक ब्रेक ब्रेक... बेटा गाड़ी का हैंडल दोनों हाथों से पकड़ो, दोनों हाथों में घड़ी की दस बजकर दस मिनट वाली सुइयों जैसा एंगल रखो। लाइक ए क्लॉक, टेन एंड टू बेटा। टेन एंड टू।"

छुटकी ने स्कूटर रोककर किनारे लगा दिया। वह लगातार की जा रही कमेंट्री से चिढ़ गई थी। उसे गाड़ी चलाते वक़्त बात-बात पर टोकना एकदम पसंद नहीं था। गाड़ी से उतरकर उसने स्टैंड भी लगा दिया और हेलमेट थमाकर चंद्रप्रकाश से बोली,

"पापा आप ही चला लो फिर।"

"अच्छा बाबा, चला।" वह चुप हो गए।

छुटकी ने दो सिग्नल जंप कर दिए और गाड़ी रॉन्ग साइड से निकालकर स्कूटी वन वे में घुसा दी। ट्रैफ़िक पुलिस वाला डंडा दिखाकर पीछे दौड़ने लगा। छुटकी ने गाड़ी और तेज़ कर ली।

"अरे! सिग्नल भी जंप कर दिया। अरे बेटा रोको, वो रोकने को बोल रहा है।" चंद्रप्रकाश गाड़ी पर बैठे हुए ऐसे उछलने लगे जैसे उनकी सीट कोई गर्मा-गर्म तवा हो।

"रोक रहा है इसीलिए तो भगा रही हूँ। चालान कटवाओगे क्या! और वो ट्रैफिक पुलिस वाला है। कोई सीबीआई वाला नहीं है जो इतना डर रहे हो। चुपचाप बैठो पापा।"

दोनों हमेशा बचपन के यारों की तरह लड़ते-झगड़ते थे। वे रिश्ते में बाप-बेटी कम, यार-दोस्त अधिक थे। स्कूटर स्वरूप नगर मार्केट पहुँची तो चंद्रप्रकाश ने अंग्रेज़ी शराब की दुकान पर स्कूटर रुकवा ली। भौहें उचकाकर छुटकी से इशारे से पूछा। मुंडी हिलाकर छुटकी ने मना किया।

"अरे बेटा, बस लिटिल-लिटिल।"

"पापा, मम्मी ग़ुस्सा करती है फिर।"

"यार मिट्टू की शादी है। अब क्या आदमी शादी में भी दारू नहीं पिएगा!"

"अच्छा ठीक है। बियर?"

"नहीं बेटा, ओल्ड मौंक।"

"क्या पापा! बियर पिएँगे न! ओल्ड मौंक कौन पीता है!"

दोनों फिर झगड़ने लगे। सुलह इस बात पर हुई कि दो क्वॉर्टर ओल्ड मौंक के साथ चार बोतल बियर के भी लिए जाएँगे। छुटकी भीड़ को कोहनी से किनारे करते हुए जब दुकान में घुसी तो सारे लोग अपना-अपना ऑर्डर भूल गए और उसे ताकने लगे। बिना पिए ही लोगों को नशा चढ़ गया। लड़का जोड़-घटाना भूल गया और उसे हिसाब बार-बार करना पड़ा। परेशान होकर उसने कैलकुलेटर ही निकाल लिया और हिसाब के लिए उसे किटकिटाने लगा। देसी पीने वाले अँग्रेज़ी माँगने लगे ताकि थोड़ा रुआब पड़े। जो शराब नहीं भी पीते थे और बग़ल की दुकानों पर कुछ और लेने आए थे, वे भी पउवा लेने चले आए। इसी बहाने वे ये नज़ारा भी देख लेते कि कानपुर में शराब की दुकान पर कोई लड़की चली आई है और बिंदास ऊँची आवाज़ में बियर और ओल्ड मौंक माँग कर रही है। चंद्रप्रकाश बाहर खड़े ये सब नौटंकी देख रहे थे।

उन्हें पता था कि कानपुर में अगर कोई लड़की शराब की दुकान पर दिख जाए तो घंटे भर में पूरे शहर में ख़बर हो जाती है, फिर भी उन्हें बेटियों पर पाबंदी लगाना पसंद नहीं था। ख़ास तौर से छुटकी पर, क्योंकि वह उनका मान थी। इस जनम की कमाई और पिछले जनम का पुण्य।

***

दोनों घर पहुँचे तो बिजली नहीं आ रही थी। पूरा घर और मोहल्ला अँधेरे में डूबा हुआ था। लग ही नहीं रहा था कि घर में शादी हो।

"ओ हेलो! पापामैन! फिर से लाइट नहीं आ रही है। तुम जल्दी ऊपर जाकर कटिया मारो।"

"कटिया? नहीं बेटा, ये सब इल्लीगल काम नहीं!"

"पापा, और कोई चारा है? सब रिश्तेदार आ गए हैं, घर में बीस लोग अँधेरे में बैठे हैं। ये सब नैतिक शिक्षा का ज्ञान बाद में देना प्लीज़।"

"तुम ख़ुद कटिया मार दो न, तुम तो IIT से इलेक्ट्रिकल की पढ़ाई पढ़ रही हो, तुम तो साइंटिस्ट भी हो, इतने बड़े-बड़े मॉडल बनाती हो। कल क्या बना रही थी? स्मार्टकेन?"

"पापा मुझे कटिया मारना नहीं आता।"

"कटिया मारना नहीं आता? ये IIT वाले कटिया मारना भी नहीं सिखाते?"

"पापा, IIT में कटिया मारना क्यों सिखाएँगे। आप भी न, हद करते हो।"

"गजब हाल है। इतनी जादा फीस लेते हैं और ये IIT वाले कटिया मारना भी नहीं सिखाते। वो भी इलेक्ट्रिकल के कोर्स में। ठीक है तब फिर तुम पिंटू से बोल दो। वही मारेगा कटिया।"

"हाँ ताकि मिश्रा अंकल फिर से भौकाल झाड़ें कि उनका लड़का लोकल कॉलेज में पढ़ रहा है तो क्या हुआ, उसको प्रैक्टिकल नॉलेज एक नंबर है। मैं नील को बुलाती हूँ।"

"नील आया हुआ है क्या?"

"हाँ, दीदी की शादी है तो अपने ब्वॉयफ्रेंड को बुलाऊँगी नहीं क्या!" छुटकी ने नील को आवाज़ दी। दोनों छत पर पहुँचे और बाँस लेकर खड़े हो गए। छुटकी ने बाँस पर तार चढ़ाया और नील को थमा दिया। नील ने बाँस को ऐसे देखा जैसे वह आउट ऑफ़ सिलेबस सवाल हो। जैसे वह कोई पहेली हो।

"तुम तो IIT में टॉप करते हो बेटा। तुमको भी कटिया मारने नहीं आता?" चंद्रप्रकाश ने कहा। अब उन्होंने ख़ुद बाँस थाम लिया। तार छीलने लगे तो दाँत से तार छिल नहीं रहा था।

"अए! उप्ता ई!" दूर से आवाज़ आई। चंद्रप्रकाश ने पलटकर देखा लेकिन छत पर कोई नहीं था। "उप्ता ई!" फिर से आवाज़ आई। जैसे कोई कीड़ा हुसहुसा रहा हो। चंद्रप्रकाश जी डर गए क्योंकि कानपुर में कुछ साल पहले मुँहनोचवा का काफ़ी आतंक रह चुका था। कोई कहता था कि मुँहनोचवा एलियन है तो कोई कहता था कि चील और बंदर का हाइब्रिड है। रात में आकर लोगों का मुँह नोच ले जाता था। उन्हें एकबारगी डर लगा कि कहीं मुँहनोचवा फिर से वापस तो नहीं आ गया?

"ईचे एखिए।" फिर से आवाज़ आई। उन्होंने देखा तो बग़ल की छत पर मिश्रा खड़ा था। मुँह में गुटका भरा हुआ था। इसलिए वह बंद मुँह से जैसे-

तैसे बोल रहा था। वह चाहता तो गुटका थूककर बोल सकता था लेकिन ऐसा वह प्रलय आने पर भी नहीं करता था। उसकी मोहल्ले में इलेक्ट्रिकल और हार्डवेयर की दुकान थी, जहाँ उसका बेटा पिंटू भी काम में उसकी मदद करता था।

"मिश्रा जी या तो बोल लो, या तो गुटका खा लो। ऐसे समझ आता है क्या! गाय-बैल से जादा जुगाली करते हो। थकते नहीं हो?" चंद्रप्रकाश ने कहा।

मिश्रा गुटका थूकने के लिए झुका। थोड़ी देर सोचता रहा कि ऐसा करना ठीक होगा या नहीं। तमाम देर सोचता रहा, फिर उसने तय किया कि इतनी-सी बात के लिए गुटका थूकना बेवक़ूफ़ी होगी तो उसने चंद्रप्रकाश को व्हॉट्सएप्प पर मैसेज भेजा और फ़ोन से रौशनी चमकाकार मैसेज चेक करने के लिए कहा।

चंद्रप्रकाश ने मैसेज पढ़ा। उसमें लिखा था, 'अरे मैं कह रहा था कि मैं पिंटू को भेज देता, वो कटिया मार देता। मोहल्ले भर में वही तो कटिया मारता है। बेकार में पुड़िया थुकवाएँगे क्या!'

"हाँ-हाँ मालूम है, मालूम है। मोहल्ले भर में तुम्हारा ही लड़का कटिया मारता है। पूरे इलाक़े का सबसे बड़ा फैंटम है!" चंद्रप्रकाश बड़बड़ाए और फिर से तार छीलने लगे। बाँस पर तार चढ़ाया। कटिया मारने ही वाले थे कि बग़ल की छतों से पिंटू एक के बाद एक छतें लाँघकर ऐसे आ रहा था जैसे वह हनुमान जी का अवतार हो। एक छत से दूसरी, दूसरी छत से तीसरी, और तीसरी से चौथी। चार छतें टापने के बाद वह चंद्रप्रकाश की छत पर कूदा और बाँस छीनकर बोला, "अरे अंकल जी! अब जब हम हैं तो आप लोग काहे कष्ट कर रहे हैं! पूरे मोहल्ले में कटिया मारते हैं तो अब आपके घर में नहीं मारेंगे क्या! हम भी तो घर के सदस्य हैं न आपके! अब ठीक है, नील भैया कटिया नहीं मार पा रहे हैं, तो हम तो हैं न, हैं? मोहल्ले के सबसे बड़े कटियाबाज हैं हम!"

पिंटू ने दाँत से फटाफट तार छीला और घुमाकर तार फेंका। तार जैसे ही बिजली के मोटे तार पर गिरा, पूरा घर बिजली से जगमग हो गया। सजावट की लड़ियाँ और झालरें जलने लगीं। गेट पर 'मिताली वेड्स वैभव' का बोर्ड जगमग हो गया। चंद्रप्रकाश के चेहरे पर संतोष भरी मुस्कुराहट थी और मिश्रा

की छाती गर्व से चौड़ी हो गई थी।

छुटकी के चेहरे पर भी रौशनी हो रही थी, वह रौशनी में और सुंदर लग रही थी। पिंटू उसे ऐसे देख रहा था जैसे फिर न जाने कब देख पाएगा। मन भर, दिल भर देख रहा था। वह उसे बचपन से प्यार करता था और जब भी मौक़ा लगे, तो छतें टापकर कटिया मारने के बहाने छुटकी के घर आ जाता था। वह पान की दुकान के उन आशिक़ों की तरह नहीं था जो चौरसिया की टपरी पर छुटकी के बारे में झूठे-सच्चे क़िस्से कहते थे, बल्कि वह उन आशिक़ों में था जो छुटकी का नाम सुनते ही सज्दा करता था। वह भगवान को नहीं मानता था, छुटकी को मानता था। क्योंकि वह भगवान को नहीं जानता था, लेकिन छुटकी को ज़रूर और भरपूर जानता था।

"उजाला हो गया छुटकी जी।" पिंटू दाँत निपोरकर बोला। वह छुटकी के चेहरे का नूर देख रहा था। छुटकी बिजली की लड़ियों की टिमटिम रौशनी में आफ़ताब लग रही थी। उसकी ख़ूबसूरती की चमक से पिंटू की आँखें जुगनू हो रही थीं।

घर में उजाला हुआ तो पूरा घर नुमायाँ हो गया। दो तल्ले का एक सुंदर मकान ज़िंदा हो गया। सफ़ेद रंग से पुता हुआ। सामने की दीवार पर मिट्‌ठू की हल्दी से रँगी हथेली की छाप थी। पान और आम के सूखे पत्तों के बंदनवार टँगे थे। लोहे के बड़े दरवाज़े के बग़ल में एक सुंदर-सी नेमप्लेट पर चार नाम लिखे थे- चंद्रप्रकाश गुप्ता, सुलेखा गुप्ता, तरु गुप्ता और मिताली गुप्ता।

यह नेमप्लेट चंद्रप्रकाश के जीवन भर की कमाई का बहीखाता थी।

चंद्रप्रकाश का घर, कुछ साल पहले एक तल्ले का था, लेकिन चंद्रप्रकाश जब भी कुछ पैसा जोड़ लेते तो घर में एक कमरा और जुड़ जाता था। मिट्‌ठू की शादी नज़दीक आने लगी तो दूसरा तल्ला भी जुड़ गया। इस घर की एक-एक ईंट उन्होंने अपनी आँखों के सामने मज़दूरों से रखवाई थी।

रोज़ घंटों इस घर की तराई की थी। तब मिट्‌ठू और छुटकी छोटे थे, वो भी पानी के पाइप से पापा के साथ इसकी दीवारों की तराई करते थे। हिंदुस्तान में मिडिलक्लास परिवारों के घर ऐसे ही तो बनते हैं, वो भले ही किसी शहंशाह का ताजमहल नहीं होते लेकिन उन्हें बनवाया उसी हसरत से जाता है। दरवाज़े की संगमरमर की नेमप्लेट पर की गई नक़्क़ाशी चंद्रप्रकाश के लिए ताजमहल

की नक़्क़ाशी से कम नहीं थी।

घर के बीचो-बीच वाले हॉल में किशोर कुमार और मोहम्मद रफ़ी की बड़ी-सी फ़ोटो थी, जिसमें वह अपने चिर-परिचित अंदाज़ में शरारत से हँस रहे थे। किशोर कुमार के होठों पर पतली-सी मूँछें टिकी हुई थीं और उनकी भौहें धनुष की तरह उठी हुई थीं। मोहम्मद रफ़ी हारमोनियम पर आलाप लगा रहे थे। बग़ल में बॉलीवुड के सारे बड़े सिंगर्स की फ़ोटो थी- लता, आशा, मन्ना डे, एस.डी. बर्मन, के.एल. सैगल, मुकेश, पंचम आदि। उनके बग़ल में एक फ़ोटो में चंद्रप्रकाश की इनाम लेते हुए फ़ोटो थी, जिसमें 'फ़र्स्ट प्राइज़- संगीत संध्या' लिखा था। तस्वीर उनके कॉलेज के दिनों की थी।

साथ में छुटकी और मिट्ठू के बचपन की तमाम तस्वीरें थीं। एक तस्वीर में छुटकी एस्ट्रोनॉट की फ़ैंसी ड्रेस में थी और चंद्रप्रकाश उसके सिर पर अपना हेलमेट रखकर उसे एस्ट्रोनॉट बनाते हुए मुस्कुरा रहे थे। एक और तस्वीर में छुटकी और मिट्ठू खेलने वाले टी-सेट और कप-प्लेट्स में चाय परोस रही थीं और चंद्रप्रकाश फूँक मारते हुए चाय पी रहे थे। एक तस्वीर में छुटकी प्राइज़ ले रही थी और चंद्रप्रकाश ख़ुशी से रो पड़े थे। एक तस्वीर में चंद्रप्रकाश माइक पर गा रहे थे और छुटकी डांस कर रही थी।

2

मिट्ठू मेंहदी लगवा रही थी। हथेली की गर्माहट से हिना का रंग चटख होकर और खिल रहा था। उसकी सहेलियाँ और रिश्तेदार उसे चारों ओर से घेरकर बैठे थे। महिलाएँ ढोलक बजा रही थीं और मोहल्ले की लड़कियाँ नाच रही थीं। चंद्रप्रकाश उसे दूर से देखकर ख़ुश हो रहे थे। उनके चेहरे पर भी ख़ुशी की हिना खिलकर रच रही थी।

मिट्ठू की माँ सुलेखा बड़े जतन से ख़ुशी-ख़ुशी उसे साड़ियाँ दिखा रही थी। वह बहुत ख़ुश थी, क्योंकि आज मिट्ठू की शादी हो रही थी। जीवन भर उसका बस एक ही सपना था कि जल्दी से छुटकी और मिट्ठू की शादी हो और वह वैष्णो देवी हो आए।

"ये देखो, ये बुआ के लिए साड़ी। ये वाली बड़ी दीदी के लिए और ये छोटी जिज्जी के लिए।" सुलेखा ने तीन साड़ियाँ खोलकर बिस्तर पर बिछा दी। ढोलक रुक गई क्योंकि महिलाएँ साड़ियों की तरफ़ मुड़ गईं। कुछ उनके फ़ॉल की कढ़ाई पर लट्टू हो रही थीं तो कुछ ज़री के काम की सफ़ाई पर। शादी की साड़ियाँ महिलाओं के लिए सिर्फ़ साड़ियाँ नहीं होतीं। टाइम मशीन होती हैं, जो उन्हें पुरानी यादों के मोहल्ले में ले जाती हैं और उन्हें याद दिलाती हैं उन साड़ियों की जो उन्हें उनकी शादी में दी गई थीं, साड़ियाँ जो उनकी हसरतों

की साड़ियाँ थीं लेकिन उन्हें नहीं दी गईं, साड़ियाँ जो उनकी माँ की सबसे ख़ूबसूरत साड़ी थी, और वे साड़ियाँ भी जो उन्हें उनके पतियों से चाहिए थीं लेकिन कभी मिली नहीं।

मिश्राइन ढोलक छोड़कर एक कांजीवरम साड़ी पर जान छिड़कने लगीं तो सुलेखा चिढ़ गई।

"अरे ढोलक तो बजाती रहो मिश्राइन, तुम लोग साड़ी बाद में देख लेना।"

"मम्मी, बुआ को इतनी महँगी साड़ी देने की क्या ज़रूरत है! 4000 की साड़ी!" मिट्ठू प्राइसटैग देखकर चौंकी।

"4000 की नहीं है, 1000 की है। वो मैंने 1 को काटकर 4 कर दिया है।" सुलेखा ने मिट्ठू के कान में कहा।

"मम्मी! 1 का 4 कर दिया तुमने!"

"भगवान ये लड़की! धीरे बोल, कोई सुन लेगा तो अभी आफ़त आ जाएगी।" सुलेखा डर गई और उसने मिट्ठू की बाँह खींचकर उसे चुप करा दिया। चारों ओर देखकर वह सबकी आँखें पढ़ती रही, यह तय करने के लिए कि किसी ने मिट्ठू की बात सुन तो नहीं ली। लेकिन इस बात पर शर्म क्यों भला! मिट्ठू की बुआ भी तो ख़ुद सुलेखा की गोद भराई में जस्ते की पायल को चाँदी का पायल बताकर दे गई थीं। और छोटी जिज्जी! वह तो सूती साड़ी को भी कांजीवरम बोलकर चिपका जाती थीं।

"मम्मी ये सब फ़ालतू ख़र्चा क्यों कर रही हो? इससे अच्छा ख़र्चा बचाकर मुझे दे दो। हनीमून के लिए अमेरिका चली जाऊँगी।" मिट्ठू ने चिढ़कर कहा।

"हे भगवान ये लड़की! कोई लिहाज-शर्म नहीं सिखा पाए हम इसको। ससुराल में नाक कटाएगी। हम तुम्हारे हाथ जोड़ें बेटा। तुम न एक तो ये पिटर-पिटर बोलना छोड़ दो और चुप रहना सीखो। शर्म औरत का गहना होता है।" सुलेखा सर पीटकर बोली।

"हाँ तो बुआ को भी थोड़ी शर्म ही दे दो। पहन लेंगी। ये गहने और चाँदी की पायल देने की क्या ज़रूरत है!"

सुलेखा ने मिट्ठू को चुप कराकर डायरी पर ॐ लिखा और नीचे रिश्तेदारों को दिए जाने वाले गिफ़्ट्स की लिस्ट बनाई। उसने ये डायरी सालों के जतन से सँभालकर रखी थी। जैसे उत्तर भारत के सभी घरों की महिलाएँ रखती हैं। इन

डायरियों में शादी-ब्याह में दिए जाने वाले एक-एक सामान का लेखा-जोखा था। पच्चीस साल पहले ननद को दी हुई सात सौ रुपये की पायल से लेकर परसों मौसेरी बहन की बेटी को दिए गए ग्यारह सौ एक रुपये के लिफ़ाफ़े तक।

बग़ल में छुटकी 'बेबी डॉल मैं सोने दी' पर नाच रही थी। पास में नील भी बैठा था और छुटकी उसे नाचने के लिए उठा रही थी। घर में जमा सारे लोग आँखें तरेरकर छुटकी को सनी लियोन की तरह मटकते देख रहे थे और आपस में खुसफुसा रहे थे। चंद्रप्रकाश के गाँव से आए कुछ बूढ़े रिश्तेदार इसके विरोध में खाँस-खँखार रहे थे। छुटकी खाँसकर विरोध जताने की पुरातन भारतीय भाषा नहीं समझती थी। नील शरमा रहा था, और नाचने के लिए उठ नहीं रहा था। सुलेखा चिढ़कर बाहर गई और चंद्रप्रकाश के शर्ट की बाँह खींचकर बोली, "हमें न, तुम्हारी लड़की के लच्छन पसंद नहीं हैं। सनी लियोन के गाने पर नाच रही है बताओ। और चढ़ाओ उसको सिर पर।"

"अरे ठीक है सुलेखा, नाच रही है तो क्या हो गया!"

"देखो उधर, नील के साथ चिपक रही है।"

चंद्रप्रकाश ने देखा तो नील और छुटकी क़रीब आ रहे थे। छुटकी के हाथ में नील का हाथ था। अब वह कोशिश करते हुए भी इसे अनदेखा नहीं कर पा रहे थे। वह नील के पास गए और बोले, "अरे बेटा नील, सुनो, देखो बाहर कोई बुला रहा है तुमको।"

नील बाहर गया तो उधर कोई नहीं था। वह दरवाज़े पर क्लूलेस खड़ा था। अंदर चंद्रप्रकाश ने गाना बदलकर पुराना हिंदी गाना लगा दिया और अपना हाथ छुटकी की तरफ़ बढ़ाया। छुटकी ने उनके हाथों में अपना हाथ दे दिया, साथ में नाचते हुए मुस्कुराने लगी और कान में बोली, "मुझे मालूम है नील को कोई नहीं बुला रहा है। तुम न एकदम पज़ेसिव बच्चे हो।"

नील अंदर आया। चंद्रप्रकाश ने उसे ऐसे अनदेखा कर दिया, जैसे वह उसे जानते ही न हों। छुटकी के स्टेप्स से अपने आड़े-तिरछे स्टेप्स मिलाते हुए उसके कान में कहने लगे, "बेटा मैं बड़ा साधारण आदमी हूँ। लेकिन बचपन से जब भी तूने मेरा हाथ थामा, मुझे असाधारण लगता था। जैसे मैं कोई सुपरमैन हूँ। इसलिए तेरा हाथ कोई अपने हाथ में थाम लेता है तो थोड़ा पज़ेसिव तो फ़ील होगा ही न!"

छुटकी ने अपने पापा को ज़ोर से गले लगा लिया और उसकी आँखें नम हो गईं। मिट्ठू ने भी आकर दोनों को गले लगा लिया और सुलेखा की आँखें भी नम हो गईं। पूरा परिवार एक सुंदर तस्वीर की तरह लग रहा था। सुलेखा का बलैयाँ लेने को जी कर रहा था। उसे हमेशा लगता था कि उसके सुंदर से परिवार को किसी की नज़र न लग जाए। हर माँ को लगता है। उसने फ़ौरन आँच पर चम्मच गर्म करके ज़रा-सा काजल बनाया और मिट्ठू-छुटकी के माथे पर लगा दिया और मुट्ठी में फूँक मारकर पल्लू में छोड़ दिया। बुरी नज़र से बचाने के लिए लोहे की एक बिछिया मिट्ठू के पैर की उँगली में डाल दी।

सुलेखा बाहर आई तो उधर पिंटू लगातार छुपकर, खिड़की में से झाँकते हुए छुटकी को नाचते देख रहा था। उसके साथ में उसका दोस्त अन्नू अवस्थी भी था। खिड़की में उसका मुँह फँसा हुआ था और आँखें आश्चर्य से धँसी हुई थीं। दोनों इस बात से बेख़बर थे कि पीछे सुलेखा खड़ी है। जब छुटकी सामने होती थी तो पिंटू को न दिन की ख़बर होती थी, न रात की, क्योंकि वह उसके प्रेम में पगा हुआ था।

प्रेम जो बचपने का था। प्रेम जो भोली उम्र का भोला प्रेम था। जब दोनों छुटपन में साथ खेला करते थे, तब से ही पिंटू छुटकी का मुरीद था। वह बग़ल से गुज़र जाती थी तो उसका दिल दो ताल तेज़ धड़कता था और चार बीट फलांगकर तेज़ चलने लगता था। जब छुटकी नज़दीक होती थी तो छुटकी के अलावा सब कुछ रुक जाता था। बस छुटकी चल-फिर रही होती थी। वह छुटकी के प्रेम में मलंग हो जाता था। लेकिन उसने कभी छुटकी से अपने प्रेम का इज़हार नहीं किया क्योंकि उसे लगता था कि वह छुटकी के लायक़ नहीं है। वह अन्नू अवस्थी से अक्सर कहता था, "अबे चाँद, हमाए तुम्हाए जैसे लोगों के उचक के छूने के लिए नहीं होता। दाग लग जाता है। दूर से जितना देखना है देखो और उसपे लिखो गाने और कविता।"

सुलेखा बाहर आई तो उसने पिंटू की प्रेम साधना भंग कर दी। वह खिड़की में मुँह डाले हुए फटी आँखों का लट्टू लग रहा था।

"चलो बेटा पिंटू तुम लोग मेहमान की तरह मनोरंजन न करो। घर के सदस्य हो तुम। और तुम्हारी बहन की शादी है। ऊपर रायता परोसो जाकर। और जाली से मुँह निकाल लो, कल एक पिल्ला फँस गया था इधर, रातभर

कूँ-कूँ करता रहा। फिर छुटकी ने कड़ुआ तेल मला उसकी मूड़ी पर, तब जाके निकला।"

"अरे नहीं आंटी, हम लोग झालर ठीक कर रहे थे। अब और कोई बिजली का काम कर कहाँ पाता है इधर! ये नील भाई साहब भी जो हैं, हाँय... जिनको अंकल जी आईआईटी का टॉपर बताते हैं, वह तो कटिया भी न मार पाए।" पिंटू खिड़की से मुँह बाहर निकालकर मुस्तैद होकर बोला।

"हाँ आंटी जी, अब प्रैक्टिकल नॉलेज भी तो कोई चीज होती है, खाली आईटीआई में दाखिला लेने से आदमी अब्दुल कलाम थोड़ी बन जाता है!" अन्नू ने नील की तरफ़ इशारा किया और वह हँसा।

"आईटीआई नहीं आईआईटी।" सुलेखा चिढ़ गई।

"अब आंटी बात तो वही है। दोनों में दो 'आई' हैं और एक 'टी' है। अब चाहे आई को टी में डाल लो या चाहे टी को आई में डाल लो। हमाए पिंटू भैया भले ही आईटीआई किए हैं लेकिन उनका प्रैक्टिकल नॉलेज एक नंबर है।"

सुलेखा चली गई क्योंकि उसे पचास काम और थे और उसे पता था कि अन्नू अवस्थी से बहस करना बेकार था। वह जानती थी कि अन्नू पिंटू का भक्त था। जो गुण हनुमान जी प्रभु राम में न देख पाए थे, वह सारे उसने पिंटू में खोज निकाले थे। छुटपने का याराना ऐसा ही होता है।

वह पिंटू ही था जिसने छह बरस की उम्र में अन्नू अवस्थी को काग़ज़ की सिगरेट को बीड़ी के टशन से फूँकना सिखाया। जिसने उसे अंटी गुलंटी की काट बताई और जिसने उसे सादा तलब को मीठी सुपाड़ी बोलकर खिलाया। वह पिंटू ही था जिसने फिर थप्पड़ लगाकर उसकी सिगरेट और सुपाड़ी छुड़ाई और समय रहते काम पर लगाया। पूरे कानपुर में सिर्फ़ पिंटू ये बात जानता था कि अन्नू कितना भी बड़ा भौकाली बन ले लेकिन वह कुत्ते से डरता है और काले कुकुर को देखकर तो वह हनुमान चालीसा पढ़ने लगता है।

"तेरी भाभी कित्ती प्यारी लग रही है यार!" पिंटू फिर छुटकी को देखकर शरमाते हुए बोला।

"आपको देखते ही पिंक हो जाती हैं एकदम। बिलश करके।" अन्नू ने भरोसा दिलाया तो पिंटू की बाँछें खिल गईं। उसका चेहरा दमकने लगा।

"पूरे कानपुर में तेरी भाभी जैसी लड़की नहीं मिलने वाली। आईआईटी तो

आईआईटी, उसके ऊपर साइंटिस्ट भी हैं। हूर-परी जैसी सुंदर सो और। लेकिन नाजुक एकदम नहीं। चार लड़कों को लपड़िया दें। कोई मुँह न खोल पाए तेरी भाभी के आगे। कानपुर की आइन्स्टीन हैं।"

"हाँ तो हमारे भैया क्या कम हैं! कानपुर के रणवीर सिंह हैं।" अन्नू ने पिंटू के बाल ठीक करते हुए कहा।

"भैया वैसे देखा जाए तो रणवीर सिंह तो देखने में अच्छा भी नहीं लगता है। आप तो उससे भी जादे खूबसूरत हैं। उसकी तो आवाज भी कितनी पतली है। वह जब तेज आवाज में चीखता है तो उसकी आवाज सुरैया जैसी लगने लगती है। पद्मावत में नहीं देखे थे! कैसे रिरिया रहा था! आप तो यहाँ से चीख दें, तो आपकी आवाज की गूँज से घंटाघर घनघना जाए।" अन्नू ने पिंटू के बाल बढ़िया से सेट करके कंघा अब अपनी जेब में रख लिया था।

***

घर के बाहर हलवाई ने कड़ाहियाँ चढ़ाई हुई थी। एक कड़ाही में गर्म तेल में पूड़ियाँ फूल रही थीं। हलवाई छह फ़ुट दूर से उड़न तश्तरी की तरह आटे की लोई फेंकता और लोई तेल में गिरते ही सुनहरी हो जाती। दूसरी कड़ाही में बूंदी देसी घी में भुनकर सोना हो रही थी। समोसों की खेप निकलते ही हज़म हो जाती थी क्योंकि ये कानपुर था। यहाँ समोसे तलते हुए सरकारें बनाई-गिराई जाती थीं।

मज़दूर फूलों की लड़ियाँ लगा रहे थे। एक लड़का सूई से गेंदे के फूलों में धागा टाँक रहा था और दूसरा फूलों की माला दीवार पर टाँग रहा था। तीसरा सजावट का काम छोड़कर मोबाइल पर लगा हुआ था। व्हॉट्सएप्प पर कोई बढ़ियाँ फ़ॉरवर्ड आया था। पिंटू, अन्नू अवस्थी और छुटकी आकर ध्यान से सजावट देख रहे थे। छुटकी ने फूल उठाकर देखा और उसे सूँघा। फूल एकदम बासी थे।

"तुमको बोला था न कि ऑर्किड्स और लिली लाना। घर में शादी है कोई मुंडन तो है नहीं। और ये गेंदा है? सिकुड़ के छुआरा हो गया है।"

"अब कानपुर में गेंदे के अलावा और कोई फूल तो होता नहीं है। धुँआधार लू चल रही है। ऐसी लू में आदमी सिकुड़ जाता है फिर ये तो नाजुक-सा फूल

है!" फूलवाला बोला।

"जब पेमेंट की बात हो रही थी तब तो तुमने व्हॉट्सएप्प पर फ़ोटो में आर्किड और लिली ही भेजा था।"

"अरे मैडम, वह तो गुड-मार्निंग और गुड-इवनिंग के साथ वाली व्हाट्सएप्प की इस्माइली थी... अबे इस्माइली बोलते हैं की इमोजी?" फूलवाले ने दूसरे लड़के से पूछा।

"हाँ भैया वही। मोजी... मोजी ही कहते हैं। वह जो सुबेरे-सुबेरे फैमिली ग्रुप पर भर-भर के आते हैं। वही वाले।"

पिंटू बिफर पड़ा। वह यह एकदम बर्दाश्त नहीं कर सकता था कि कोई उसकी छुटकी से तीन का पाँच बताए। उसने फूलवाले का कॉलर पकड़ लिया और माथे से अपने बाल झटककर बोला,

"देखो बे, मैडम ने आर्किड बोला है, मतलब आर्किड। अब चाहे न्यूजीलैंड जाकर लाना पड़े, उठो यहाँ से। और जैसे सबरी ने भगवान राम के लिए बेर चुने थे न, वैसे ही चुन-चुन के एक से एक फ्रेश फूल लाना।"

फूलवाला ग़ुस्से में चिढ़कर फूल लेने चला गया। पिंटू ने छुटकी को देखकर बालों में हाथ फिराया। उसको बालों में हाथ फिराते देख, अन्नू अवस्थी भी बालों में हाथ फिराने लगा। तभी स्कूटर से बर्फ़ वाला आया। उसके पीछे-पीछे बर्फ़ का टैंपो चला आ रहा था जो खड़खड़ की आवाज़ कर रहा था और काला धुआँ छोड़ रहा था। बर्फ़ वाला काले धुएँ में दिख नहीं रहा था। क़रीब आया तो पिंटू ने बर्फ़ का मुआयना करते हुए पूछा, "गुरु, बर्फ कोल्ड स्टोरेज से ही आई है न?"

"अब बर्फ तो कोल्ड स्टोरेज से ही आएगी न दद्दा! कोई आग वाली भट्टी से तो आएगी नहीं!"

"हाँ हमको क्या पता नहीं है! कानपुर में सारी बर्फ मुर्दाघर से आती है। वहाँ बर्फ की सिल्ली पे ये लोग मुर्दे को सुला देते हैं। बॉडी को ठंडा रखने को। फिर वही खाने-पीने के लिए बेच देते हैं। कुछ भरोसा नहीं है।"

बर्फ़ वाला पिंटू की होशियारी पर चिढ़ गया। पिंटू ने ख़ुश होकर फिर से बालों में हाथ फिराया तो अन्नू अवस्थी ने जेब से जेल निकालकर पिंटू के बालों में घिस दिया और बाल हवा में तान दिए। पिंटू का आत्मविश्वास भी बालों की

तरह हवा में तनकर खड़ा हो गया और वह थोड़ी दूर पर काँटा-छूरी से खाना खा रहे नील को देखने लगा। उसमें और नील में आईटीआई और आईआईटी का फ़र्क़ था। बस एक आई इधर और एक टी उधर, लेकिन आई और टी की ये आपसी जुगलबंदी पिंटू को जीवन भर का त्रास दे गई थी। अगर उसके आई और टी भी सही क्रम में होते तो शायद कभी वह भी छुटकी से कह पाता कि वह उसे नील से कहीं ज़्यादा प्यार करता है।

"कोल्ड स्टोरेज से ही है दद्दा! मुर्दे को बर्फ पे सुला के क्या करेगा आदमी, अब जो आदमी गुजर गया वह गुजर गया! यहाँ घनघोर लू में जिंदा आदमी गर्मी में पसीना चुआ रहा है। उसे बर्फ मिल नहीं रही।"

"हाँ-हाँ ठीक है! बर्फ उतरवाओ। जादे खलीफा न बनो।"

पिंटू ने बर्फ़ उतरवाई और वह छुटकी की तरफ़ तमाम देर देखता रहा। इस उम्मीद में कि वह उसकी होशियारी पर कुछ कहेगी लेकिन छुटकी जल्दी में थी। वह अपने पापा के साथ नयी i10 में कानपुर सेंट्रल के लिए निकल गई।

***

चंद्रप्रकाश और छुटकी कानपुर सेंट्रल रेलवे स्टेशन पर तेज़ चाल से प्लेटफ़ॉर्म नंबर 3 की ओर बढ़ रहे थे। चंद्रप्रकाश बार-बार अपने मोबाइल फ़ोन को ठोक रहे थे क्योंकि उनके फ़ोन की बैट्री ख़त्म हो गई थी। डर रहे थे कि अगर फूफा जी को ट्रेन से उतरने के पहले रिसीव नहीं किया तो अनर्थ हो जाएगा।

"अरे बेटा, जल्दी चल। फूफा जी फोन कर रहे होंगे। फिर बुरा मान जाएँगे।"

"हाँ तो मान जाएँ। उनका तो काम ही है बुरा मानना। पिछली बार भी जब घर आए थे तो बुरा मान गए थे। क्योंकि मैंने बोल दिया था कि मोदी सरकार निकम्मी है।" छुटकी तेज़ चाल से चलते-चलते बोली।

चंद्रप्रकाश रुक गए। उन्होंने हाथ पकड़कर छुटकी को भी रोक लिया। गहरी साँस ली और उसके सामने हाथ जोड़कर खड़े हो गए। उसे कलयुग में रिश्तेदारी बचाने का महामंत्र समझाने लगे।

"बेटा! गलती से भी किसे रिश्तेदार के आगे मोदी जी की बुराई मत कर

देना, नहीं तो सब किए-कराए पर पानी फिर जाएगा। कोई बोले मोदी जी अच्छे हैं तो कहना कि अरे एकदम एक नंबर काम करते हैं मित्रों। देवता हैं देवता। साक्षात् कल्कि अवतार हैं और भारत को विश्वगुरु बना के ही मानेंगे। कोई बोले बुरे हैं तो बोलना हाँ काम ही क्या किया है उन्होंने! नोटबंदी तो एकदम फेल डिसीजन था। बेटा ये घर-परिवार वालों से राजनीति का डिस्कशन कभी नहीं करना चाहिए। नहीं तो शादी में हम कितनी भी खातिरदारी कर लें, वह मुँह बनाकर ही जाएँगे।"

छुटकी ने सिर हिलाया, जैसे उसे पापा की कही सारी बात समझ आ गई हो। दोनों आगे बढ़कर और भी तेज़ चाल से फूफा जी को तलाश रहे थे। शायद गाड़ी आ भी गई थी। आस-पास के लोगों से ट्रेन के बारे में पूछा तो कानपुर के लोग आदतन ख़लीफ़ा बनकर आँय-बाँय-साँय बात का जवाब दे रहे थे।

"अरे भाई साहब, ये फरक्का एक्सप्रेस आ गई क्या?" चंद्रप्रकाश ने एक झालमूड़ी वाले से पूछा।

"दो घंटा हुआ। आ के निकल भी गई। आप इतना लेट आएँगे तो गाड़ी आपका इंतजार थोड़े करेगी बाबू जी। कहाँ रह गए थे आप?" झालमूड़ी वाला चार हिदायत देकर निकल गया।

छुटकी ने कुछ नहीं कहा, क्योंकि कानपुर वालों से बहस करना बेकार था। वे ब्रह्मा जी से भी अधिक जानते हैं। भले ही गाड़ी का राइट टाइम 12 बजे का था लेकिन वे चाहें तो गाड़ी 10 बजे ही निकल सकती थी, क्योंकि कानपुर में हर आदमी फैंटम होता है। दोनों आगे बढ़े तो गाड़ी प्लेटफ़ॉर्म पर आ चुकी थी। फूफा जी मुँह फुलाए खड़े हुए थे। चंद्रप्रकाश पास आए तो फूफा जी दूसरी तरफ़ देखने लगे। जैसे वह उन्हें जानते ही न हों। वह यूँ रूठ गए थे जैसे सालगिरह भूल जाने पर पत्नियाँ पति से रूठ जाती हैं। चंद्रप्रकाश अब बोलते भी तो क्या बोलते? वह जानते थे कि अब यह बात गुप्ता परिवार के इतिहास में अमर हो जाएगी और हर साल बात-बे-बात यूँ लौट आएगी जैसे हिंदुस्तान की राजनीति के इतिहास में न्यूज़ चैनलों पर नेहरू जी की नाकामी किसी भी मुद्दे पर क़ब्र से निकलकर लौट आती है।

छुटकी पापा की तरफ़ आशा भरी निगाहों से देखने लगी। चंद्रप्रकाश ने भौंहें उचकाकर जैसे उससे कहा हो कि अरे! मेरी तरफ़ मत देखो! मैं कैसे

मामला सँभालूँ! लेकिन छुटकी का डरा हुआ चेहरा देखकर उन्होंने मामला सँभाल लिया और कहा- "अरे वाह! ट्रेन तो एकदम राइट टाइम पर आ गई! मैं अभी छुटकी से यही बात कह ही रहा था कि जब से मोदी जी की सरकार आई है न, ट्रेनें एकदम बिफोर टाइम चल रही हैं। अभी दो आदमी निकले इधर से जिनकी गाड़ी बिफोर टाइम होने की वजह से छूट गई। वो दोनों तो यही सोचकर दस मिनट लेट आए थे कि हिंदुस्तान में आज तक ट्रेनें राइट टाइम चली हैं भला! दोनों कांग्रेसी लग रहे थे।"

फूफा जी का चेहरा कमल की तरह खिल गया। सारा ग़ुस्सा काफ़ूर हो गया। अपना बैग ख़ुद उठाकर बोले, "साफ़ नीयत, सही विकास। चलो, विकास कहाँ से लेना है? अरे मेरा मतलब है ऑटो कहाँ से लेना है?"

"अरे ऑटो क्यों। नयी i10 निकाली है आपके लिए।" चंद्रप्रकाश जी उनका बैग अपने हाथों में वापस ले लिया और वह उन्हें लेकर पार्किंग की ओर बढ़े। फूफा जी और बुआ जी, लाल रंग की नयी कार देखकर ख़ुश गए। बुआ तो कितने साल से रो रही थीं कि भैया वह दिन कब आएगा जब तुम 'मेरे इनको' कार से लेने आओगे? आज वह दिन आ गया था। साक्षात्। वह गाड़ी में बैठते ही छुटकी से बोलीं, "और बेटा, घर पे शादी की तैयारियाँ कैसी चल रही हैं?"

"अच्छी चल रही हैं चाची।"

"हे भगवान्। ये बुआ हैं तेरी, चाची नहीं। ये आजकल के बच्चे भी न। न बड़ों से मिलना-जुलना, न ही मतलब रखना और न पैर छूना उनके।" फूफा जी कुढ़ रहे थे।

छुटकी च्विंगम खा रही थी। बड़ा-सा बबल फुला रही थी। जो इस बात के साथ ही फूट गया और उसकी नाक पर चिपक गया। चंद्रप्रकाश की साँस अटक गई। वह कार के मिरर में फूफा जी और बुआ जी को देख रहे थे। अभी एक मामला सँभाला था और अब ये नयी भसड़ कैसे सँभाली जाए? छुटकी मिरर में उन्हें कातर निगाहों से देख रही थी। जैसे कहना चाह रही हो कि पापा प्लीज़ बचा लो! क्या पापामैन अपनी रॉबिन को नहीं बचाएगा! चंद्रप्रकाश दिमाग़ के घोड़े दौड़ा रहे थे। समय निकल रहा था। अचानक बोले, "अरे क्या भैया! वह अपनी बुआ को भूल जाएगी क्या! वह तो कह रही थी कि तैयारियाँ

अच्छी चल रही हैं। चाची... आ गई हैं, मौसी भी आ गई हैं। आपने बीच में ही टोक दिया। वह उसका च्विंगम का ग़ुब्बारा मुँह पर फूट गया था न, इसलिए वह अपनी बात पूरी नहीं कर पाई।"

चंद्रप्रकाश ने मिरर में छुटकी को आँख मारी। उसने चैन की साँस ली और अपने पापामैन को आँख मारी। लेकिन फूफा जी अभी भी चिढ़े हुए थे। छुटकी ने रेडियो ऑन किया। 'चिट्टियाँ कलइयाँ वे' बज रहा था। फूफा जी और चिढ़ गए।

"आजकल के बच्चे और आजकल के गाने, क्या ये कलाइयों में चीटियों वाला गाना लगा दिया है! गाना न हो गया भीख माँगने की दुकान हो गई। शौपिंग करवा दो, सैंडल मँगवा दो, लिपस्टिक दिला दो, दारू पिला दो, पार्टी करा दो।"

चंद्रप्रकाश ने मोहम्मद रफ़ी के अनमोल नग़मे की सीडी म्यूज़िक प्लेयर में घुसा दी। दो मिनट में माहौल बदल गया। रफ़ी साहब ने कार में मोहब्बत घोल दी।

***

छत पर सभी रिश्तेदार बैठे हुए थे। अन्नू अवस्थी और पिंटू सबके लिए पैग बना रहे थे। सब सुरूर में थे, और शराब पी रहे थे। फूफा जी सिर पर दारू का गिलास रखकर नाच रहे थे और चंद्रप्रकाश गुनगुना रहे थे। मिश्रा गुटका खा रहा था इसलिए दारू नहीं पी रहा था। अन्नू अवस्थी ने उसकी तरफ़ दारू का गिलास बढ़ाया लेकिन उसने अपने भरे मुँह की तरफ़ इशारा करके मना कर दिया। चंद्रप्रकाश बहुत सुंदर गा रहे थे। गाते हुए समाधि में चले गए थे। आँखें बंद थीं, हाथों की उँगलियाँ मुरकी पर थिरक रही थीं। वह एकदम के.एल. सैगल साहब की आवाज़ में 'बाबुल मोरा, नैहर छूटो ही जाए' गा रहे थे। जब एक बेटी विदा होती है तो उसके बाप की आवाज़ में उसकी पीड़ा यूँ भी उतर ही आती है। तो फिर तो, ये सैगल साहब का गाना था जो शराब, पीड़ा, दस्तूर और एक पिता के प्रेम के साथ मिलकर और भी ख़ूबसूरत लग रहा था। सुनने वालों का मन रोने को हो रहा था।

आसमान में एक तारा अचानक चमका। चंद्रप्रकाश को लगा जैसे सैगल

साहब ने आशीर्वाद दिया हो। या शायद ये शराब का असर था! क्या मालूम? लेकिन चंद्रप्रकाश को यह मानना अच्छा लगा कि यह सितारा सैगल साहब ही थे और वह अपना नूर चंद्रप्रकाश पर बरसा रहा थे।

"क्या कमाल गाया है चंदर! दिल भर आया।" फूफा जी ने कहा। अब उनकी इच्छा नाचने को नहीं हो रही थी। वह कुर्सी पर वापस बैठ गए।

"चंदर यार, क्या गा दिया तूने! एकदम दिल को लग गया। जैसे साक्षात् सैगल साहब गा रहे हों।" किशन सिंह ने कहा। किशन सिंह उनके बचपन का दोस्त था और मुंबई में सरगम म्यूज़िक में काम करता था।

"मैं तो कहता हूँ तुझे फ़िल्मों में गाना चाहिए। है न? क्या बोलते हो किशन सिंह?" फूफा जी ने कहा।

"मैं तो इसे कितने साल से कह रहा था कि बंबई आ जा, तेरी आवाज़ में बहुत दम है। लेकिन ये सुनता कहाँ है! चंदर एक गाना और हो जाए।"

इतनी तारीफ़ से कुछ सेकेंड के लिए उनकी दुनिया रुक-सी गई। वह किशन सिंह को देख रहे थे, कुछ देर के लिए देखते ही रहे। ऐसा नहीं है कि वह यह बात जानते नहीं थे लेकिन किसी ने एक अरसे के बाद उनके गाने की मिठास को तवज्जो दी थी तो बस उनका दिल भर आया, बस इसीलिए तमाम देर तक किशन सिंह को देखते रहे। वह उसकी आँखों में अपनी परछाई देख सकते थे। काली पुतली में सफ़ेद कुरते में चंद्रप्रकाश।

वह रुआँसे हो गए और 'बाबुल की दुआएँ लेती जा' गाने लगे।

गाते-गाते उनकी पीड़ा और बढ़ गई। ज़ेहन में ख़ंजर की तरह यह एहसास उतरता चला गया कि कल-परसों मिट्ठू विदा हो जाएगी। फिर कुछ ही बरस के बाद छुटकी भी। दोनों बेटियाँ उनकी होकर भी उनकी नहीं बचेंगी।

देर रात नीचे उतर आए तो सोने से पहले वह डायरी खोलकर बैठ गए। लिखने लगे- 'कल मेरी बड़ी चिड़िया दूसरा घोसला चुन लेगी। जीवनभर वह भले ही इस घोसले से उड़ी हो लेकिन हर शाम सूरज ढलते ही अपने घोसले लौट तो आती थी। लेकिन कल जब वह उड़ेगी तो कभी न लौट आने के लिए।' उन्होंने अपने आँसू पोछने की कोशिश भी न की। गुनगुनाते रहे और रोते रहे। शराब का गिलास नमकीन हो गया।

अगले दिन भी मन भारी ही रहा, फिर भी तैयार हुए। मलमल का सफ़ेद

कुर्ता पहना जिस पर मुकेश का काम था। रौबदार लग रहे थे। सुलेखा ने उन्हें दूर से देखा तो पास आई और उनके माथे पर गुलाबी साफ़ा बाँध दिया। अगल-बग़ल देखा। कोई नहीं था तो उसने चंद्रप्रकाश को गले लगा लिया। अपना हाथ चूमकर उनके गाल पर लगा दिया। दूर से छुटकी के हँसने की आवाज़ आई। वह सब देख रही थी। सुलेखा शर्मा गई और उसे डाँटते हुए भाग गई। हँसते-हँसते छुटकी का पेट फूल गया। माँ-बाप को यूँ प्यार जताते देखने से सुखद और क्या हो सकता है!

जो लोग बुढ़ापे तक अपनी माँ और अपने पिता को प्यार करते हुए देखते हैं उनका इस ज़िंदगी पर भरोसा बहुत मज़बूत होता है और वे दुनिया के सबसे भाग्यशाली लोग होते हैं। वे लोग इस दुनिया में प्यार की रही-सही कसर को भी पूरा करते रहते हैं और इसे और भी सुंदर दुनिया बनाते हैं। छुटकी जब माँ और पिता को क़रीब देखती थी तो उसका जी करता था कि उनकी नज़र उतार ले। वह साइंटिस्ट थी, नज़र-वज़र में भरोसा तो नहीं करती थी, लेकिन माँ पिता को इतने प्यार से साथ देखकर दो पल के लिए डर भी जाती थी और उसे नज़रबट्टू पर यक़ीन होने लगता था।

जब उसने अपनी बड़ी बहन को एक सुंदर-सी दुल्हन के रूप में तैयार होते देखा तो उसका यह यक़ीन और यह डर और भी गहरा हो गया।

रात दस बजे बारात आई। शादी के मंडप पर मिट्‌टू के हाथ में उसके पति का हाथ था। चंद्रप्रकाश यह देख रहे थे। वैभव मिट्‌टू का हाथ पकड़कर उसे सहला रहा था। उसके कान में कुछ कहने की कोशिश कर रहा था। उसके क़रीब आ रहा था। फ़ोटोग्राफर ने इशारा किया तो उसने मिट्‌टू के कंधे पर हाथ रख लिया। एक-एक करके घर परिवार वाले फ़ोटो खिंचाने आए। जब चंद्रप्रकाश सुलेखा और छुटकी के साथ फ़ोटो खिंचाने चढ़े तो पहले तो छुटकी से इशारे से कहने लगे कि मिट्‌टू और उसके पति की हाइट में फ़र्क़ है न? फिर आगे आकर उन्होंने मिट्‌टू के कंधे से उसके पति का हाथ सरका दिया।

छुटकी उन्हें कोने में खींचकर ले गई।

"पापा, क्या कर रहे हो? शादी हो रही है दोनों की। आप न हद्‌द कर देते हो।"

"अरे ऐसे कंधे पर हाथ थोड़े रखते हैं!"

"वह उसका हसबैंड है। लूडो खेलने को शादी नहीं की है। चलो आप इधर से।"

वह पिता को दूर ले गई। लेकिन उनका दिल वहीं मंडप पर रह गया। मिट्ठू के पास। बार-बार उन्हें यह ख़याल सता रहा था कि मिट्ठू कल सुबह विदा हो जाएगी।

पिंटू छुटकी के पीछे-पीछे घूमता रहा। वह जिस गिलास से पानी पीती, वह उसे चुराकर जेब में डाल लेता। एक नेमत की तरह सहेजकर रख लेता। ऐसा वह बचपन से करता आया था। उसके पास छुटकी की छुई हुई चीज़ों का भंडार था। कुछ गिट्टियाँ थीं, कुछ गोल पत्थर, कुछ काग़ज़ के गिलास, एक दो कॉपियाँ, एक उसका पुराना वीडियो गेम, एक होठों से बजाई हुई सीटी और एक कान से गिरा हुआ बुंदा।

अगले दिन सुबह मिट्ठू की विदाई का वक़्त आ चला। चंद्रप्रकाश, सुलेखा और छुटकी, सब मिट्ठू को वैभव की कार तक छोड़ने जा रहे थे। एक शहनाई वाला बहुत सुंदर धुन में शहनाई बजा रहा था। वह मैरिज हॉल के एक कोने में बैठा मगन था लेकिन उसे कोई देख नहीं रहा था। चंद्रप्रकाश उसके सुर में खो गए। रुक गए। उसे एक टक देखते रहे।

"पापा चलो! विदाई होनी है।" छुटकी ने कहा।

चंद्रप्रकाश रूआँसे हो गए। मिट्ठू को कार में बिठाया और अपने आँसू हाफ़ शर्ट की बाँह में छुपा गए। एक पिता की क़मीज़ की बाँह उसके जीवन भर के त्याग और प्रेम का बही-खाता होती है। उसे खोलकर पढ़ा जाए तो उसमें बच्चों के लिया बहाए हुए पसीने से लेकर परिवार से छुपाए हुए तमाम आँसू दर्ज होते हैं। इन्हें पढ़ें तो पता चलता है कि पिता भी अंदर से माँ होते हैं। वह बस जीवन भर पिता होने की ज़िम्मेदारी के चलते इस सत्य को छुपाते फिरते हैं।

चंद्रप्रकाश मिट्ठू को विदा करके कुछ देर शून्य में आसमान ताकते रहे। शहनाई वाला अभी भी वहीं था। चंद्रप्रकाश को दुखी देखकर तमाम देर शहनाई से उनका दुख बाँटता रहा। चंद्रप्रकाश बिना कुछ कहे उसके बग़ल में बैठे रहे। शायद अनजाने ही उन्होंने शहनाई वाले का दुख बँटा लिया होगा। बुढ़ापे में उससे शहनाई आसानी से नहीं बजती थी लेकिन वह फिर भी शहनाई बजाता था। उसे कोई सुनता नहीं था, फिर भी बजाता था। वह शादियों में कहीं किसी

कोने में सजावट के सामान की तरह बैठा रहता था, फिर भी बजाता था।

चंद्रप्रकाश ने उसे पाँच सौ का नोट दिया और उसके पैर छुए। वह डर गया।

"अरे लीजिए। आपने एकदम उस्ताद बिस्मिल्लाह खान के राग मालकौंस की याद दिला दी।"

"आप ये राग जानते हैं?"

"बिलकुल।" चंद्रप्रकाश मुस्कुराए। "आपको मालूम है, उस्ताद जी शहनाई को अपनी दूसरी बेगम कहते थे!"

"तभी हमेशा उसे अपने होठों से लगाकर रखते थे।" शहनाई वाला हँसने लगा।

किशन सिंह बंबई के लिए निकल रहा था। वह चंद्रप्रकाश को शहनाई वाले के पास बैठा देखकर, जाते-जाते उनके पास चला आया। सोचा मिल लूँ, फिर निकल जाऊँगा। पास आया और बैग रखकर बैठ गया। अपना हाथ बढ़ाकर उसने चंद्रप्रकाश की हथेली को अपनी हथेलियों के बीच भर लिया।

"चंदर यार, बस अब तू बंबई आ जा। तू आज भी इतना सुंदर गाता है।"

चंद्रप्रकाश ने कुछ नहीं कहा। बस भरे मन से किशन को देखते रहे।

"अपने हुनर को रेलवे स्टेशन पर बरबाद मत कर। मुझे मालूम है, तू मशीन की तरह रोज स्टेशन सिर्फ इसलिए जाता है ताकि अपने बच्चों को एक अच्छी जिंदगी दे सके। लेकिन यार, तू छींकता भी है तो भी सुर में। डकार भी लेगा तो वह भी सुर में। उस सुर की कसम। आ जा यार!"

"यार, फिलहाल मेरी बेटियाँ ही मेरा जीवन हैं। और अब उमर हो गई यार। इस उमर में कौन सिंगर बनता है बंबई में!"

"मिट्ठू की शादी तो हो गई। और छुटकी खुद इतनी काबिल है। वह अकेले सब कर लेगी। सोच ले, अभी भी वक्त है। आ जा यार।"

किशन सिंह चला गया। चंद्रप्रकाश की जेब में एक भूला हुआ सपना वापस डालकर।

चंद्रप्रकाश उस सपने को उधेड़ते-बुनते रहे। इस उमर में कौन बंबई जाता है भला! उन्होंने फिर से सोचा- लेकिन जा भी सकते हैं। ट्रेनें तो हर उम्र के व्यक्ति के लिए चलती हैं। ट्रेनें तो उम्र पूछकर सवारी नहीं बिठातीं। उल्टा वो

सीनियर सिटीज़न से टिकट का पैसा भी कम लेती हैं। मतलब ट्रेनें ये चाहती हैं कि आदमी उम्र बढ़ने के साथ अधिक यात्रा करे? चंद्रप्रकाश सोचते रहे और शहनाई वाला राग मालकौंस बजाता रहा। शहनाई को अपनी बेगम की तरह होठों में लिए हुए उससे दुलार करता रहा। उँगलियों से शहनाई की खुरदुरी, बूढ़ी पीठ सहलाता रहा। चंद्रप्रकाश उससे एक के बाद एक राग की फ़रमाइश करते रहे और वह सारे राग बजाता रहा। शहनाई के बीच टेंट वाला टेंट उखाड़ता रहा। शाम तक सब सूना हो गया था। जैसे चंद्रप्रकाश ने बेटी को विदा कर दिया था, वैसे ही उन्होंने बंबई जाकर सिंगर बनने के अपने सपने को भी एक बार फिर से विदा कर दिया।

3

रात के दस बज रहे थे। चंद्रप्रकाश छत पर गुनगुना रहे थे। छुटकी उनका और अपना पैग बना रही थी। सुलेखा दोनों को दारू की बोतल खोलते देखकर चिढ़ रही थी। वह किचेन में प्याज़ और आलू की पकौड़ी छान रही थी और बेटा-बेटी की बराबरी की आधुनिक सोच को कोस रही थी। उसे एकदम अच्छा नहीं लगता था कि चंद्रप्रकाश बेटी के साथ बैठकर पैग लगाएँ लेकिन चंद्रप्रकाश को छुटकी के साथ पैग लगाना बहुत पसंद था। वह अधीर हो रहे थे, 'सुलेखा पकौड़ी लाने में इतना देर क्यों कर रही है ? जल्दी लाए तो मैं छुटकी के साथ चियर्स करूँ।' वह तो अक्सर सुलेखा से भी कहते थे कि वह भी दोनों के साथ बैठकर एक पैग लगा ले। लेकिन सुलेखा कहा करती थी, 'तुम कानपुर को जादा बिदेस न बनाओ, कानपुर कानहेपुर रहेगा, अमरीका न हो जाएगा, वहाँ के लोग पैंट के ऊपर चड्डी पहनकर खुद को सुपरमैन समझते हैं लेकिन ऐसा करने से आदमी सुपरमैन नहीं बनता, जोकर जरूर बन जाता है।'

आसमान में पूरा चंद्रमा था। एक चंद्रमा छुटकी के चेहरे पर था। एक उसके पिता के चेहरे पर। पिता, जो अपनी बेटी को देखकर चंद्रमा की तरह दमक उठते थे। एक चंद्रमा पिंटू के चेहरे पर था जो अपनी छत से छुपकर छुटकी को देख रहा था।

"बेटी, तूने सब सँभाल लिया। मेरे अकेले के बस का कुछ नहीं था।" चंद्रप्रकाश ने कहा।

"तो! मैं आपका बेटी नहीं बेटा हूँ।"

"बेटा क्यों, बेटी। मेरी बेटी को तीस-मार-खान होने के लिए कोई बेटे का टैग थोड़े चाहिए। मुझे एकदम अच्छा नहीं लगता जब लोग अपनी बेटियों से कहते हैं कि तू मेरी बेटी नहीं बेटा है।"

चंद्रप्रकाश ने अपना पैग लगाकर गिलास छुटकी की तरफ़ बढ़ा दिया।

"बेटी थोड़ा सोडा और मिला।"

"पापा ओल्ड मौंक है। ऑन द रॉक्स पीते हैं। सोडे से नहीं।"

"अच्छा बाबा ठीक है। जैसे भी बनाना है बना दे।"

छुटकी ने अपने पिता का पैग बनाया। वह गिलास में पता नहीं क्या देखने लगे। शायद मिट्ठू और वैभव को। या शायद जो बीत गया, उसे खोजने लगे।

"छुटकी, ये वैभव की नाक थोड़ी लंबी नहीं है?"

"पापा! अब हो गई मिट्ठू की शादी। तब से जीजा जी में नुक्स निकाल रहे हो। पचास लड़के रिजेक्ट किए थे आपने। किसी की नाक लंबी है तो किसी का मुँह टेढ़ा है, तो कोई स्वभाव से अकड़ू है। अब जब अपने मन का लड़का चुना है तो उसे तो बख्श दो। और मिट्ठू के लिए आपकी जगह कोई और नहीं ले सकता।"

"तू नहीं समझेगी बेटा।"

"मैं समझ रही हूँ, तभी बोल रही हूँ। पापा! हमारे लिए आप ही हमारे सुपरमैन हो।"

सामने तार पर तौलिया लटका हुआ था। छुटकी ने तौलिया उतारकर अपने पापा की शर्ट के कॉलर में खोंस दी। सुपरमैन की तरह उनका एक हाथ हवा में उठा दिया। दूसरा हाथ कमर पर टिका दिया। जैसी मुद्रा सुपरमैन उड़ने के पहले बनाता है, उसी मुद्रा में उसने अपने पापा को सजाकर खड़ा कर दिया। चंद्रप्रकाश किसी सुपरहीरो की तरह लग रहे थे। पास की छतों पर किसी ने रॉकेट छुड़ाया था, जो चंद्रप्रकाश के सिर के पीछे आसमान में चमककर फूटा। चंद्रप्रकाश के सर के चारों ओर रौशनी की फुलकारी जगमग हो गई। ऐसा लगा जैसे सचमुच का पापामैन अपनी बेटी के भरोसे पर आसमान नापने के लिए

हवा में हाथ उठाए, तैयार खड़ा है। और क्यों न हो? बेटियाँ उँगली पकड़कर हिम्मत दिला दें, तो उनके पिता सात आसमान नाप सकते हैं।

"मेरे पापामैन, आपकी जगह कोई नहीं ले सकता।" छुटकी ने चंद्रप्रकाश को गले लगा लिया।

चंद्रप्रकाश मुस्कुराए। मिट्ठू की बात भूल गए, लेकिन छुटकी तो सामने थी, उसे कैसे भूल सकते थे!

"वैसे ये नील भी थोड़ा झुककर चलता है न!"

"पापा!"

"नहीं, वह सुलेखा कह रही थी। मुझे तो ठीक ही लगता है।"

दोनों हँसने लगे और डांस करने लगे। सुलेखा वापस से प्लेट में पकौड़े उलटने आई और चंद्रप्रकाश को ताना मारते हुए बोली, "हाँ और बिगाड़ लो तुम उसको। दुनिया में कौन-सा बाप अपनी बेटी को दारू पिलाता होगा ऐसे?"

"मैं तो भाई अपनी बेटी के साथ ही पीता हूँ। और इतनी ख़ुशी का मौक़ा है। मिट्ठू इतने अच्छे घर चली गई, मेरी ज़िम्मेदारी पूरी हुई। तो मैं अपनी बेटी के साथ सेलीब्रेट तो करूँगा ही।"

चंद्रप्रकाश हमेशा ख़ुशी के मौक़े पर अपनी बेटी के साथ ही दारू पीकर सेलीब्रेट करते थे। वह उनका अज़ीज़-ए-मन थी। उनकी यार-दोस्त थी। इसलिए जब भी गला तर करने की इच्छा होती तो वह छुटकी के साथ छत पर महफ़िल जमा लेते थे। ख़ुशी दोगुनी हो जाती थी। सुलेखा चिढ़ती थी तो ख़ुशी और चौगुनी भी हो जाती थी।

दोनों ने अपना गिलास आगे बढ़ाया। चियर्स किया तो काँच के गिलास टकराने से 'टन-ट-टन' की आवाज़ आई। चंद्रप्रकाश ने दुबारा गिलास टकराने को कहा, फिर से 'टन-ट-टन' की आवाज़ आई। उन्हें इसमें संगीत दिखा और वह 'चुरा लिया है तुमने जो दिल को' गाने लगे। सुलेखा ने सिर पर हाथ मारकर कहा, "तुम सठिया न जाना एक दिन। कोई मर रहा होगा तो उसपे भी गाना शुरू हो जाओगे।"

चंद्रप्रकाश शब्बीर कुमार को मिमिक करते हुए 'ज़िंदगी हर क़दम एक नयी जंग है' गाने लगे। छुटकी सुलेखा को भी खींच लाई और तीनों साथ नाचने लगे। सुलेखा शर्माकर अंदर भाग गई। दोनों ख़ूब देर तक नाचते रहे। जैसे

बचपन के दोस्त दारू पीकर साथ नाचते हैं। सुलेखा चाहती थी कि सौ का नोट दोनों के माथे पर फिराकर दोनों की नज़र उतार ले, लेकिन वह अंदर खिड़की से दोनों को देखकर ख़ुश होती रही।

चंद्रप्रकाश नाचते-नाचते बैठ गए और अपना पैग बनाकर बोले, "बेटा, इंडिया में भी तो अच्छे कॉलेज हैं। यहीं अप्लाई करके देख ले।"

"पापा, मास्टर्स के लिए अमेरिका से अच्छे कॉलेज कहीं नहीं हैं। मैं अपनी रीसर्च आगे बढ़ाना चाहती हूँ। आप जानते हैं न कि मैं साइंटिस्ट बनना चाहती हूँ। इंडिया के सबसे अच्छे कॉलेज से पढ़ने के बाद अब दुनिया के सबसे अच्छे कॉलेज में पढ़ना चाहती हूँ, एमआईटी जाना मेरा सपना है।"

"ठीक है जा, लेकिन जब तू चली जाएगी तो कोई दिल की बात कहने के लिए नहीं होगा।"

"थकते नहीं हो मुझसे बात करते हुए?"

चंद्रप्रकाश ने इस बात का जवाब नहीं दिया। बस मुस्कुरा दिए। वह छुटकी को कैसे समझाते कि वह छुटकी से बात करते हुई कभी नहीं थक सकते क्योंकि छुटकी तो उसके जन्म के पहले से ही पिता की सारी बात समझती थी। जब वह सुलेखा के पेट में थी तो चंद्रप्रकाश सुलेखा के पेट पर हाथ लगाकर उससे बात किया करते थे। सुलेखा के पेट पर मुँह सटाकर कहते थे- माँ को किक मत मारो बेटा, जल्दी आना बेटा। उसे गाने सुनाया करते थे। कितनी ही लोरियाँ सुनाई होंगी। सुलेखा हँसकर कहती थी कि उसे पेट के अंदर कुछ सुनाई नहीं देता। तो वह कहते थे- नहीं! छुटकी पेट के अंदर से सब सुनती है।

जब छुटकी पैदा हुई, तो चुप ही नहीं हो रही थी, रोए जा रही थी। जब चंद्रप्रकाश ने उसे आवाज़ दी तो उसने तुरंत मुँह घुमाकर उनकी आवाज़ पहचानी और उन्हें देख मुस्कुराने लगी। लोरी सुनकर एकदम शांत हो गई, जैसे अरसे से इस लोरी को पहचानती हो।

चंद्रप्रकाश छुटकी के जन्म पर मिट्टू के जन्म से भी अधिक ख़ुश थे। कहते थे कि पहली बेटी से घर में लक्ष्मी जी का आगमन हुआ, दूसरी बेटी से घर में सरस्वती जी पधारी हैं। छुटकी बसंत पंचमी के दिन जो आई थी।

चंद्रप्रकाश अपने कमरे में आकर बिस्तर पर लेट गए। बिस्तर के ठीक सामने रफ़ी साहब की तस्वीर थी और उनके बग़ल में किशोर कुमार की।

चंद्रप्रकाश नशे में किशोर कुमार का हालचाल लेने लगे। बतियाते रहे- 'आपने कुछ खाया? आप शादी में आते तो देखते, क्या रौनक लगी थी किशोर दा। रफी साहब, मैंने आज सच्चा सुर लगाया। खाना बड़ा बढ़ियाँ बना था, बस पनीर जरूर थोड़ा टाइट रह गया, कुछ लोग बोले रबड़ जैसा खिंच रहा था। आप छुटकी को क्यों नहीं समझाते कि वो यहीं भारत में रहकर अपनी रिसर्च को आगे बढ़ाए? एक बेटी को विदा करके मैं दूसरी बेटी को इतनी जल्दी विदा कैसे कर पाऊँगा? अरे आपको पता है! आज तो किशन सिंह कह रहा था कि मुझे बंबई आ जाना चाहिए! सिंगर बनने! किशन सिंह भी न!' चंद्रप्रकाश के पास दोनों को बताने के लिए हज़ार बातें थीं लेकिन सुलेखा आ गई।

चंद्रप्रकाश ने बड़बड़ाना बंद कर दिया। वह उनके हाथ पर सर रखकर लेट गई, चंद्रप्रकाश ने उसे गले लगाया तो उसने शर्माकर आँखें बंद कर ली। दुबारा आँख खोली तो किशोर कुमार अभी भी शरारत से उसे घूर रहे थे। सुलेखा को छेड़ने के लिए उन्होंने तस्वीर में अपनी मूँछें धनुष की तरह बना ली थीं।

"एक तो तुम इनकी फोटो बेडरूम से हटाओ। पूरे टाइम घूरते रहते हैं। हमें शर्म आती है।" सुलेखा ने कहा।

"ये कहीं नहीं जा रहे। और तुम उधर मत देखो सुलेखा। मुझे देखो न।"

चंद्रप्रकाश ने सुलेखा को फिर से अपनी तरफ़ लिटा लिया। वह संतोष के भाव से बोली, "कितनी रौनक लगी न शादी में! सब लोग कह रहे थे कि हमने इतनी बढ़ियाँ शादी अपनी जिंदगी में नहीं देखी।"

"हाँ, छुटकी ने सब सँभाल लिया। सब लोग कितना खुश थे! बस पनीर और अच्छा बना होता तो ये दुनिया की सबसे बढ़ियाँ शादी होती। मैंने हलवाई को बोला भी था कि रेडीमेड लाने के बजाय ताजे दूध को सिरका डाल के फाड़ लेता तो एकदम बढ़ियाँ पनीर बनता, लेकिन न! कानपुर में लोग सुनते कहाँ हैं! सब लोग तो खुद को खलीफा समझते हैं।"

"अरे छोड़ो पनीर को। ऐसा भी खराब नहीं बना था। सब कुछ तो कितना बढ़ियाँ रहा। और इस बार तो आपके गाने की भी कितनी तारीफ करके गए। आपने जब संगीत में 'बाबुल की दुआएँ' गाया तो सबकी आँखें भर आई थीं।"

"हाँ, लोग कह रहे थे कि भैया आप तो हू-ब-हू सैगल साहब जैसा गाते हैं।"

"सैगल साहब से तो बढ़ियाँ ही गाते हो तुम।"

"हैं! सच में?"

चंद्रप्रकाश चौंककर बिस्तर पर बैठ गए। सुलेखा ने आज तक उनके गाने की इतनी तारीफ़ नहीं की थी। आज सीधा सैगल साहब से भी बढ़िया बता दिया। चंद्रप्रकाश ने चौंककर किशोर कुमार की तरफ़ देखा। वह भी चौंक गए थे। उनकी मूँछों का धनुष प्रत्यंचा तनकर नाक में घुसा जा रहा था। हालाँकि रफ़ी साहब अभी भी शांत सौम्य अंदाज़ में बस प्यार से मद्धम-मद्धम मुस्कुरा रहे थे। वह हमेशा ही मुस्कुराते रहते थे। उनके चेहरे पर बस यही एक भाव था। सुलेखा आमतौर पर उनके गाने की तारीफ़ कभी नहीं करती थी क्योंकि वह संगीत को अपनी सौतन समझती थी। ऐसे में सुलेखा से तारीफ़ पा जाना भारत सरकार से पद्म भूषण पुरस्कार पा जाने से कम न होता। चंद्रपकाश बच्चों की तरह दुलराते हुए बोले,

"सुलेखा, सही में इतना बढ़ियाँ गाया मैंने?"

"और नहीं तो क्या!"

सुलेखा ने फिर पूरे यक़ीन के साथ यूँ कहा, जैसे वह अक्सर यह बात कहना चाहती थी, लेकिन किसी वजह से कहना भूल गई थी।

"बाबा सहगल को गाना कहाँ आता है! कुछ भी आँय-बाँय-साँय बकता है वो।" सुलेखा ने आगे कहा। चंद्रप्रकाश का उत्साह काफ़ूर हो गया। जैसे किसी ने गैस के ग़ुब्बारे में छाती भर-भरकर फूँक मारने के बाद सुई चुभाकर ग़ुब्बारा फोड़ दिया हो। चंद्रप्रकाश आसमान से ज़मीन पर गिर पड़े।

"अरे यार सुलेखा! मैं के.एल. सैगल साहब की बात कर रहा हूँ और तुम बाबा सहगल की बात कर रही हो। तुम भी न, कुछ भी बोलती रहती हो। के.एल. सैगल साहब! 'बाबुल मोरा नैहर छूटो ही जाए' वाले सैगल साहब।" चंद्रप्रकाश ने कान पर हाथ लगाते हुए कहा।

"अच्छा बाबा ठीक है। कान काहे उखाड़ रहे हो!" सुलेखा पैर की एड़ी में बोरोलीन लगाने लगी। पैर गर्मी से फट रहे थे। दरारों में, पैर में लगाने वाला लाल रंग भर गया था। पूरा पैर घिसकर बोली, "सब अच्छी भली कट ही गई। अब बस वैष्णो जी हो आएँ।"

"हाँ चलेंगे सुलेखा, जब माता बुलाएँगी। अभी कुछ और काम निपटाना है।"

"क्या काम? सब तो निपट गया!"

चंद्रप्रकाश थोड़ी देर के लिए चुप हो गए। जैसे जब आप कोई ज़रूरी बात कहना चाहते हैं तो कहने से पहले लंबी साँस लेकर कहते हैं।

"मैं सोच रहा हूँ कि जब एक बड़ी जिम्मेदारी से निपट ही गया हूँ तो थोड़ा अपने लिए भी जी लेता हूँ। जिंदगी भर सबके सपने पूरा करते-करते मैंने खुद के लिए कभी कोई सपना देखा ही नहीं। लेकिन अब सोच रहा हूँ कि कुछ ऐसा करते हैं जो हमारा खुद का सपना रहा हो।"

"जैसे? क्या करोगे?" सुलेखा को नींद आ रही थी। उसे हमेशा ज़रूरी बात सुनते हुए नींद आ जाती थी।

"कुछ भी। जैसे मैं सिंगर बनने के लिए बंबई जा सकता हूँ।"

चंद्रप्रकाश ने आहिस्ता से कहा था। बोलकर करवट भी ले ली थी, जैसे छुपना चाह रहे हों। क्योंकि उन्हें यह अंदाज़ा नहीं था कि सुलेखा इस बात पर क्या कहेगी। क्या प्रतिक्रिया देगी। चीखेगी? रोने लगेगी? ग़ुस्सा हो जाएगी? न जाने क्या कहेगी।

लेकिन इस सबके उलट, सुलेखा ज़ोर-ज़ोर से हँसने लगी। इतना ज़ोर से कि उसे खाँसी आने लगी। चंद्रप्रकाश झेंप गए।

"अरे, तुम इतना क्यों हँस रही हो?"

"दो पैग में चढ़ जाती है तुमको। चलो खैर, फिर मैं भी चीफ मिनिस्टर बनूँगी। लेकिन सुबह बनेंगे। ठीक है? अभी सो जाओ।"

सुलेखा हँसते-हँसते और खाँसते-खाँसते सो गई। थोड़ी ही देर में उसके खर्राटों की आवाज़ आने लगी। चंद्रप्रकाश सामने टँगी हुई रफ़ी साहब की तस्वीर को देखते रहे। रफ़ी साहब तो तब भी मद्धम-मद्धम ही मुस्कुरा रहे थे। किशोर दा ऐसे हँस रहे थे जैसे कोई चुटकुला सुना दिया गया हो। करवट लेकर चंद्रप्रकाश सोने की कोशिश करते रहे लेकिन नींद नहीं आई। जब भी आँख खुलती, किशोर कुमार खिलखिलाकर हँस रहे होते। 'अरे बांगड़ू' बोलकर हँसते ही जा रहे थे। चंद्रप्रकाश से रहा नहीं गया, वह उठे और किशोर कुमार के मुँह पर अपनी बनियान टाँगकर वापस लेट गए। तब जाकर उन्हें नींद आई।

4

छुटकी पापा को स्कूटर पर बिठाकर मार्केट ले जा रही थी। गेस्ट हाउस जाकर शादी-ब्याह का हिसाब क्लियर करना था। स्कूटर अलंकार गेस्ट हाउस पर आकर रुका। चंद्रप्रकाश ने गिनकर मैनेजर को बीस हज़ार रुपये दिए। मैनेजर ने रुपये गिने और बोला, "बाबू जी 80,000 और बना।"

"हैं जी? कैसे?"

"आपने 600 लोग के हिसाब से 2,40,000 दिया था लेकिन आए 800 लोग। तो 400 रुपया पर प्लेट के हिसाब से 200 एक्स्ट्रा आदमी का 80,000 और बना।"

मैनेजर ने कैलकुलेटर पर कट-कट करके कुछ रैंडम नंबर दबाए, जिनका गुणा न तो अस्सी हज़ार होता था, और न ही दो लाख चालीस हज़ार। कैलकुलेटर तो वह बस इसलिए रखता था क्योंकि उससे कट-कट करके बिल का पैसा माँगने से बात में वज़न आ जाता था। उसका कैलकुलेटर उस पिस्तौल की तरह था जो बस पैंट में खोंस ली जाए तो वही रुतबा आ जाता है जो बंदूक़ चलने से भी नहीं आता। चंद्रप्रकाश कैलकुलेटर में झाँकने लगे तो वह कैलकुलेटर ठोककर उसके सेल चेक करने लगा।

"हमारे तो 600 आदमी ही थे। एक्स्ट्रा प्लेटें आपके मजदूरों ने खाई होंगी।

हम तो अपने मेहमानों का ही पेमेंट करेंगे न!" चंद्रप्रकाश ने विरोध जताया तो मैनेजर लाल सलाम ठोक के फ़ौरन कार्ल मार्क्स हो गया और मज़दूरों पर लगे लांछन पर लट्ठ लेकर पिल पड़ा,

"वाह बाबू जी! अब यही काम बचा है हमारे लड़कों पे कि वो शादी का काम छोड़ के आपकी प्लेट खाते फिरें! और मान लीजिए उन्होंने दो-एक रोटी खा भी ली होगी तो क्या बारह घंटा काम के बाद भूख मिटाना भी अपराध हो गया बाबू जी? वैसे भी तो शादी में जो खाना बचता है वो फिकता ही है।" मैनेजर बिफर गया। उसने सदियों से मज़दूरों पर होते आए अत्याचारों की बखिया उधेड़ दी। अगर उसे इसी वक़्त माइक देकर मंच पर खड़ा कर दिया जाता तो आज हिंदुस्तान को एक और नेता मिल गया होता। चंद्रप्रकाश डर गए। एक बार के लिए उन्हें सच में लगने लगा कि हिंदुस्तान में मज़दूरों की ख़राब हालत के कहीं-न-कहीं पूरी तरह वही ज़िम्मेदार हैं। उन्हें छाती में अचानक तेज़ दर्द होने लगा और वह छाती को सहलाने लगे।

दर्द इतना तेज़ था कि छाती पकड़कर ज़मीन पर बैठ गए। कुछ बोलने की कोशिश कर रहे थे लेकिन उन्हें बोलने में तकलीफ़ हो रही थी। आँखें लाल होकर छोटी हो रही थीं। छुटकी डर गई और उसने फ़ौरन उन्हें उठाया। लेकिन मैनेजर पैसे की बात पर अड़ गया। उसे लग रहा था कि ये आदमी पैसा न देने के लिए नाटक कर रहा है।

"देखिए बाबू जी, पैसा तो आपको देना ही पड़ेगा। ये छाती पकड़ के हार्ट अटैक का नाटक मत करो। ये कानपुर में बहुत देखा है हम लोग ने। अभी कल एक आदमी पेमेंट करने आया था तो पैसा सुन के लगा खून की उलटी करने। करीब जाकर देखा तो कमला पसंद खाया हुआ था।"

"अरे तुम चुप करो यार! पापा! पापा क्या हो गया? अरे इनको स्कूटर पर बिठाओ हमारे साथ।"

छुटकी ने मैनेजर की मदद से चंद्रप्रकाश को स्कूटर पर बिठाया और फ़ौरन उनको लेकर पारस हॉस्पिटल भागी। चंद्रप्रकाश से रास्ते भर बात करती रही ताकि वह होश में रहें। डर रही थी कि उसके पापामैन को कुछ न हो जाए। चंद्रप्रकाश रास्ते भर बतियाते रहे। छुटकी को जो समझ आया पूछती रहती। 'आज क्या खाया था', 'पापा कल दफ़्तर जाना है न', 'पापा वह अपनी कॉलेज

वाली बात बताओ न, बड़ी मजेदार थी'। बात करते-करते, उन्हें बेहतर लगने लगा। अब छाती का दर्द भी कम हो गया था।

दोनों हॉस्पिटल पहुँचे। चंद्रप्रकाश अपनी बारी आने का इंतज़ार कर रहे थे। नर्स की ओर देखकर छाती सहला रहे थे। नर्स ने उन्हें घूर कर देखा। उसे लगा कि वह उसे अश्लील इशारे कर रहे थे। चंद्रप्रकाश ने डरकर छाती के बटन बंद कर लिए। छुटकी उनका हाथ पकड़कर उनकी हथेली सहलाने लगी। बग़ल में बैठा हुआ आदमी पड़ताल करने लगा। पूछने लगा, "क्या तकलीफ़ है इनको ?"

"सीने में दर्द हो रहा है।" चंद्रप्रकाश बोले।

"ओ हो! च्च च्च च्च! BP नार्मल है ?"

"मालूम नहीं, चेक नहीं करवाया है।"

"करवा लीजिए। जान है तो जहान है।"

चंद्रप्रकाश और डर गए। वह पहले ही डरे हुए थे क्योंकि शादी की तैयारियों के बीच भी उन्हें बीच-बीच में सीने में दर्द उठता था। छुटकी इस बात से लगतार हैरान हो रही थी कि बिना जान-पहचान का एक अजनबी क्यों अपनी नाक उसके पापा की नाक में घुसा रहा था। उसने चिढ़कर उससे चिल्लाकर पूछा, "आपको क्या तकलीफ है ?"

"हमको ?"

"हाँ आपको!"

"हमको क्या तकलीफ होगी। हम एकदम फस्ट किलास हैं।"

"तब ? आप डॉक्टर हैं या कंपाउंडर हैं ?"

"नहीं, हम न डॉक्टर हैं न कंपाउंडर हैं।"

"तब किसी के साथ आए हैं ?"

"नहीं तो।"

"फिर ? हॉस्पिटल में क्या कर रहे हैं ?" छुटकी का धैर्य जवाब देने वाला था। जैसे अब अगर सवाल-जवाब की अंताक्षरी और लंबी चली तो उसका सर फट जाएगा।

"अरे भद्दर गर्मी है। लू चल रही है। डेली दो-चार आदमी निपट रहे हैं। दिमागी बुखार फैला हुआ है। इसलिए यहाँ एसी की हवा खाने आ गए हैं।"

"क्यों बिना बात के खून जला रहे हो यार? जब कुछ लेना-देना नहीं है तो नेतागिरी क्यों कर रहे हो?"

"गजब हाल है। हम तो हाल-चाल जानने के लिए पूछ रहे थे। भलाई का जमाना ही नहीं है।" आदमी रूमाल से हवा करते हुए बोला। फिर उसने अटेंडेंट से कहा, "अरे भैया, ये एसी सही से ठंडा नहीं कर रहा है। टेंपरेचर 14 पर कर दीजिए।"

"एसी में 14 नंबर नहीं होता है दद्दा।" अटेंडेंट बोला। छुटकी ग़ुस्से में खड़ी हो गई। तभी अंदर से नर्स ने आवाज़ दी- "चंद्रप्रकाश गुप्ता! आप अंदर जाकर ईसीजी करवा लीजिए, फिर डॉक्टर को उस कोने वाले कमरे में दिखा लीजिए।"

छुटकी और चंद्रप्रकाश अंदर गए और ईसीजी कराने लगे। चंद्रप्रकाश मशीनें देखकर घबरा गए। मशीन उनके दिल की हालत का ग्राफ़ बना रही थी। वह सोच रहे थे कि मशीनें कितनी आसानी से इंसानों की हालत को बस एक ग्राफ़ में बयान कर देती हैं। वह ग्राफ़ का मतलब नहीं समझ रहे थे इसलिए उसके उतार-चढ़ाव से डर रहे थे। कितना उतार अच्छा था और कितना चढ़ाव बुरा? उन्हें इंसान चेहरे से समझ आता था, विज्ञान की रेखाओं से नहीं।

दोनों ईसीजी का रिपोर्ट लेकर डॉक्टर के पास पहुँचे। डॉक्टर ने रिपोर्ट देखी और पूछा, "आइए आइए गुप्ता जी, बैठिए। किस तरफ़ दर्द होता है? छाती पर हाथ रखकर बता सकते हैं?"

"इस तरफ़।"

"पहले भी हुआ है?"

"हाँ, हफ़्ता भर से बीच-बीच में हो रहा है।"

"माइनर हार्ट अटैक था। लेकिन घबराइए नहीं। दवाइयाँ लिख रहा हूँ। नियम से लीजिए और तेल-मसाला एकदम बंद कर दीजिए। सुबह-शाम टहलिए भी।"

छुटकी का मैसेज पाकर मिट्ठू भी आ गई थी। उसने पापा की रिपोर्ट्स देखी और छुटकी को समझाया कि अधिक चिंता की बात तो नहीं है लेकिन अब एहतियात पूरा बरतना पड़ेगा। छुटकी ने मिट्ठू के साथ पापा को ऑटो में बिठाया और वह उनका माथा चूमकर दवाई लेने निकल गई। वह डर गई थी

लेकिन वह अपने पापा को जताना नहीं चाहती थी कि वह डर गई।

चंद्रप्रकाश ऑटो में बैठकर घर वापस जा रहे थे। शकल देखकर लग रहा था कि अंदर तक हिल गए थे। ड्राइवर की सीट के पीछे गीता का सार लिखा हुआ था। वह उसे पढ़ रहे थे। पोस्टर में लिखा था- 'तुम्हारा क्या गया जो तुम रोते हो? तुम क्या लाए थे, जो तुमने खो दिया? तुमने क्या पैदा किया था, जो नाश हो गया? ना तुम कुछ लेकर आए, न कुछ लेकर जाओगे।'

वह तमाम देर तक पोस्टर देखते रहे। बार-बार पढ़कर समझने की कोशिश कर रहे थे। वैसे तो वह अक्सर ऑटो से आते जाते थे। उन्होंने यह पोस्टर भी देखा ही होगा और गीता का सार भी पढ़ा ही होगा, लेकिन कभी इस तरह से नहीं पढ़ा था। कभी दिल का दौरा पड़ने के बाद तो क़तई नहीं पढ़ा था।

इसलिए वह उँगली से छूकर एक-एक हर्फ़ समझ रहे थे। जैसे साक्षात् भगवान कृष्ण आकर उन्हें ऑटो की आगे वाली सीट पर बैठकर गीता का उपदेश दे रहे हों।

ऑटो ट्रैफ़िक में रुका तो बग़ल से एक शवयात्रा जा रही थी। एक अघोरी साधू पास आया और उसने चंद्रप्रकाश की ओर अपनी बाल्टी बढ़ाकर उसमें दस रुपया डालने के लिए कहा। उसके हाथ में एक चिमटा था और दूसरे में कमंडल। वह दोनों को बजा रहा था। उसने बालों में जूड़ा गूँथा हुआ था। अगर नहीं गूँथता तो बाल शायद ज़मीन तक लटक आते। बाल सूखकर चीमड़ हो गए थे। शायद सालों से न धुले गए हों। एकबारगी लगता था कि पागल था शायद। चंद्रप्रकाश उसे पक्का 'पागल' इसलिए नहीं कह सकते थे क्योंकि हम कौन होते हैं किसी को पागल कहने वाले। शायद पागलों को हम सब ठीक-ठाक लोग एकदम पागल लगते हों। इसीलिए तो पागल हमें देखकर हँसते रहते हैं। यह सोचकर कि जो उन्हें पागल समझते हैं, दरअसल वही पक्के वाले पागल हैं। दीन-दुनिया में फँसे पागल।

चंद्रप्रकाश यही सब सोच रहे थे, इसलिए कुछ बोल पाने की स्थिति में नहीं थे। अघोरी उनकी आँखों में घूरकर ज़ोर से चीखा- "जीवन नश्वर है!" और ज़ोर से हँसते हुए आगे निकल गया।

'जीवन नश्वर है' उनके दिल में घर कर गया था।

वह लगातार उस पागल के बारे में सोच रहे थे। न जाने क्यों उन्हें वह

पागल नहीं, कोई सिद्ध साधु लग रहा था। क्योंकि उसकी आँखों में एक ग़ज़ब का विश्वास था। उसने जिस अंदाज़ से 'जीवन नश्वर है' कहा था, उस अंदाज़ से चंद्रप्रकाश से, किसी ने इतनी सच्ची बात नहीं कही थी। कई बार ऐसा होता है कि एक सच्ची बात सुनते ही हमें जीवन का पिछला सब कुछ सुना-देखा झूठा लगता है। चंद्रप्रकाश को यह बात वैसी ही सुनाई दी। तीर की तरह सीने में उतर गई। क्या पता वह व्यक्ति भी पागल इसीलिए हो गया हो क्योंकि एक दिन उसे यह पता चल गया हो कि 'जीवन नश्वर है'। चंद्रप्रकाश डर गए क्योंकि यह बात अब उन्हें भी पता चल गई थी। कहीं वह भी पागल तो नहीं हो जाएँगे?

चंद्रप्रकाश सकपकाए-से घर में दाख़िल हुए। सुलेखा बड़बड़ा रही थी। चंद्रप्रकाश सोफ़े पर बैठ गए। सुलेखा सब्ज़ी काटते हुए रुआँसी हो रही थी। या तो प्याज़ का असर था या फिर कुछ और मामला था।

"कुछ लोग के लिए चाहे जितना कर लो, वो खुश ही नहीं हो सकते। आया था तुम्हारी दीदी का फोन। हमने 5000 की साड़ी दी। तब भी कह रही थीं कि उसका कपड़ा धसक गया है।"

"हैं?"

"मिट्टू की सास उससे कह रही थी कि तुम्हारे पापा ने सब चीज में कंजूसी कर दी। पनीर तो ऐसा बना था जैसे रबड़ का हो। काटे नहीं कट रहा था, चुन्गम जैसा खिंच रहा था।"

चंद्रप्रकाश कुछ नहीं कह रहे थे। बस सुन रहे थे या शायद सुन भी नहीं रहे थे क्योंकि वह अघोरी के बारे में सोच रहे थे। वह उनके मस्तिष्क में चिमटा लेकर तांडव कर रहा था।

"हमने कित्ती कोशिश करी कि शादी में कोई कमी नहीं रहे लेकिन इन लोग को नुस्क निकालने से भला फुर्सत क्यों हो? अरे कुछ बोलोगे?"

"जीवन नश्वर है, सुलेखा!"

"अरे मैं क्या बोल रही हूँ और तुम क्या बोल रहे हो? कोई सुनता ही नहीं है हमारी। मिट्टू के फूफा जी भी बोले कि तुमने उनको स्टेशन के बाहर तक ही छोड़ दिया, ट्रेन में बिठा देते तो क्या चला जाता! घर के दामाद हैं वो। इतना तो करना ही पड़ता है।"

सुलेखा ने उसके आगे भी और कुछ कहा होगा क्योंकि आधा घंटा तक

बोलती रही थी लेकिन चंद्रप्रकाश ने बस यही सुना कि जीवन नश्वर है। वह लगातार यही सोच रहे थे कि अगर मैं सच में मर गया होता तो? लोग मुझे किस बात के लिए याद रखते? उनका जी किया कि सुलेखा उन्हें प्यार से पुचकार दे। इसलिए उन्होंने सुलेखा को रोककर कहा, "सुलेखा, डॉक्टर के पास से आ रहा हूँ। जब गेस्ट हाउस गया था तो माइनर हार्ट अटैक आया था।"

सुलेखा एकदम चुप हो गई और वह रोने लगी। पल भर में दुनिया के बुरे-से-बुरे ख़यालात ने उसे प्रेत की तरह जकड़ लिया। बेताल की तरह अनहोनी की आशंका उसके कंधे से लटक गई। उसे ग़ुस्सा भी आ रहा था। वह चंद्रप्रकाश से कब से कह रही थी कि खाने में चिकनाई का ख़याल रखें। कम तेल-मसाला खाएँ लेकिन वह सुनते कहाँ थे! सब्ज़ी कम चटपटी हो तो उनसे चार निवाला हलक़ से नीचे नहीं ठेला जाता था। इसलिए सुलेखा भी उनकी ज़िद के आगे हथियार डाल देती थी और सब्ज़ी में मसाला तेज़ कर देती थी। वह उनसे ख़ूब लड़ी और उनसे क़सम ली कि आज के बाद वह बस उबला खाना ही खाएँगे। अघोरी के बारे में सोचते हुए चंद्रप्रकाश ने शायद 'हाँ' कह भी दिया होगा। लेकिन उन्हें याद नहीं होगा कि उन्होंने क्या कहा।

"तुम बस इत्ता सुन लो कि तुम हमसे पहले न मरना। हम बता रहे हैं कि पहले हम ही जाएँगे भगवान के पास।" कहकर सुलेखा उनके गले लग गई और तमाम देर रोती रही। वह कई दिनों बाद यूँ उनके गले लगी थी। भारतीय स्त्रियाँ हर करवाचौथ में यही माँगती हैं कि पति से पहले वह भगवान के पास हो आएँ। उनके लिए जीवन की सबसे बड़ी नेमत यही है। पति के बाद भी यहीं रह जाना जीवन की सबसे बड़ी सज़ा है।

चंद्रप्रकाश सुलेखा को गले लगाए हुए, 'क्या खोया-क्या पाया' का हिसाब उँगलियों पर कर रहे थे और यही हिसाब करते-करते सो गए।

***

चंद्रप्रकाश जब रोज़ सुबह उठते थे तो सीधे अपनी दवाइयों की पोटली खोलते थे। एसिडिटी और गैसेक्स की टैबलेट खाते थे। एक दवाई बी.पी. की थी। आज उसमें दो-तीन दवाइयाँ दिल की और जुड़ गईं। ताँबे के लोटे से पानी पीते हुए वह पेट पर हाथ फिरा रहे थे क्योंकि उन्हें गैस हो रहा था। पूजा करने

गए तो रोज़ाना के नियम से हॉल में जाकर चोरी से किशोर दा, रफ़ी साहब, मन्ना, लता, आशा, सबके पोस्टर्स को अगरबत्ती दिखाई। फिर तैयार हुए और स्कूटर स्टार्ट करके सब्ज़ी मंडी के लिए निकल पड़े।

सब्ज़ी वाला उन्हें देखते ही ख़ुश हो गया और चहकते हुए बोला, "कल कहाँ रह गए थे बाबू जी? ये देखिए एकदम ताजा लौकी आया है। इसमें बीजा भी कम है और मुलायम भी है।" चंद्रप्रकाश ने लौकी हाथ में ली तो उन्हें जान पड़ा कि इसमें कीड़ा है।

"क्यों बेवकूफ बना रहे हो जी? मैं लौकी बाहर से देखकर बता सकता हूँ कि इसमें अंदर कीड़ा है।"

"अरे नहीं बाबू जी। एक भी कीड़ा नहीं निकलेगा इसमें।"

"दूसरी दो, इसमें कीड़ा है।"

"क्या बाबू जी, आपको आज तक कीड़ा वाला सब्जी दिए हैं?"

चंद्रप्रकाश फट पड़े। जैसे कोई सोया हुआ ज्वालामुखी फट पड़ा हो। वह बोलना शुरू हुए तो बोलते ही गए।

"तुम मुझे सब्जी खरीदना मत सिखाओ। पिछले 30 साल से इधर से ही सब्जी लेता हूँ। सबेरे दस बजे स्कूटर उठाता हूँ। घर से रेलवे के दफ्तर, दफ्तर से सब्जी मंडी, सब्जी मंडी से परचून की दुकान और वहाँ से घर। सब्जी खरीदने पर किताब लिख सकता हूँ मैं। ये देखो, यहाँ तीन तरह के बैंगन हैं। ये छोटा वाला, इससे रसेदार सब्जी अच्छा बनता है। ये लंबा वाला, इससे सूखा सब्जी तो अच्छा बनता है लेकिन रसेदार अच्छा नहीं बनता। ये मोटा वाला, इससे भरवाँ बैंगन तो अच्छा बनता है लेकिन गीला सब्जी खराब बनता है। मैं आगे आने वाले 10 साल ये काम और करूँगा। स्कूटर निकालो, दफ्तर जाओ, सब्जी खरीदो, परचून लाओ और घर पहुँचकर सो जाओ। फिर एक दिन मेरी छाती में जोर से दर्द होगा, मुझे हार्ट अटैक आएगा और मैं मर जाऊँगा। फिर लोग मेरे अंतिम दर्शन के लिए आएँगे तो कहेंगे चंद्रप्रकाश क्या कमाल के आदमी थे, आज तक इनकी लाई हुई लौकी में कीड़ा नहीं निकला। चंद्रप्रकाश बैंगन हाथ में उठाकर बता सकते थे कि आधा किलो में कितने बैंगन चढ़ेंगे। ये देखो, हुआ न आधा किलो!"

चंद्रप्रकाश उसी पगले की तरह तमाम देर तक बड़बड़ाते रहे। जीवन भर

की पीड़ा एक बैंगन को देखकर निकल आई। सब्ज़ी वाला हैरान था। उसे नहीं पता था कि बैंगन में जीवन का इतना बड़ा फ़लसफ़ा छिपा हुआ है। वह इतने साल से सब्ज़ियाँ बेच रहा था लेकिन उसने फल-सब्ज़ी को इस नज़र से कभी नहीं देखा था। शायद देख लेता तो वह भी दार्शनिक हो जाता। न्यूटन के सर पर भी तो सेब ही गिरा था और उसकी बुद्धि खुल गई थी!

चंद्रप्रकाश ने तराज़ू पर चार बैंगन रखे तो ठीक आधा किलो वज़न हुआ। सब्ज़ी वाला जानता था कि गुप्ता जी से सब्ज़ी-भाजी पर बहस करना बेकार है क्योंकि वह बिना बाट के भी सब्ज़ी तौल लेते थे। सब्ज़ी ख़रीदने पर पीएचडी की हुई थी उन्होंने।

"क्या बाबू जी, दू-चार ठो कीड़ा के लिए इतना गुस्सा खा रहे हैं। मरने की बात काहे कर रहे हैं? ये लीजिए आप धनिया और मिर्चा फिरी में ले लीजिए।" मामला ठंडा करने के लिए उसने कहा।

उसे लगा था कि ऐसा करने से वह शांत हो जाएँगे, लेकिन वह और भड़क गए। सुषुप्त ज्वालामुखी एक जागृत ज्वालामुखी हो गया। बोले, "ये है चंद्रप्रकाश की जान की कीमत। एक कट्ठा धनिया और एक मुट्ठी मिर्चा। अभी एक दिन हार्ट अटैक आएगा और चंद्रप्रकाश मर जाएँगे। फिर लोग सुलेखा से कहेंगे, ये लीजिए फ्री में धनिया और मिर्चा। बस इतना ही वजूद है मेरा। यही मेरे होने का अर्थ है।"

चंद्रप्रकाश ग़ुस्से में तमतमाए हुए, स्कूटर स्टार्ट कर, सब्ज़ी लेकर निकल गए। सब्ज़ी वाला बग़ल के ठेले पर बैठे फल वाले से कहने लगा, "ये आदमी है कि नाना पाटेकर!"

फल वाला हँसते हुए बोला, "कल हमाए यहाँ से लीची ले गए थे गुप्ता जी, उसका बीजा खा लिए होंगे, तभी दिमागी बुखार हो गया है। अखबार में पढ़े नहीं हो? बिहार में केतना बच्चा लोग मर गया लीची का बीजा खाने से। उसमें बहुत डैंजर वायरस होता है। सीधा माथा पर अटैक करता है। माथा फिर जाता है तो अच्छा-भला आदमी क्रांतिवीर हो जाता है।" फल वाला लीची पर पानी मारने लगा और उसने तमाम देर तक बाल्टी में बार-बार खँगालकर लीची धो ली।

5

पिंटू अपने पिता की दुकान 'मिश्रा इलेक्ट्रिकल एंड हार्डवेयर' पर बैठा था। राधेश्याम चाय वाले को कॉफ़ी मशीन का देसी जुगाड़ बनाकर दे रहा था। प्रेशर कूकर में मेटल का पाइप डालकर उसका दूसरा हिस्सा एक बड़े जग से जोड़ रहा था। कुकर में जब प्रेशर से सीटी आती थी तो जग में भरी कॉफ़ी और दूध के घोल में स्टीम से कॉफ़ी खौलकर ब्रू होने लगती थी।

"देखो गुरु, यहाँ कानपुर में किसी को हाई-फाई मशीनों वाली कॉफी सुहाती नहीं है। कस्टमर जब तक अपने सामने स्टीम से कॉफी को फुरफुराता नहीं देखता, तब तक उसे मजा कहाँ आता है! यहाँ तो यही कॉफी चलती है।" पिंटू ने कहा।

राधेश्याम ख़ुश हो गया। पिंटू ने दस मिनट में उसके लिए मशीन बना दी और राधेश्याम स्कूटर पर रखकर मशीन ले गया। पिंटू ऐसे ही आड़े-टेढ़े और अतरंगी जुगाड़ बनाता रहता था। उसने अन्नू अवस्थी के चाचा जी की मोटरसाइकिल को एयरकंडीशन बना दिया था। दो डंडे मोटरसाइकिल की बॉडी से वेल्ड करके, उसके ऊपर छत तान दी थी और छत पर छोटा पंखा लटका दिया था। पंखा टाट की बोरी से ढका था, जिस पर बोतल से बूँद-बूँद करके पानी गिरता रहता था। अन्नू के चाचा जी आज तक इसके लिए पिंटू की

तारीफ़ों के क़सीदे पढ़ते थे।

पिंटू भले ही आईटीआई में पढ़ रहा था लेकिन मशीनें देखकर उसका दिमाग़ घंटाघर के घंटे से भी तेज़ घनघनाने लगता था। फिर चाहे वह देसी जुगाड़ वाली कॉफ़ी मशीन हो या एयर कंडीशन मोटरसाइकिल। जुगाड़ भिड़ाकर उसके सिर में तरावट आती थी। बचपन से उसका दिमाग़ जुगाड़बाज़ी में चलता था। छुटपने में जब मिश्राइन उसे धूप में घर के बाहर मिट्टी में तराई करने के लिए भेजती थीं, तो उसने घूमने वाले टेबल फ़ैन के सिर पर पानी का पाइप बाँध दिया था। पंखा घूमता था तो दाएँ से बाएँ तक सुंदर तरीक़े से तराई हो जाती थी। छींटें उड़ने से घर भी ठंडा हो जाता था।

उसके गाँव में दादा जी के पास ट्रैक्टर नहीं था तो उसने मिट्टी पोली करके बीज बोने के लिए मोटर साइकिल के पीछे कुदाल जैसा लोहे का फ्रेम बाँध दिया था, जिसके बड़े-बड़े दाँत थे। फ्रेम के बीच में प्लास्टिक की बोतल में छेद करके बीज भर दिए थे। मोटर साइकिल धीरे-धीरे चलती थी तो कुदालों के दाँत से मिट्टी भुरभुरी हो जाती थी और बोतल से गिरकर उसमें बीज भी धँस जाते थे।

मिश्रा ने इशारे से बताया कि तार ख़त्म हो गया है। पुराने बाज़ार से ले आओ (उसने हाथों को लंबा तानकर झुलाया था, पिंटू अब उनके सारे इशारे समझने लगा था)। पिंटू अन्नू को स्कूटर पर बिठाकर बाज़ार निकल गया। बाज़ार पहुँचा तो वहाँ छुटकी के होर्डिंग के पास बैठ गया।

पिंटू अक्सर वहीं बैठता था और होर्डिंग पर छुटकी की बड़ी-सी तस्वीर और उसके नीचे 'तरु गुप्ता AIR 10' लिखा हुआ देखता रहता था। कई दफ़ा तो वह कुर्सी लगाकर घंटों छुटकी का पोस्टर देखा करता था।

नील और छुटकी भी पुराना बाज़ार में कार के स्टेयरिंग पार्ट्स की दुकान पर कुछ सामान खोज रहे थे। छुटकी एक स्टेयरिंग व्हील को हाथ में लेकर उसे देख रही थी। अन्नू ने कोहनी के इशारे से पिंटू को बताया कि छुटकी जी आई हुई हैं। दोनों बिदक के सीधे छुटकी के पास पहुँचे।

"अरे नील भैया, आप कहाँ यहाँ गंदगी और प्रदूषण में घूम रहे हैं। आप नाजुक-से आदमी हैं, कोई मच्छर फ्रेंच किस करके निकल लिया तो चिकनगुनिया हो जाएगा।" अन्नू अवस्थी ने कहा।

"हम लोग स्टीयरिंग व्हील और टायर लेने आए थे।" नील ने बताया।

"काहे ? कार-वार बना रहे हैं क्या ?" अन्नू अवस्थी ने मज़ाक़ में पूछा। उसे यह बात तो पक्का पता थी कि इस सवाल का जवाब हाँ तो नहीं होगा।

"हाँ, आईआईटी में इनोवेशन फ़ेयर है, फ़ॉर इंडियाज़ नेक्स्ट बिग इनोवेटर। हम दोनों ने इलेक्ट्रिक कार डिज़ाइन की है। उसी का सामान लेने आए हैं।" नील ने यूँ कहा जैसे कार बनाना तो उसके रोज़ाना की दिनचर्या हो। अन्नू अवस्थी स्टैच्यू हो गया।

"बाप रे! छुटकी जी! आप तो गजब रेजर शार्प लड़की हैं। भुट्टा खाएँगी ?"

चारों भुट्टा सिकने का इंतज़ार करने लगे। एक बूढ़ी औरत पंखे से भुट्टा झल रही थी।

बूढ़ी औरत की उम्र अस्सी बरस की थी, पंखा झलते हुए वह ख़ुद भी हिल रही थी। पंखे से भुट्टा झलने की वजह से कोयला गर्म होने में बहुत समय लग रहा था। नील इस बात से चिढ़ रहा था। जब दस मिनट में भी भुट्टा नहीं सिका तो उससे रहा नहीं गया और वह बोला, "अरे जल्दी बनाइए। ऐसे तो दस दिन में भी भुट्टा नहीं सिकने वाला। पंखे से जादा तो आप खुद हिल रही हैं।"

नील तेज़ आवाज़ में कह गया। दादी जी को बुरा लग गया। पिंटू ने दादी जी से पंखा ले लिया और वह ख़ुद पंखा झलने लगा। दादी ने मुस्कुराकर उसे आशीर्वाद दिया। वह अक्सर जब दादी जी के पास भुट्टा खाने आता था तो उनकी मदद कर देता था। भुट्टे के ठेले के बग़ल में कुर्सी लगाकर वह छुटकी का बड़ा होर्डिंग भी देख पाता था और भुट्टा भी झल देता था।

"गुस्सा काहे खा रहे हैं नील भैया! बूढ़ी हैं दादी जी, सिक जाएगा भुट्टा।" पिंटू ने कहा। "वैसे ये इनोवेशन फेयर कब है ?"

"क्यों ? तुम भी पार्ट लोगे ?" नील अपनी हँसी नहीं रोक पाया।

"हाँ, सोच तो सकते ही हैं।"

"वहाँ कोई कटिया मारने का कंपटीशन नहीं है। ये साइंटिस्ट लोग के लिए है।"

नील हँसते हुए निकल गया। अन्नू अवस्थी बहुत ग़ुस्से में था। वह यह बर्दाश्त नहीं कर सकता था कि कोई उसके पिंटू भैया को इस तरह से बेइज़्ज़त करके चलता बने।

"भैया ऐसा है, इसको बोल दीजिए कि कायदे में रहोगे तो फायदे में रहोगे। बहुत छत्रपति बन रहा है।" अन्नू अवस्थी ने कहा।

"अब ठीक है। बोलने दो बे। आईआईटी वाला है तो आईटीआई वालों को अउकात दिखा रहा है। यही दुनिया का दस्तूर है, ताकत है तो फेंको। नहीं तो घंटाघर देखो।"

"नहीं भैया हम बता रहे हैं, हम इसको पेल देंगे।"

"अबे ठीक है बे! देखो बेटा अन्नू अवस्थी, पूँछ चाहे जितनी बड़ी हो, मूँछ की जगह थोड़ी ले सकती है, ठीक है? अब वह बंबइया बाबू है तो अपन भी तो कानपुर के बकचोद हैं।"

"मतलब?"

"पार्ट लेंगे इनोवेशन फेयर में। हराके दिखाएँगे नील भैया को। छुटकी जी नील भैया को इसीलिए तो प्यार करती हैं क्योंकि वह भी उनके जैसे इनोवेटर हैं। लेकिन बे, हमको लगता है कि हमारा दिमाग भी बहुत अतरंगी है। हम भी कुछ बढ़िया बना के इंप्रेस कर सकते हैं छुटकी जी को। चल दिखाते हैं वह बॉम्बे के टॉम आल्टर को, कि बेटा ये कानपुर है। इधर का नीम चंदन से कम नहीं है, और ये बेटा कानपुर लंदन से कम नहीं है।"

अन्नू ने पिंटू को देखा, उसे देखकर ही समझ आ रहा था कि अब कानपुर ने ठान लिया है कि वह बंबई पर चढ़ाई करके उसका काम पैंतिस करके ही मानेगा। पिंटू नाराज़ नहीं था, मुस्कुरा रहा था। अन्नू जानता था कि जब पिंटू बहुत मुस्कुराता था तब वह एकदम सीरियस होता था। उसे आज पहली बार ऐसा लगा था कि नील छुटकी के लिए सही लड़का नहीं है। दोनों में वही फ़र्क़ है जो पेड़ की ठंडी बयार और एसी की चिल्ड हवा में होता है। जो फ़र्क़ चूल्हे की सोंधी दाल और फ़ाइव स्टार होटल के लेंटिल सूप में होता है। उसे हमेशा लगता था कि उसकी छुटकी जी बारिश की मिट्टी की महक हैं, उन्हें किसी विक्टोरियाज़ सीक्रेट्स के आर्टिफ़िशियल परफ़्यूम की ज़रूरत नहीं है।

***

चंद्रप्रकाश सो रहे थे। वह सपना देख रहे थे कि वह मर गए हैं।

कमरे के बीचो-बीच उनकी लाश रखी हुई है। नाक में रूई लगी हुई है।

आस-पास घर वाले बैठे हुए हैं। सन्नाटा है। सुलेखा चाय-नाश्ते के प्रबंध में परेशान थी। मिश्राइन के साथ किचेन में सबके लिए काग़ज़ की प्लेट पर नाश्ता लगा रही थी। "अरे एक-एक समोसा रखो, इत्ती गर्मी में कोई दो खा पाएगा क्या।" मिश्राइन को समझा रही थी। चंद्रप्रकाश लावारिस लेटे हुए थे और सुलेखा फटाफट सबको नाश्ता परोसने लगी। बच्चे चाय फैला दे रहे थे तो कपड़ा-पोंछा भी मारना पड़ रहा था। जल्दी-जल्दी सब व्यवस्था करके वह लाश के पास बैठ गई।

समझ नहीं आ रहा था कि क्या बोले? क्या कहे? दिमाग़ तो इसी में लगा हुआ था कि कहीं समोसे कम न पड़ जाएँ। अचानक से सन्नाटे को चीरते हुए किसी ने गंदी हवा ठेल दी। सुलेखा ने रोते हुए मुँह साड़ी से ढँक लिया और चंद्रप्रकाश की लाश की नाक में लगी हुई रूई को और अंदर ठूस दिया।

"बेटा शोक सभा शुरू करवाओ। अगर कोई इनके बारे में कुछ कहना चाहता है तो अपनी बात रख सकता है।" साड़ी से अपना मुँह ढँके हुए ही सुलेखा ने कहा। फिर सन्नाटा पसर गया, कोई चंद्रप्रकाश के बारे में कुछ नहीं कह रहा था।

गुप्ता जी अपने सपने में सोच रहे थे कि कोई कुछ कह क्यों नहीं रहा है। वह कोशिश कर रहे थे कि उनका सपना टूट जाए और वह नींद से जाग जाएँ लेकिन जाग नहीं पा रहे थे। बुरे सपने में अक्सर ऐसा होता है कि हमें कई बार पता होता है कि हम लोग सपना देख रहे हैं और ज़रा-सी कोशिश कर लें तो ये सपना टूट भी जाएगा लेकिन हम सपना तोड़ नहीं पाते। चंद्रप्रकाश भी तमाम कोशिश कर रहे थे लेकिन बुरे सपने से मुक्त नहीं हो पा रहे थे।

शोकसभा शुरू हुई। कोई माइक नहीं ले रहा था तो अतिउत्साह में अन्नू अवस्थी ने माइक ले लिया और चंद्रप्रकाश के बारे में बोलने लगा।

"अंकलजी इतने गजब के लउंडे थे..." अन्नू अवस्थी चहकते हुए बोला। माइक से कूँ की तेज़ आवाज़ आई तो उसने माइक जेब में छुपा लिया। हॉल में कुल जमा लोग उँगली से कान घिसने लगे। कूक शांत हुई तो अन्नू फिर फूँक मारते हुए धीरे से बोला, "अंकलजी जैसा लउंडा मैंने तो नहीं देखा। हर शनिवार नियम से बैंक जाते थे और मेरे पापा से पासबुक अपडेट करवा के मुँहर लगवाते थे। पिता जी कहते थे कि अरे गुप्ता जी अगर बैंक से कोई

ट्रांजेक्शन नहीं हुआ है तो पासबुक अपडेट करवाने की ज़रूरत नहीं है, लेकिन अंकलजी की नियम और कायदे में ऐसी प्रोफेसरी थी कि उन्होंने तीस साल में एक शनिवार भी नागा नहीं किया। और अंकलजी का जो पुराना स्कूटर था, उसे वो एक किक में स्टार्ट कर देते थे। उनको ट्रिग्नामेट्री का ऐसा ज्ञान था कि उन्हें वह इग्जैक्ट कोण पता था, जिस पे स्कूटर झुका दी जाए तो एक बार में स्टार्ट हो जाए। ऐसे जीनियस थे अंकलजी।"

सुलेखा ने अन्नू अवस्थी से माइक छीन लिया, क्योंकि वह भावनाओं में बह गया था। अगर उससे थोड़ी देर और माइक न लिया जाता तो वह चंद्रप्रकाश पर ललित निबंध सुना देता। सुलेखा ने जान छुड़ाकर मिश्रा के सामने माइक बढ़ा दिया। लेकिन वह गुटका खा रहा था, इसलिए उसने अपने भरे मुँह की ओर इशारा किया और माइक को उमेश की ओर बढ़ा दिया। उमेश बोलना नहीं चाहता था, वह ताक-झाँक करके शोकसभा में नहीं आ पाए लोगों को जज करने में व्यस्त था, इसलिए टालमटोल करते हुए अनमने ढंग से बोला, "अब चंद्रप्रकाश के बारे में क्या ही कहा जाए। कुछ भी कहने की कोशिश करूँगा तो हमारे पास शब्द कम पड़ जाएँगे। इतने कम, इतने कम कि अभी तो कुछ बोला नहीं जा रहा है।"

उमेश ने जान छुड़ाकर वापस सुलेखा की तरफ़ माइक बढ़ा दिया। सुलेखा पाँच मिनट सोचने के बाद बोली, "इतना हुनर था इनमें, पाँच मिनट में आधा किलो मटर छील देते थे। इतनी देर में तो छह लोग मिल के भी सौ ग्राम भी नहीं छील पाते हैं।"

सब्ज़ी वाला मटर की चर्चा चलने से ख़ुश हो गया और अब माइक उसने छीन लिया। कहने लगा, "लौकी देखकर बता देते थे कि उसमें कीड़ा है कि नहीं। आँखों में स्कैनर लगा रखा था गुप्ता जी ने। इतने गजब के आदमी थे कि बिना बाट रखे सब्जी तौल देते थे। चार बैंगन रखते थे तो ठीक आधा किलो वजन होता था। आठ रखते थे तो ठीक एक किलो।"

सब्ज़ी वाले ने छुटकी के आगे माइक बढ़ा दिया। चंद्रप्रकाश ने सोचा कि अब मेरी बेटियाँ मेरे बारे में कुछ ज़रूर कहेंगी लेकिन दोनों फ़ोन पर चैट कर रही थीं। छुटकी च्विंगम भी खा रही थी। सब उसकी ओर देख रहे थे कि अब वह माइक पर कुछ कहेगी, लेकिन वह ग़ुब्बारा फुलाने में मगन थी। ग़ुब्बारा

फूटकर नाक पर चिपक गया था। छुड़ाए नहीं छूट रहा था।

माइक फूफा जी की तरफ़ बढ़ाया गया तो उन्होंने बोलने से मना कर दिया। वह अभी तक नाराज़ थे क्योंकि मिट्ठू की विदाई के बाद चंद्रप्रकाश उन्हें कार से स्टेशन तक छोड़ने नहीं गए थे। घर का दामाद होने पर भी ऑटो करके जाना पड़ा था। बुआ इस बात पर नाराज़ थीं कि शादी में जो साड़ी मिली थी उसका कपड़ा धसक गया था। दोनों ने माइक सरकाकर पिंटू की तरफ़ बढ़ा दिया।

वह माइक पकड़ते ही ख़ुश हो गया और कहने लगा, "अंकलजी न मुझे बड़ा प्यार करते थे। जब से उन्होंने बागबान देखी थी, तब से छुटकी और मिट्ठू से जादा मुझे प्यार करने लगे थे। कहते थे तू पड़ोसी नहीं है, मेरा असली बेटा तो तू ही है। कहते थे कि तू पूरे कानपुर का सबसे बड़ा कटियाबाज है। भले ही तू आईआईटी नहीं गया, लेकिन असली हुनर तेरे में है।"

पिंटू ने माइक आगे बढ़ाया तो अघोरी ने माइक ले लिया और वह ज़ोर से चिल्लाकर बोला, "जीवन नश्वर है!"

अघोरी ज़ोर से हँसा और डर से चंद्रप्रकाश जी का सपना टूट गया।

वह चौंककर उठ गए। उन्हें ज़ोर से पसीना आ रहा था। लेकिन अब थोड़ा सुकून था क्योंकि वह कब से कोशिश कर रहे थे कि इस बुरे सपने के पाश से मुक्त हो जाएँ। छाती में इतना दर्द हो रहा था जैसे रात भर अघोरी उस पर बैठा रहा हो और 'जीवन नश्वर है' चीखता रहा हो। वह छाती सहलाने लगे। सुलेखा बग़ल में ख़र्राटे लेकर सो रही थी।

वह उठकर बाहर बालकनी में टहलने लगे। बेचैनी-से घूमते रहे।

अलमारी से गैसेक्स की टैबलेट निकाली और पानी के साथ निगल गए। किशोर कुमार की फ़ोटो के सामने उकड़ू बैठ गए और तमाम देर तक उन्हें देखते रहे।

"किशोर दा, मैं मर गया तो लोग मुझे किस बात के लिए याद रखेंगे?" उन्होंने पूछा।

"क्या हो गया? फिर से सर में गैस चढ़ गई क्या? गैसेक्स खा लो। चलो अंदर।" पीछे से सुलेखा की आवाज़ आई।

वह सुलेखा के साथ अंदर आ गए और उसके बग़ल में लेट गए।

"सुलेखा, मैं मर जाऊँगा तो लोग मुझे किस बात के लिए याद रखेंगे?"

उन्होंने भारी गले से पूछा।

"हम्म!" सुलेखा ने आधी नींद में कहा।

"क्या कोई ये नहीं कहेगा कि मैं कितना सुंदर गाता था?" उन्होंने रोते हुए पूछा।

सुलेखा ने कुछ नहीं कहा। थोड़ी देर में उसके ख़र्राटों की आवाज़ फिर से आने लगी।

चंद्रप्रकाश रातभर नहीं सो सके।

6

चंद्रप्रकाश अलमारी के ऊपर रखा अपना हारमोनियम और सूटकेस निकाल रहे थे। सालों से कपड़े में लपेटकर रखा हुआ था। हारमोनियम उतारकर धूल झाड़ी, सफ़ाई की। माशूक़ा की तरह उस पर हाथ फिराया। एक नोट बजाया तो हवा में सुर घुल गया। अभी तक हारमोनियम में साँस और आस बराबर थी। पुराना सूटकेस खोला तो उसके अंदर तमाम सारे इनाम रखे हुए थे, जो उन्होंने जवानी के दिनों से संगीत की प्रतियोगिताओं में जीते थे। कई सारी ट्रॉफ़ियाँ थीं। कुछ फ्रेम की हुई फ़ोटो थीं जिन पर 'संगीत संध्या' और 'सुर संध्या' लिखा हुआ था। फ़ोटो में चंद्रप्रकाश इनाम ले रहे थे।

फ़ोटो पर हाथ फिराकर वह वापस जवान हो गए। जहाँ छू दे रहे थे, फ़ोटो का वह हिस्सा आँखों के सामने फिर से जी उठ रहा था। फ़ोटो में माइक था, छू लेने से याद आया कि उस दिन माइक पर अग्रवाल लिखा था। मिस्त्री ने बड़ा बढ़िया साउंड लगाया था। आवाज़ में जान फूँक दी थी। फ़ोटो में सुनने वालों की भीड़ में सुलेखा भी बैठी हुई थी और वह मंत्रमुग्ध होकर चंद्रप्रकाश को सुन रही थी। उसने दो चोटियाँ बनाई हुई थी और वह बेहद सुंदर लग रही थी।

वह क़रीने से सारे फ़ोटो दीवार पर सजाने लगे। पूरा कमरा खिल गया।

"अरे कुमार सानू जी, हारमोनियम क्यों निकाल के साफ़ कर रहे हो? घर

में वैसे ही पैर धरने की जगह नहीं है। अब तुम अपना बाजा-पेटी निकाल के मत बैठ जाओ।" पीछे से सुलेखा की आवाज़ आई।

"सुलेखा, तुम्हें बताया था न कि मैं बंबई जा रहा हूँ। अब जब तय कर ही लिया है, तो रियाज तो करना पड़ेगा न!" चंद्रप्रकाश ने नक़ली आत्मविश्वास से कहा जैसे उनका विश्वास देखकर सुलेखा अभी उनकी बात मान जाएगी। नक़ली इसलिए क्योंकि उन्हें पता था कि बंबई का नाम सुनते ही सुलेखा बिफर जाएगी और फिर उसे सँभालना नामुमकिन होगा।

"कब बताया था?" सुलेखा ने भौंहें टेढ़ी कर ली।

"उस दिन रात में, शादी के अगले दिन।"

"वह तो तुम दारू पिए हुए थे न!"

"दारू पिया हुआ था लेकिन नशे में नहीं था सुलेखा। फिर तुम सुनते-सुनते सो ही गई।"

"पगला गए हो! तुम बावन साल के हो। दिल के मरीज भी हो। अभी 8 साल की सरकारी नौकरी बाकी है। छुटकी की शादी करनी है। ये कोई उमर और समय है बंबई जाने का?"

"सुलेखा, तुम तो जानती ही हो कि मैं हमेशा से सिंगर बनना चाहता था। वह तो बच्चों की जिम्मेदारियों की वजह से मैं मुंबई नहीं गया। और मैं क्या गाना अच्छा नहीं गाता हूँ? शादी में फूफा जी भी मेरे गाने की तारीफ कर रहे थे। वह तो इतने खड़ूस हैं कि लता मंगेशकर के गाने में भी नुक्स निकाल दें। वह तो तुम्हारे बनाए मीट में भी कमी बता देते हैं जबकि पूरे कानपुर में तुमसे बढ़िया मीट कोई नहीं बना पाता। तुम तो कटहल भी इतना बढ़िया बनाती हो कि आदमी को चिकन का स्वाद आ जाए। जब मैंने शादी में 'बाबुल की दुआएँ' गया था तो फूफा जी भी रोने लगे थे।"

"अरे तो वह तो दस्तूर ही ऐसा था। बेटी जब घर से बिदा होती है तो बाबुल की दुआएँ सुनकर दुश्मन की भी आँख भर आए।"

"अच्छा, तो मतलब मैं गाना अच्छा नहीं गाता?"

"अरे गाना अच्छा गाते हो तो इसका मतलब ये थोड़ी है कि तुम सिंगर बनने बंबई चले जाओ। ऐसे तो मैं भी खाना अच्छा बना लेती हूँ तो क्या मैं भी टीवी पर खाना-खजाना शुरू कर दूँ? मास्टर शेफ में चली जाऊँ?"

"हाँ तो बिलकुल कोशिश करो सुलेखा। मैं तो कब से कहता रहा हूँ कि हम तुम्हारा रेस्टोरेंट खोल देते हैं। सुलेखा, पूरी जिंदगी निकल गई दूसरों के लिए जीते हुए। फिर पता नहीं कितने दिन रहे-न-रहे। मुझे गैस और बीपी की शिकायत है। तुमको थायराइड की।"

"हमें नहीं खोलना ये रेस्टोरेंट-फेस्टोरेंट। तुम करो अपने मन की। यहाँ सब आदमी अपने मन की ही कर रहा है।"

सुलेखा रोने लगी। धाराप्रवाह आँसू बहने लगे। चंद्रप्रकाश हताश होकर ज़मीन पर बैठ गए। आगे की बात करने का कोई तुक नहीं था क्योंकि सुलेखा रो रही थी। चंद्रप्रकाश के अस्त्र सुलेखा के ब्रह्मास्त्र के आगे फुसफुसा रहे थे। कहाँ चंद्रप्रकाश टुच्चा-सा सीको पटाका लिए खड़े थे और कहाँ सुलेखा एटम बम पटकने के लिए तैयार खड़ी थी! अब तो उन्हें बस छुटकी ही बचा सकती थी। जब भी मम्मी और पापा लड़-झगड़कर भारत और पाकिस्तान हो जाते थे, तो छुटकी सुलह कराने के मामले में अमरीका हो जाती थी। लेकिन इस वक़्त तो छुटकी घर में थी ही नहीं, वह तो हॉस्टल गई हुई थी। निराश होकर चंद्रप्रकाश ने अपना सीको ख़ुद ही पैर से कुचलकर बुझा दिया। सुलेखा गरज रही थी,

"करो अपने मन की। हमारी तो तुमने सुनी ही कब है। अभी एक बार दिल का दौरा पड़ चुका है। वहाँ जाकर तुम्हें कुछ हो गया तो! कुछ भी उल्टा-सुलटा खाओगे वहाँ। यहाँ तो मैं हूँ खयाल रखने के लिए। बंबई में तो बस तला वड़ा पाव मिलता है।"

"सुलेखा, एक तो तुम हर बात पर रोने लगती हो। तुमसे फिर बात ही कैसे की जाए। तुम फिर आने दो छुटकी को। मैं तभी बात करूँगा तुमसे।"

"हाँ ठीक है। बेटियों की धौंस न दो। मैं खुद बुलाती हूँ उनको।"

सुलेखा वहाँ से ग़ुस्से में चिढ़ती हुई दूसरे कमरे की तरफ़ चली गई। उसका पैर हारमोनियम से टकरा गया तो चंद्रप्रकाश दौड़कर हारमोनियम की ओर भागे। हाथ से हारमोनियम छूकर हाथ आदर से अपने माथे पर लगा लिया। हालाँकि हारमोनियम के पैर नहीं होते लेकिन उनके अनुसार उन्होंने उसके पैर छू लिए थे।

"अरे सुलेखा, हारमोनियम पर पैर लग गया है। वापस आकर पैर तो छू लो।"

सुलेखा वापस नहीं आई।

"माफ़ कर दो सरस्वती माता! दिल की अच्छी है वो, बस समझती नहीं है।" उन्होंने हारमोनियम से कहा और कान पकड़कर उससे क्षमा माँग ली।

सुलेखा कमरे में लेटकर रोती रही। उसने लड़-झगड़कर सब कुछ तो कह दिया था लेकिन यह नहीं बता पाई थी कि मैं तुम्हारे बग़ैर नहीं रह सकती। कह देती तो शायद बात ही कुछ और होती लेकिन नहीं कह पाई। शादी से पहले अक्सर कहती थी। शादी के बाद नहीं कह पाती थी। चंद्रप्रकाश जिस दिन की फ़ोटो देख रहे थे, जब भीड़ में सुलेखा भी बैठी गाना सुन रही थी, उस दिन उसने चंद्रप्रकाश को गले लगाकर ज़रूर बताया था कि मैं तुम्हारे बिना नहीं रह सकती। उसके बाद नहीं बता पाई।

हाँ लेकिन संकेतों में ज़रूर कहती थी। तमाम संकेत- जैसे, जब छह बजे के बाद भी चंद्रप्रकाश घर नहीं लौट पाते थे तो वह बालकनी में खड़ी उनका इंतज़ार करती थी। जैसे, जब वह खाने-पीने का ख़याल नहीं रखते थे तो सुलेखा डाँटते-डाँटते रो देती थी। जैसे जब चंद्रप्रकाश उसकी तरफ़ प्यार से देखते थे तो वह शर्माकर गठरी जैसे गुथकर छिप जाती थी।

जब आप किसी को बहुत प्यार करते हैं तो प्यार निभाने की आपाधापी में, आप उसे फ़ुर्सत में कभी नहीं बता पाते कि आप उसे कितना प्यार करते हैं। सुलेखा के प्यार की यही विडंबना थी।

वह चंद्रप्रकाश से इतना प्यार करती थी कि वह उनसे बहुत लड़ती थी। वह शादी के इतने साल बाद भी, उन प्रेमिकाओं की तरह थी जो अपने प्रेमियों से इस क़दर प्यार करती हैं कि वह उनसे टूटकर लड़ती हैं। लड़ना प्रेम की आख़िरी हद है। आप इस झुंझलाहट में लड़ते हैं कि आप जिसे प्रेम करते हैं वह पूरा आपका क्यों नहीं है?

***

सुलेखा रोते-रोते अपनी सहेली मिश्राइन के घर पहुँची। मिश्राइन चाय खौलाने लगी। चाय उबल गई तो कप में छानकर ले आई और सुलेखा को समझाने लगी।

"देखो बहन, जब उमर ढल जाती है न, तो हम औरतों को शरीर भी कैसा

ढीला-सा हो जाता है। अंगूर का मजा अब किशमिश में थोड़े ही आता है।" मिश्राइन ने सुलेखा की छाती की ओर देखकर आह भरते हुए कहा। सुलेखा ने पल्लू से छाती ढक ली। मिश्राइन ने जो ब्रह्मज्ञान यूँ ही पंजीरी की तरह बाँट दिया था, वह जानते-समझते लोगों को सालों लग जाते हैं। सुलेखा दोनों हाथों से छाती ढाँपे सुनती रही, जैसे वह मिश्राइन की आँखों से अपनी आबरू बचा रही हो।

"और इन आदमियों का क्या है, इनकी उमर ढले तो ये तो और निखर आएँ। चाहे अनिल कपूर को देख लो, शाहरुख, सलमान, या आमिर को। ये लोग तो अब पकना शुरू हुए हैं।"

मिश्राइन ने जैसे समूची अधेड़ उम्र की औरतों के दिल के दर्द का अपना फ़लसफ़ा बयान कर दिया था। सुलेखा फिर से रो पड़ी। उसे मिश्राइन की बात ने अंदर तक डरा दिया।

"अब क्या बताएँ मिश्राइन। जब से इन्होंने बंबई जाने का नाम लिया है तब से हमाए तो आँसू ही नहीं रुक रहे हैं। बेटियाँ तो जनम से ही पराई होती हैं, और अब ये भी जा रहे हैं। जाने कौन चुड़ैल के बस में आ गए हैं!" सुलेखा के रोने से मिश्राइन चिढ़ गई। वह उसे हमेशा समझाती थी कि हर बात का रोना बे-बात का रोना हो जाता है। बे-बात रोने से आँसू का नमक कम हो जाता है। और बिना नमक का आँसू पानी होता है। वह सुलेखा के आँसू पोंछते हुए कहने लगी, "बहन रोने से और बात बिगड़नी है। हम औरतों की यही तो दिक्कत है। हर बात पर रोना शुरू। फिर इन मर्दों को लगने लगता है कि इनका तो काम ही है रोना। इन्हें लगता है कि गंगा-जमुना भी साल में चार महीने सुखा जाती हैं लेकिन हमारे टेसू बारहमासी होते हैं। तुम न थोड़ा सजो-सँवरो। शादी में तुम्हाई भाभी और ननद दोनों बैकलेस ब्लाउज पहनकर आई थीं। उमर में दोनों तुम्हारे बराबर ही तो हैं। और तुम? मई की भद्दर गर्मी में पूरे बाँह का ब्लाउज पहने घूमती रही। भैया को कब्जे में करो। बंबई का नाम नहीं लेंगे।"

मिश्राइन ने सुलेखा के ब्लाउज की बाँह मोड़ दी। वैसे, जैसे पुरुष अपने शर्ट की बाँह फोल्ड कर लेते हैं। सुलेखा ने शर्माकर फिर से ब्लाउज की बाँह लंबी कर दी। मिश्राइन ने बाँह वापस पकड़ ली। जैसे वह सुलेखा की समस्या का अभी यहीं चटपट समाधान करके ही मानेगी। थोड़ी देर की मशक़्क़त के

बाद मिश्राइन ने हाथ छोड़ दिया।

"अब इस उमर में इनको कहाँ से कब्जे में करें!" सुलेखा ने हाथ सहलाते हुए कहा।

"जहाँ चाह है, वहीं राह है। कहाँ ये सूती मैक्सी पहन के घूमती रहती हो। गाउन पहना करो। वह भी सैटिन का। मिट्ठू-छुटकी के कपड़े पहनो। थोड़ा खिली-खिली रहा करो। कपड़े तो रखे होंगे न लड़कियों के? और लगे हाथ शोभन सरकार जी के मंदिर हो आओ। वहाँ काला धागा बाँधो। अच्छी-अच्छी चुड़ैलें शोभन सरकार जी के दरवाजे सर पटक-पटक के मर जाएँ। धीरज रखो। एक चाय और बनाकर लाते हैं।"

"अरे चाय काए बना रही हो मिश्राइन। बेकार गैस होती है। इतनी भद्दर गर्मी है।"

"गर्मी है तो क्या हुआ, चाय छनती रहनी चाहिए! इसी बहाने जिंदगी चलती रहती है। इसी बहाने इनसे बात होती रहती है। एक बार सुबेरे कहते हैं- 'सुनो चाय बना दो।' फिर दोपहर में हम कहते हैं- 'चाय पियोगे क्या?' फिर शाम में ये कह देते हैं कि 'अरे चाय छान लो जरा।' इसी बहाने इनसे बात होती रहती है।"

मिश्राइन ने मिश्रा जी की ओर इशारा करके कहा। जो बाहर बैठे गुटका खा रहे थे। वह गुटका खाते-खाते बौद्ध हो गए थे। जैसे अभी दीक्षा लेकर आए हों। संन्यासी जैसे शांत लग रहे थे।

"क्यों? लड़ाई हो गई है क्या? और बात नहीं होती?" सुलेखा ने पूछा।

"अरे मुँह खोलें तो लड़ाई हो। दिन भर पुड़िया खाते रहते हैं। गाय-बैल से जादा जुगाली करते हैं। इत्ते मेहनती हैं। बस चाय पीने के लिए पुड़िया थूकते हैं। तब बात हो जाती है इनसे। अरे एक दिन तो चोरी हो गई घर में पुड़िया के चक्कर में।"

"हाए चोरी हो गई? सच्ची?"

सुलेखा ने ग़लती से सवाल पूछ दिया। मिश्राइन भूल गई कि वह सुलेखा की समस्या का समाधान कर रही थी और वह चोरी वाला क़िस्सा सुनाने लगी। सुलेखा भी सोच रही थी कि उसने ऐसा क्यों पूछ दिया। मिश्राइन जब भी क़िस्से सुनाने बैठती थी तो वह चुप नहीं होती थी। मिश्राइन एक और चाय चढ़ाने चली

गई क्योंकि बिना चाय पिए क़िस्सा सुनाने में मज़ा नहीं आता।

"तो हुआ ये, कि ये रोज की तरह बाहर बैठे हुए गुटका खा रहे थे। इन्होंने किसी को घर में घुसते हुए देखा तो था। इनको लगा भी था कि ये आदमी आस-पास का नहीं है। लेकिन पूछने के लिए गुटका थूकना पड़ता। तो इनने सोचा जाने दो, नहीं पूछते। अंदर मिश्राइन तो हैं ही। वो पूछ लेंगी। हम लेकिन अंदर सूई में धागा डाल रहे थे, तो हमारा ध्यान खाली सूई के छेद में था..."

मिश्राइन बोलती रही और सुलेखा सोच रही थी कि ये कब चुप होगी। क़िस्सा ख़तम होते-होते चार कप चाय और चढ़ गई। चाय पीते-पीते और भी क़िस्से भगौने में खौल गए। मिश्राइन ने आगे कहा, "...अरे गुटका खाने से चोरी हो भी जाती है और कभी-कभी रुक भी जाती है। अभी कल ही हमने पेपर में पढ़ा था कि कलक्टरगंज में एक बैंक में डकैत घुस आया था। उसने बैंक मैनेजर पर बंदूक तान दी थी, हाथ ऊपर करा दिए। लेकिन मैनेजर ने ठीक निशाना साध के सीधा डकैत की आँख में पिचकारी मार दी। थूक दिया गुटका। और बस... उतनी ही देर में उसकी बंदूक छीन ली।" मिश्राइन ने उत्साह में सुलेखा के माथे पर अपने हाथ की बनाई काल्पनिक बंदूक़ तान दी, सुलेखा ने डरकर हाथ हवा में उठा लिए। मिश्राइन इस खेल पर ज़ोर से हँसीं। सुलेखा ने हाथ नीचे करके छाती फिर से छुपा ली।

पाँच कप चाय ख़त्म होने के बाद जब सारे क़िस्से ख़त्म हो गए तो सुलेखा ने चैन की साँस लेते हुए कहा, "अब कानपुर में यही सब खबरें हैं। चलो खैर, तुम्हारे पति तुम्हारे पास रह गए। इससे बड़ा सुख कुछ और नहीं होता।" और इतना कहकर सुलेखा अपने घर चली गई।

***

सुलेखा अंगूर और किशमिश का फ़लसफ़ा सुनकर घबरा गई। उसने डरकर छुटकी और मिट्ठू को फ़ोन लगा दिया। लेकिन वह इतना रो रही थी कि समझ नहीं आ रहा था कि वह क्या बोल रही थी।

"बेटा तुम जल्दी घर आ जाओ इनका दूसरी औरत के साथ चक्कर हो गया है। हमको छोड़कर बंबई जा रहे हैं रंगरलियाँ मनाने।" सुलेखा ने मिट्ठू से कहा। मिट्ठू अपना सूटकेस लगा रही थी। उसके हाथ की मेंहदी अभी तक

नहीं उतरी थी। गोरी बाँहों में लाल-लाल चूड़ियाँ थीं। वह हनीमून पर जाने की तैयारी कर रही थी।

"मम्मी, क्या बोल रही हो? ये तुमको पापा ने बताया?"

"अरे ये क्या बताएँगे? ये तो झूठ-मूठ कहानी बना रहे हैं कि इनको सिंगर बनने बंबई जाना है। लेकिन हमको क्या पता नहीं है कि इस उमर में कौन जाता है बंबई सिंगर बनने। साफ झूठ बोल रहे हैं।"

"मम्मी मुझे कल अपने हनीमून के लिए निकलना है। अभी कैसे आ जाऊँ?"

"ठीक है बेटा, तुम भी पराई हो गई और अब ये भी पराए हो गए।"

सुलेखा ने हताश होकर फ़ोन रख दिया।

दूसरे कमरे में चंद्रप्रकाश गर्म पानी से गरारा कर रहे थे। दो बार सुर लगाया। फिर पानी थूका। किसी ओपेरा सिंगर की तरह गले की सफ़ाई कर रहे थे। सुलेखा उनकी गरारे की आवाज़ से चिढ़ रही थी क्योंकि उसे फ़ोन पर मिट्ठू की आवाज़ नहीं आ रही थी।

"आओ हमारे मुँह पे थूक दो। हमाए अरमानों पे पानी थूक दो।"

सुलेखा ने फटाफट छुटकी को फ़ोन किया। छुटकी इनोवेशन फ़ेयर के लिए इलेक्ट्रिक कार के प्रोटोटाइप पर काम कर रही थी इसलिए वह बार-बार फ़ोन काट दे रही थी। सुलेखा ने फिर फ़ोन किया। छुटकी ने फिर फ़ोन काट दिया। लेकिन सुलेखा मानी नहीं। रोते-रोते बार-बार फ़ोन कर रही थी। आजिज़ आकर छुटकी ने लैब के बाहर आकर सुलेखा को वापस फ़ोन किया और पूछा, "मम्मी लैब में हूँ यार। बार-बार क्यों फ़ोन कर रही हो?"

दूसरे कमरे से चंद्रप्रकाश आठवें सुर में भैरवी गा रहे थे। हाथ हिलाकर, कमरे में घूम-घूमकर किसी ओपेरा सिंगर की तरह सुर लगा रहे थे। सुलेखा दोनों कानों को ढाँप ले रही थी लेकिन ऐसा करने से वह छुटकी को भी नहीं सुन पा रही थी।

7

और जैसा कि अक्सर हुआ करता है, जब छोटे शहर का एक मिडिल क्लास आदमी लीक से हटकर कोई सपना देखता है तो वह उपहास का पात्र बन जाता है। पूरे मोहल्ले में हल्ला हो गया कि चंद्रप्रकाश पगला गए हैं।

'मोहल्ला' शब्द में 'हल्ला' शब्द शायद इसीलिए समाहित है। लोग घंटों चुटकुले की तरह इस बात की जुगाली करते कि बताओ इस उमर में बंबई जाकर गवइया बनना चाहते हैं। बड़े कुमार सानू बने फिर रहे हैं। अभी जब बंबई जाकर दर-दर की ठोकर खाएँगे तब अकल आएगी। बताइए सरकारी नौकरी छोड़कर जा रहे हैं, वह भी रेलवे में क्लर्क की। रेलवे में चपरासी लगने के लिए भी आठ-दस लाख की घूस देनी पड़ती है। गुप्ता जी तो हैं ही झक्की, अगर ढंग से क्लर्की किए होते तो लाखों की तो ऊपरी कमाई है, लेकिन इनके बुद्धि होती तब न कर पाते ऊपरी कमाई।

सबने उन्हें मूर्ख घोषित कर दिया क्योंकि रेलवे में होकर भी आज तक वह तीन तल्ले का मकान न बनवा पाए। कार भी अब जाकर ख़रीद पाए। यहाँ तो आदमी रेलवे में टी.टी. ही लग जाए तो दो साल में कोठियाँ ख़रीद ले।

पार्क में बैठकर सब ख़ूब बतकही किया करते। सबके पास ऐसे लोगों की ख़ूब कहानियाँ होतीं जो उड़ने चले थे लेकिन मुँह के बल जब ज़मीन पर

गिरे तो आगे के दो दाँत टूट गए। जीवनभर जब भी हँसे तो उनका मुँह देखकर लोग ख़ूब हँसे। एक व्यक्ति ने अपने भतीजे का क़िस्सा सुनाया जो राइटर बनने चला था, साल भर में उसे तीन सौ रुपये की रॉयल्टी का चेक मिला, और वह भी तीस रुपये टैक्स काट कर। चालीस रुपये डाक छुड़ाने में लग गए, जेब में बस दो सौ तीस रुपये आए। लेखकी घुस गई पिछवाड़े में।

एक सज्जन के मामा एक मैच रणजी खेलकर क्रिकेटर बनने का ख़्वाब देखने लगे थे, उन्हें जीवन भर सीनियर क्रिकेटर का पैड बाँधने के लिए इतनी बार झुकना पड़ा कि कमर से कुबड़े हो गए। एक व्यक्ति ने अपने भांजे के बारे में भी बताया, जो लाखों की नौकरी छोड़कर आईएएस की तैयारी करने चला था, पाँच साल में भी जब सेलेक्शन नहीं हुआ तो उसे समूह 'ग' से डेटा एंट्री ऑपरेटर भरती होना पड़ा।

लोग चंद्रप्रकाश के घर में आकर भी घंटों बकैती किया करते। सुलेखा चाय बना-बनाकर परेशान हो जाती। चंद्रप्रकाश सुबह पार्क जाते तो वहाँ भी बैठकी लग जाती। लोग मौज लेने के लिए इकट्ठा हो जाते।

सुबह सात लोग चंद्रप्रकाश को घेरकर बैठे थे जैसे वह कोई खोज का विषय हों। जैसे दूसरे ग्रह से एलियन-वेलियन आ गया हो। पास में सुलेखा भी मिश्राइन के साथ बैठी थी और लोगों के फ़ालतू सवालों से कुढ़ रही थी।

"आपका फेवरिट सिंगर कौन-सा है गुप्ता जी?" चौरसिया ने पूछा।

उमेश ने मौज लेने के लिए तपाक से कहा, "ये लो। ये भी कोई पूछने की बात है। पूरा मोहल्ला जानता है कि गुप्ता जी रफी साहब की पूजा करते हैं। अभी बस आप रफी साहब का नाम ले दीजिए, गुप्ता जी उनके बारे में सैकड़ों कहानियाँ सुना सकते हैं।"

"वैसे रफी साहब गाते तो बड़ा बढ़िया थे।" चौरसिया ने कहा।

"अरे एक कहानी मैं भी सुनाऊँ रफी साहब के बारे में?" उमेश ने चमकते हुए कहा।

"हाँ सुनाइए।"

"आपको मालूम है वह इतना अच्छा कैसे गाते थे?"

"गले से?" चौरसिया ने मासूमियत से कहा। ईश्वर साक्षी है कि वह क़तई फन्ने खाँ बनने की कोशिश नहीं कर रहा था लेकिन उमेश उखड़ गया।

"फिर आप अपनी ज्ञान गंगा ही दिखा लीजिए। जाइए अब मैं नहीं सुना रहा कहानी।" उमेश टोके जाने से चिढ़ गया। जबकि वह पूरा-पूरा दिन बालकनी में खड़े-खड़े पूरे मोहल्ले को टोकता था।

"अच्छा-अच्छा नाराज काहे होते हैं उमेश भाई! सुना दीजिए, हम बीच में नहीं टोकेंगे।"

"नहीं आप चुटकुला ही सुना लीजिए।"

"अरे भाई बोला न नाराज मत हो। सुनाओ कहानी। हम लोग एकदम साइलेंट होके सुन रहे हैं।" चौरसिया मुँह पर उँगली रखकर बोला।

उसके बाद उमेश बोलने लगा और बोलते-बोलते अपनी ही कहानी के चमत्कार में खो गया। लोग उसको घेरकर कहानी सुनने लगे। धीरे-धीरे भीड़ इकट्ठा हो गई। उमेश जलेबी जैसे शब्द छान रहा था, लोगों को बड़ा रस आ रहा था।

उमेश अपने अंदाज़ में बता रहा था- "मोहम्मद रफी पैदाइशी गूँगे थे। एक बार उनके गाँव में एक फकीर आया। वह बहुत सुंदर गाता था। रफी साहब उसका गाना सुन के मंत्रमुग्ध हो जाते थे। फकीर के पास एक बंदर था। रफी साहब बंदर और फकीर की खूब सेवा करते। फकीर को रफी साहब पर दया आ गई। फकीर ने पूछा कि तुम भी इतना सुंदर गाना गाना चाहते हो? रफी साहब ने सिर हिलाकर कहा- हाँ! तो उसने रफी साहब को बोला कि ठीक है फिर। तुमको ऐसे ही चउकस गाना है तो आज रात, तुम ये बूटी खाकर सो जाओ। सुबेरे जब उठोगे तो एकदम सुंदर गाने लगोगे। रफी साहब ने बिलकुल वैसा ही किया। वह बूटी खाकर बेहोश हो गए। जब थोड़ी देर बाद उठे तो उनकी आवाज में गजब का सुर था।"

कहानी सुनकर सारे लोग चौंक गए। लेकिन उमेश ने थोड़ी देर के लिए पॉज़ ले लिया था। जैसे वह सबकी उत्सुकता को बढ़ते हुए देखना चाहता था।

"कैसे?" पूरी भीड़ अधीर हुई जा रही थी। एक साथ सबकी आवाज़ आई।

"फकीर ने बंदर का गला रफी साहब के गले में फिट कर दिया था।" उमेश ने कहा और वह कहते ही फिर चुप हो गया। सबकी ओर देखने लगा। उनके चेहरे के हाव-भाव पढ़ रहा था। जानना चाहता था कि उनको कहानी

कैसी लगी।

"अरे आप गजब के फेकू आदमी हैं। मैं इतना ध्यान से कहानी सुन रहा था। एकदम मूड खराब कर दिया। गुप्ता जी आप बताइए, क्या ये ठीक कहानी सुना रहे हैं?" चौरसिया एकदम चिढ़ गया। वह ग़ुस्से में चंद्रप्रकाश की तरफ़ देखने लगा। चंद्रप्रकाश मुस्कुराए और बोले, "सही-गलत का क्या कीजिएगा! रफी साहब हिंदुस्तान के सबसे शानदार सिंगर हैं। और इतने बड़े कलाकार हैं कि उनकी आवाज कोई साधारण आवाज तो हो नहीं सकती। ये भरोसा करना मुश्किल है कि बिना किसी चमत्कार के कोई आदमी इतना सुंदर गा कैसे सकता है। जो आदमी इतना सुंदर गाता हो, वह किसी-न-किसी चमत्कार से ही ऐसा गाता होगा।" चंद्रप्रकाश आसमान की ओर देखने लगे। जैसे दूर कहीं बादलों के बीच रफ़ी साहब उन्हें देख रहे हों।

चौरसिया चंद्रप्रकाश की बात से मंत्रमुग्ध हो गया। बोला, "गुप्ता जी आप ये बात तो एकदम ठीक कहते हैं कि आदमी के पास कोई-न-कोई सपना जरूर होना चाहिए। हम लोग तो घर, परिवार, बच्चे और उनकी शादी-ब्याह में ही फँस के रह गए।"

"तो मत फँसिए। किसने बोला है! जो जी में है उसे पूरा करिए।"

उमेश को यह पचा नहीं। बोला, "बस बंबई में जब आप बड़े सिंगर बन जाइएगा तो हम लोग को एक बार रेखा से मिला दीजिएगा। बाकी तो जिंदगी मजे से कट रही है।" और उसके ऐसा कहते ही पूरी भीड़ जाग उठी। पार्क में क्रांति आ गई। रेखाजी के बारे में ख़ूब क़िस्से चल निकले।

"रेखाजी अश्वत्थामा की बहिन हैं। इसीलिए अजर-अमर हैं।"

"रेखाजी ने असल में इजिप्ट के पिरामिडों से जी उठी हुई ममी हैं। वह हजारों बरस से हैं और हजारों बरस रहेंगी।"

"जो रेखाजी को छू ले वह अमर हो जाए, गुप्ता जी आप बंबई जाइएगा तो उनको जरूर छू लीजिएगा।"

सुलेखा चिढ़कर मिश्राइन से बोली, "एक तो हम इनको समझाने की कोशिश कर रहे हैं कि ये बंबई न जाएँ। लेकिन ये मोहल्ले वाले नासपीटे। इनको बस चढ़ाने में लगे रहते हैं। सामने-सामने खूब चढ़ाएँगे, गुप्ता जी ये, गुप्ता जी वो, और पीठ पीछे कहेंगे कि ये सठिया गए हैं, पगला गए हैं। पूरे

मोहल्ले में जोकर बना दिया है इनको।"

"तुम न बहन बहुत जल्दी हार मान लेती हो।" मिश्राइन ने कहा। "भैया को तो कितना खाना खाने का शौक है, उनको मन का खाना खिलाओ। काबू में आ जाएँगे।"

सुलेखा को मिश्राइन की कही बात जम गई। चंद्रप्रकाश को सुलेखा के हाथ का खाना बहुत पसंद था। वह उसे अक्सर रेस्त्राँ खोलने के लिए कहते थे। उसके बनाए कटहल को 'वेज मीट' बताकर चटखारे लेकर खाते थे। वैसे तो दोनों के बीच झगड़ा कम ही होता था, लेकिन जब कभी हुआ भी तो सुलेखा अच्छा खाना बनाकर उनको हमेशा मना लेती थी।

***

गुप्ता जी सुबह-सुबह पाँच बजे उठे।

नमक और गर्म पानी से गरारा किया। नहाए-धोए और किशोर दा को अगरबत्ती भी दिखाई। अपनी पुरानी डायरी खोली जिस पर गानों के बोल लिखे हुए थे। फिर हारमोनियम साफ़ कर रियाज़ करने लगे। सुलेखा मिश्राइन के कहे अनुसार सुबह से किचेन में लगी हुई थी। आज वह भी गुनगुनाते हुए खाना बना रही थी। हालाँकि उससे सुर एकदम नहीं लगता था, फिर भी कोशिश करके गा रही थी। उसने सुंदर रंगों को चुनकर खाना बनाने के लिए थाली सजाई थी। थाली में सात रंग सजे थे- हरा धनिया, पीली हल्दी, लाल मिर्च, सफ़ेद मैदा, गुलाबी मीट, कत्थई रंग के मसाले और काली मिर्च।

सुलेखा किचन में घुसते ही एक कलाकार हो जाती थी। और आज तो वह एक ख़ास मक़सद से खाना बनाने गई थी। उसे चंद्रप्रकाश को फिर से जीत लेना जो था। मिश्राइन ने सुलेखा को उसकी शक्ति याद दिला दी थी। जैसे जामवंत ने हनुमान को 'का चुप साधि रहा बलवाना' कहकर यह याद दिला दिया था कि हनुमान कितने शक्तिशाली हैं और वह एक छलांग में समुद्र लाँघ सकते हैं, वैसे ही मिश्राइन ने सुलेखा को उसका बल समझा दिया था।

"देखिए तो आपके लिए क्या बनाया है?" सुलेखा ने कहा।

"अरे वाह! खुशबू तो बड़ी बढ़िया आ रही है। क्या बनाया है सुलेखा?"

"गर्मा-गर्म पानीपूरी तैयार है और कूकर में सीटी लग गई है। मीट चढ़ा

दिया है।" सुलेखा बड़ी आशाओं से चंद्रप्रकाश को देख रही थी। वह जब भी मीट बनाती थी, चंद्रप्रकाश सब छोड़-छाड़कर खाने पर टूट पड़ते थे। वह जब भी मीट खाने बैठते थे तो रूमाल लेकर ही बैठते थे। सुलेखा इतना तीता मटन बनाती थी कि खाते-खाते नाक बहने लगती थी। नाक और माथे के बीच खुजली होने लगती थी। चंद्रप्रकाश को बिलकुल ऐसा ही मटन पसंद था। सुलेखा ने प्लेट लगाई, वह एकदम दूर छिटक गए। जैसे कोई ब्राह्मण मंगलवार को मीट देखकर छिटक पड़े। तौबा कर ले।

"सुलेखा, मैं ये नहीं खा सकता। तुम भी न, कुछ सोच-समझ के ये सब बनाया करो।" चंद्रप्रकाश ने कहा।

"क्यों? तुम तो हमेशा बड़े चाव से पानीपूरी और मीट खाते हो। आज तो एक्स्ट्रा कलेजी भी मँगाया है। आज क्या हो गया?" सुलेखा चिढ़ रही थी।

"अरे पहले की बात अलग थी। अब की बात अलग है। ये सब खाना मेरे गले के लिए जहर है जहर।" चंद्रप्रकाश ने अपना टेटुआ पकड़कर कहा।

"मेरा बनाया खाना जहर है?"

"अरे नहीं सुलेखा, तुम खाना तो बहुत बढ़िया बनाती हो। लेकिन अब मैं रियाज करता हूँ। रियाज में ये सब नहीं खा सकते। तुमको पता है, एक बार जब रफी साहब को पंडित नेहरू ने गाना गाने के लिए बुलवाया था तो उनको भी खाने के लिए पानीपूरी और चाट दिया तो रफी साहब ने पंडित नेहरू तक को मना कर दिया। नेहरू जी बोले- अरे मैं देश का प्रधानमंत्री हूँ आप मेरे कहने पर एक पानीपूरी नहीं ले सकते। तो मालूम है रफी साहब क्या बोले..."

"हमें नहीं सुननी तुम्हारे रफी साहब की कहानी।" सुलेखा उठकर जाने लगी। चंद्रप्रकाश ने उसका हाथ पकड़कर रोक लिया और अपने पास बिठा लिया।

"अरे सुनो तो सुलेखा। तुम न गुस्सा बहुत करती हो। रफी साहब बोले कि पंडित जी जैसे आप देश के प्रधानमंत्री हैं, वैसे ही मेरी आवाज भी अब मेरी नहीं है, पूरे देश की हो गई है। इसपे पूरे देश का हक़ है। मैं इसे खटाई खाकर बिगाड़ नहीं सकता। इसका कुछ तो खयाल रखना पड़ेगा न! ये सुनकर पंडित जी चुप। एकदम चुप। उन्होंने पानीपूरी रफी साहब की प्लेट से निकालकर अपनी प्लेट में डाल ली।"

"फिर ?"

"फिर क्या ? नेहरू जी बोलते भी क्या। मुँह में तो पानीपूरी थी।"

चंद्रप्रकाश ज़ोर से हँसे और फिर से गुनगुनाने लगे। कमरे में घूम-घूमकर गाने लगे।

***

चंद्रप्रकाश, चौरसिया और मिश्रा घर के आसपास टहल रहे थे। मिश्रा चुप था। वह बस चंद्रप्रकाश और उमेश को सुन रहा था। घर और पार्क के बीच जो सड़क थी वहाँ एक गाय बैठी थी, जो जुगाली कर रही थी। गाय के आस-पास दो ऑटो जमा हो गए थे और उसकी वजह से जाम लग गया था। लोग गाय को हटाने की कोशिश कर रहे थे लेकिन वह हट नहीं रही थी।

चौरसिया जुगाली करती हुई गाय को देखकर दार्शनिक हो गया था। बोला, "गुप्ता जी। मैं सोच रहा हूँ मैं भी आपकी तरह कोई पैशन खोज लूँ। जीवन में शांति चाहिए। बहुत खट लिया हूँ।" वह चंद्रप्रकाश के शांत चेहरे को देखने लगा।

फिर बोला, "वह गाय देख रहे हैं। मेरी जिंदगी का यही उद्देश्य है। जीवन में इतनी शांति आ जाए, इतनी शांति आ जाए, कि इस गाय की तरह दीन-दुनिया से घंटा फरक न पड़े। देखिए जरा। सड़क के बीचो-बीच बैठी है। ऑटो वाले हॉर्न दे रहे हैं, वह रिक्शा वाला बिलबिलाए पड़ा है, जाम लग रहा है, लेकिन ये एकदम महात्मा बुद्ध की तरह बैठी हैं। वह क्या कहते हैं न अंग्रेजी में- 'डजन्ट गिब अ फक', बस वही चाहिए। अब जैसे हमारा मिश्रा है, ही 'डजन्ट गिब अ फक', बस अपनी ही धुन में मगन रहता है। अब जैसे आप हैं गुप्ता जी, यू आल्सो 'डजन्ट गिब अ फक', क्योंकि आपको अपनी जिंदगी का उद्देश्य पता चल गया है।"

चंद्रप्रकाश ने इस बात के जवाब में कुछ नहीं कहा। वह अब मोहल्ले वालों के बे-सर-पैर की बातों पर चुप ही रहते थे। चौरसिया से रहा नहीं जा रहा था। गुप्ता जी कुछ तो कहें! वह बातों से उन्हें फिर से खुजाने लगा।

"लेकिन गुप्ता जी, बंबई में किसी को जानते भी हैं ? सिंगर कैसे बनेंगे ?" चौरसिया ने पूछा।

"वहाँ किशन सिंह है न! वह मेरी मदद करेगा।" चंद्रप्रकाश ने कहा।

"और नहीं की तो?"

"क्यों नहीं करेगा! मैंने उसके चाचा जी की मदद की थी न, जो अभी छह-आठ महीने पहले मेरे घर पर ठहरने आए थे। मोतियाबिंद के ऑपरेशन के लिए।"

चंद्रप्रकाश ने बड़े विश्वास के साथ कहा क्योंकि जब किशन सिंह के चाचा जी आए थे तो उनको एकदम दिखना बंद हो गया था। बस एक बिलांग दूर तक दिखता था। चंद्रप्रकाश ने उनसे कहा था कि चाचा जी, अब आप मेरे बचपन के दोस्त किशन के चाचा हैं तो आपको परेशान होने की कोई ज़रूरत नहीं है, आपके ऑपेरशन की सारी ज़िम्मेदारी मेरी। फिर डॉक्टर रहेजा के यहाँ उनका ऑपेरशन हुआ था। सुलेखा ने महीना भर उनको गाजर, चुकंदर और पपीते का जूस पिलाया था। फिर तो ये हाल हो गया था उनकी दूर की रौशनी ऐसी चकाचक हो गई थी कि बालकनी में बैठे चंद्रमा के गड्ढे गिन सकते थे।

बाद में तो ये भी पता चला था कि वह किशन सिंह के सगे चाचा थे भी नहीं। लेकिन चंद्रप्रकाश ने सोचा कि चलो कोई बात नहीं। वह किशन सिंह के सगे चाचा जी नहीं थे तो किसी के तो सगे चाचा रहे होंगे। उन्होंने उनकी भरपूर सेवा की, वो पहले तो सेब को भी संतरा समझकर खा जाते थे, बाद में तो उनकी आँख इतनी तेज़ हो गई थी कि नाशपाती और अमरूद में भी अंतर समझने लगे थे।

चौरसिया मन-ही-मन ख़ुश हो गया। उसे गुप्ता जी के बेवकूफ़ होने की एक कहानी और मिल गई थी।

8

माँ के रोने से तंग आकर छुटकी मिट्ठू को लेकर घर आई। घर के बाहर स्कूटी खड़ी करने लगी तो उमेश अपने घर की बालकनी में खड़ा था, साथ में उसकी पत्नी स्वेटर बुन रही थी। आदतन उमेश आज भी पूरे मोहल्ले की निगरानी कर रहा था। चंद्रप्रकाश के घर से बाहर तक उनके आलाप लेने की आवाज़ आ रही थी। सुनकर, उमेश हँस रहा था। छुटकी को देखते ही उसके घर से आ रही आवाज़ की ओर इशारा करते हुए बोला, "और बेटा, पापा हैं घर में कि गए?"

"घर में ही होंगे, कहाँ जाएँगे।" छुटकी ने बिना उसकी तरफ़ ध्यान दिए कहा।

"बेटा, हम तो इसलिए पूछे, क्योंकि हमको लगा कि गुप्ता जी बंबई चले गए, गवइया बनने। वैसे कुछ मदद चाहिए तो बताना। काहे से उधर हमारा भांजा भी गया था। मोहोमडन थिएटर करता था। कभी पेड़ बनता था कभी कुर्सी बनता था, फिर कुछ हुआ नहीं शायद उसका। आजकल तो बस मजाक बनता है।"

उमेश हँसा। उसकी बात पर स्वेटर बुनते हुए उसकी पत्नी भी हँसी।

छुटकी ने ताने का ग़ुस्सा स्कूटी पर निकाला और उसे लात मारते हुए

उमेश से बोली, "अंकल मोहोमडन थियेटर नहीं मॉडर्न थियेटर होता है।" बोलकर वह निकल गई और बड़बड़ाते हुए मिट्ठू से कहने लगी, "बड़े पृथ्वीराज कपूर बने फिर रहे हैं, धेला भर का दिमाग नहीं है लेकिन सबको चाचा चौधरी बनना है इधर।"

छुटकी ने घर का दरवाज़ा खटखटाया तो उमेश बालकनी से बोला, "बाप खुद को किशोर कुमार समझता है और लड़की खुद को न्यूटन।" पत्नी स्वेटर बुनती रही। उमेश बातें बुनता रहा।

चंद्रप्रकाश किशोर दा की फ़ोटो के ठीक सामने खड़े थे और गाने की प्रैक्टिस कर रहे थे। आँख बंद करके आलाप ले रहे थे। नीचे से छुटकी की आवाज़ आई, "मम्मी गेट खोलो", तो चंद्रप्रकाश ने आँखें खोल लीं जैसे समाधि से जाग गए हों और ख़ुशी से चहक उठे और सुलेखा से बोले, "आ गईं मेरी बेटियाँ, अब बताता हूँ तुमको।"

बेहद ख़ुश होकर सुलेखा को मुँह चिढ़ाने लगे। सुलेखा उन्हें घूर रही थी क्योंकि सुलेखा से कहा-सुनी होने पर वह अक्सर ऐसा करते थे। कहते थे कि मैं तुमसे तो बात ही नहीं करूँगा, अपनी बेटियों से ही बात करूँगा, क्योंकि वही मेरी बात समझती हैं। एक ज़माने से बेटियों से ही सुलेखा की चुगली लगाया करते थे और उनसे सुलेखा की शिकायत किया करते। उनकी चोटी में तेल डालते वक़्त, उनके साथ कुल्फ़ी खाते समय, रात में साथ में एक-एक बियर लगाते वक़्त। बेटियाँ भी अपने पिता को सिर-आँखों पर रखती थीं। वे पिता की लाडली थीं और पिता उनके।

वह गाते हुए, दौड़कर दरवाज़ा खोलने भागे, जैसे स्कूल में छुट्टी हो जाए तो बच्चे दरवाज़े पर खड़े अपने पिता से मिलने भागते हैं। भागते हुए नीचे पहुँचे तो मिट्ठू और छुटकी दोनों खड़ी थीं।

मिट्ठू के हाथों में ढेर सारी चूड़ियाँ और मेंहदी थी। वह अपना हनीमून छोड़कर घर आई थी इसलिए ग़ुस्से में थी। छुटकी शायद इसलिए नाराज़ थी क्योंकि सुलेखा ने छोटी-सी बात पर रो-रोकर घर भर दिया था।

चंद्रप्रकाश दोनों को लेकर अंदर आए तो सुलेखा को फिर मुँह चिढ़ाने लगे। अब चुगली लगाने का वक़्त था। सोफ़े पर बैठे उत्साह से पैर हिला रहे थे। इंतज़ार कर रहे थे कि अब छुटकी और मिट्ठू माँ को डाँट लगाएँगी। कुछ

देर के लिए सन्नाटा था।

मिट्ठू गुस्से में बोली, "पापा, ये क्या ड्रामा लगा रखा है? मुझे अपना हनीमून बीच में छोड़कर आना पड़ा है। हद होती है बचपने की।"

चंद्रप्रकाश ने पैर हिलाना बंद कर दिया। उन्हें इस तरह डाँट का अंदाज़ा एकदम नहीं था। वह तो यह सोच रहे थे कि बेटियाँ आएँगी तो मैं सोफ़े पर बैठकर मज़े से पैर हिलाते हुए सुलेखा की क्लास लगते हुए देखूँगा और बीच में चाय-पकौड़े की फ़रमाइश भी कर दूँगा।

"बचपने की?"

"और नहीं तो क्या! ये भी कोई उम्र होती है बंबई जाकर सिंगर बनने की!" मिट्ठू ने कहा।

ऐसा पहली बार हुआ था कि चुगली लगाने पर बेटियों ने पिता की जगह माँ का साथ दिया हो।

"फिर कौन-सी उम्र में जाऊँ बेटा! अब भी नहीं गया तो फिर भगवान के पास जाने की ही उम्र होगी बस। आदमी खुद के लिए कोई सपना देखे या नहीं?"

"सपना देखने का ये मतलब थोड़ी है कि सब छोड़-छाड़कर बंबई चले जाएँ। पापा, इधर-उधर की चीजों में मन लगाओ। सुबह टहलने जाया करो, योगा किया करो, दोस्तों के साथ घूमो-फिरो।"

"बेटा, जब तुमने कहा था कि तुम डॉक्टरी की पढ़ाई करना चाहती हो तो मैंने गाँव की जमीन बेचकर तुमको पढ़ाया। तब मैं भी तुमसे कह देता कि टहलो-घूमो, योगा करो। जब छुटकी ने कहा था कि मुझे इंजीनियर बनना है तो उससे भी कह देता कि दोस्तों के साथ सैर-सपाटा करो।"

चंद्रप्रकाश छुटकी की ओर देखने लगे। कम-से-कम वह तो उनके मन की बात समझे, क्योंकि वह तो पापामैन की रॉबिन है। लेकिन छुटकी कुछ कह नहीं रही थी। वह एक टक उसे देखते रहे तो एकबारगी चिढ़कर बोली, "अब पापा आप हमारी पढ़ाई को अपने सिंगिंग के सपने से मत जोड़िए। हम कोई अपने मजे के लिए मेडिकल और IIT की पढ़ाई नहीं कर रहे थे।"

चंद्रप्रकाश अब रुआँसे हो गए।

"बेटा, अगर जो मैं मजे के लिए ही जा रहा हूँ, तो मुझे मजा करने का

अधिकार नहीं है, या बस मैं मशीन की तरह एक ऐसी जगह नौकरी करता रहूँ जहाँ जाने को एक दिन भी मेरा जी ही नहीं करता? यही करते-करते मर जाऊँ?"

छुटकी ने पास आकर पिता का हाथ पकड़ लिया और हथेली सहलाते हुए बोली, "पापा, इस उम्र में कैसे बंबई जाओगे? उमर हो चुकी है, आपका दिल भी कमजोर है, माइनर हार्ट अटैक भी आ चुका है। और थोड़ा प्रैक्टिकल सोचो न प्लीज। इस उम्र में कौन आदमी बंबई में जाकर सिंगर बनता है? इट्स नॉट पॉसिबल।"

छुटकी अपने कमरे में चली गई, चंद्रप्रकाश अपने कमरे में। उनकी आँखों में आँसू आने वाले ही थे लेकिन उनके सामने टीवी के ऊपर एक ग्रीटिंग कार्ड रखा हुआ था जो छुटकी और मिट्ठू ने बचपन में बनाया था, जिस पर 'माय डैडी स्ट्रांगेस्ट' लिखा हुआ था।

उस दिन अगर उनके सामने वह कार्ड न होता तो वह मन भर रो लेते। जी हल्का हो जाता। लेकिन बेटियों के बनाए हुए कार्ड के सामने रो न सके और उन्होंने अपने आँसू ज़ब्त कर लिए। बेटियों के लिए उनके पिता 'स्ट्रांगेस्ट' जो होते हैं।

चंद्रप्रकाश अपने कमरे में अकेले लेटे रहे। इतने दुखी थे कि आज उन्होंने किशोर दा से भी बात नहीं की। किशोर दा उन्हें बार-बार छेड़ रहे थे लेकिन चंद्रप्रकाश कुछ नहीं बोले। छुटकी की कही बात लगातार उनके दिमाग़ में घूम रही थी। सोच रहे थे उसने 'इट्स नॉट पॉसिबल' क्यों कहा? झूठ ही कह देती कि हाँ पापा आप कुछ भी कर सकते हो लेकिन फिर भी मत जाओ। यहीं रह जाओ!

वह भी तो बचपन में छुटकी से झूठ ही कह दिया करते थे, कि हाँ बेटा तू कुछ भी कर सकती है, तेरे लिए कुछ भी पॉसिबल है। फिर छुटकी ने उनसे ऐसा क्यों नहीं कहा? जब वह छोटी थी और वह उसे अपने कंधे पर बिठा लेते थे तो छुटकी ख़ुशी से चीख़कर कहती थी- 'लुक पापा! आई कैन फ्लाई'। वह हमेशा जवाब में अपनी चाल और तेज़ कर देते थे, उसे कंधे पर बिठाए हुए दौड़ने लगते थे और कहते थे- 'हाँ हाँ! तू मेरी चिड़िया है, तू तो आसमान को भी छूकर आ सकती है'।

छुटकी जब बचपन में उनकी चोट पर फूँक मारती थी, तो वह तुरंत मुस्कुराकर कह देते थे कि हाँ मेरी चोट ठीक हो गई है। ऐसा कह देने से चोट ठीक भी हो जाती थी। कई बार किसी का दिल रखने के लिए प्यार से बोला गया झूठ भी सच हो जाता है। छुटकी उनका दिल रखने के लिए ही आज झूठ कह देती तो उसका क्या चला जाता!

9

छुटकी दो दिन बाद आईआईटी कानपुर अपने हॉस्टल चली आई और फिर कुछ दिन घर नहीं गई। उदास थी। नील उसे मनाने के लिए उसे छेड़ रहा था लेकिन वह उसे झटक दे रही थी। नील ने पास आकर उसे कसकर पकड़ लिया और थोड़ा दुलार किया तो वह रुआँसी हो गई। अक्सर ऐसा होता है कि हमें दुख तब ज़्यादा भारी लगने लगता है जब कोई हमें प्यार से पुचकार देता है। तब अचानक से बाँधे हुए आँसू रोके नहीं जाते। ऐसा निकल पड़ते हैं जैसे किसी ने पुचकार कर वह बाँध खोल दिया हो और हम बस रो पड़े हों। छुटकी के साथ भी वही हुआ। नील के गले लगते ही वह फूट-फूटकर रो पड़ी।

"मैं बहुत बुरी हूँ क्या नील? पापा मुझे लगातार ऐसे देखते रहते हैं जैसे मुझसे कुछ कहना चाह रहे हों, लेकिन कुछ कहते नहीं। बस एकदम गुमसुम रहते हैं।"

"तूने कुछ ग़लत नहीं किया। तुम्हारे पापा चाइल्डिश और इम्प्रैक्टिकल बिहेव कर रहे हैं।" नील ने कहा। वह एकदम प्रैक्टिकल आदमी था। उसके लिए दुनिया बाइनरी थी। शून्य और एक। दोनों के बीच में कुछ नहीं। वह भावुक होकर कभी नहीं सोचता था। मसलन, छुटकी भले ही उसे ये कहती कि वह उसके प्यार में कुछ भी कर सकती है, नील कभी ये नहीं कहता कि मैं

तुम्हारे लिए चाँद तारे तोड़ लाऊँगा। क्योंकि ऐसा संभव नहीं होता। हाँ, वह ये ज़रूर कहता कि मैं तुम्हें बहुत प्यार करता हूँ। वह उन लोगों में था जो ख़ुशी में वायदे नहीं करते और दुख में झगड़ा नहीं करते। एक बेहद सुलझा हुआ आदमी था।

वह एकदम नियम और क़ायदे वाला इंसान था। प्रेडिक्टिबल था।

"हाँ, लेकिन हम दोनों पापामैन और रॉबिन हैं। बेस्ट सुपरहीरो जोड़ी। बैटमैन और रॉबिन की तरह। रॉबिन हमेशा बैटमैन की मदद करने आता है, लेकिन मैंने तो अपने पापा को उल्टा झाड़ दिया।"

छुटकी रोए जा रही थी।

"तरु! तुझे सच में लगता है क्या कि इस उम्र में कोई आदमी बंबई जाकर सिंगर बन सकता है! तूने एकदम ठीक किया। बॉम्बे इज अ क्रुअल सिटी। तेरे पापा वहाँ जाकर पिस जाएँगे। तू उल्टा उन्हें वहाँ दर-ब-दर की ठोकरें खाने से प्रोटेक्ट कर रही है। मजाक बन जाएगा उनका। चिल! एंड लेट्स फोकस ऑन अवर बिग अमेरिकन ड्रीम।"

नील अपनी बात कहकर चला गया। छुटकी ने आगे कुछ नहीं कहा। सारी रात खिड़की पर बैठी रही। देर रात पिता को फ़ोन किया लेकिन घड़ी देखकर फ़ोन काट दिया, सोचा कि पिता अब सो गए होंगे। लेकिन इधर घर पर पिता भी जाग रहे थे। उन्होंने भी छुटकी को फ़ोन लगाकर घंटी जाने से पहले ही काट दिया था। सोचा कि छुटकी अब तक सो गई होगी।

***

चंद्रप्रकाश दफ़्तर पहुँचे तो उनका चेहरा एकदम उतरा हुआ था।

टिकट बनाने लगे। सुलेखा का बार-बार फ़ोन कर रही थी, वह ड्यूटी पर होने की वजह से बार-बार फ़ोन काट दे रहे थे। टिकट काउंटर पर लोगों की बड़ी भारी भीड़ थी और लोग शोर मचा रहे थे। सुलेखा ने फिर फ़ोन किया तो इस बार उन्होंने फ़ोन उठा लिया, कान और कंधे के बीच में मोबाइल फँसाया और दोनों हाथों से टिकट बनाने लगे।

"सुनिए न, सब्ज़ी ख़त्म हो गई है। नोट कर लीजिए। परवल एक पाव, बैंगन आधा किलो, तरोई पाव भर..." मोबाइल के स्पीकर पर सुलेखा की

आवाज़ आई।

एक औरत ने टिकट विंडो पर अपना फ़ॉर्म आगे बढ़ाया। चंद्रप्रकाश ने फ़ॉर्म देखा तो फ़ॉर्म अधूरा था। उसने फ़ॉर्म पर बस 'दिल्ली' लिख दिया था।

"इधर एज लिखिए। हाँ, और इधर सेक्स भरिए।" चंद्रप्रकाश ने फ़ॉर्म पर उँगली फिराकर कहा।

औरत बिफर पड़ी और आग बबूला होते हुए बोली, "सेक्स?"

"अरे सेक्स माने लिंग! अरे, माने पुल्लिंग हैं या स्त्रीलिंग? मेल हैं या फीमेल?" चंद्रप्रकाश कबूतर के बच्चे की तरह दुबककर बोले क्योंकि औरत उन्हें ग़ुस्से से देख रही थी।

इधर सुलेखा भी फ़ोन पर बिफर गई।

"सेक्स? अरे क्या बोल रहे हो? हम यहाँ सब्जी लिखवा रहे हैं और तुम सेक्स और लिंग बोल रहे हो?"

फ़ोन स्पीकर पर था। चायनीज़ फ़ोन था इसलिए आवाज़ दूर तक आ रही थी। सब लोग चंद्रप्रकाश को यूँ देख रहे थे जैसे कोई वहशी, क़तई ठरकी आदमी पकड़ाया हो। पूरे हॉल में 'सेक्स' शब्द की हुंकार गूँज गई। चंद्रप्रकाश शर्म से छुप रहे थे और समझा रहे थे, "अरे सुलेखा दो मिनट चुप हो जाओ, और बहनजी आप भी। हमको भी समझ आ रहा है कि आप स्त्रीलिंग हैं, ठीक है हम ही लिख देते हैं। लेकिन आप लोग खुद भी फॉर्म भर लिया करिए। यहाँ आपने क्लास के आगे दसवीं पास लिख दिया है। क्लास वाले कॉलम में स्लीपर, एसी या जनरल लिखना होता है।"

"अरे किससे बात कर रहे हो? अच्छा सुनो धनिया भी ले आना लेकिन पैसा मत देना धनिया का। जब सारी सब्जी तौल जाए तो चुप्पे से उठा लेना।" सुलेखा चिल्लाई।

चंद्रप्रकाश ने फ़ोन काट दिया।

ख़ुद सारा फ़ॉर्म भरा और महिला को टिकट काट कर दिया। फिर अगला आदमी अपना फ़ॉर्म लेकर आया। चंद्रप्रकाश उसके फ़ॉर्म पर बंबई लिखा देख उसे भावशून्य आँखों से देखने लगे। टिकट पर बंबई लिखा था।

"आप बंबई जा रहे हैं?" चंद्रप्रकाश ने पूछा।

"आपसे मतलब?" सामने वाले ने बेरुख़ी से कहा।

"नहीं, मुझे मतलब तो नहीं है, लेकिन मैंने ऐसे ही पूछा, क्योंकि बंबई बड़ी अच्छी जगह है। मोहम्मद रफी जी, किशोर दा, सैगल साहब, पंचम दा, सब उधर ही रहते हैं। लता जी, आशा जी, सब बंबई के ही तो हैं, आप बड़े किस्मत वाले हैं कि आप बंबई जा पा रहे हैं।"

"टिकट कटा लीजिए और चले जाइए। ऐसा भी क्या है!"

"सिर्फ टिकट कटा लेने से आदमी कहीं भी नहीं पहुँच जाता।" चंद्रप्रकाश ने अपने दर्द को अपनी मुस्कुराहट में छुपाकर कहा।

शाम ढलते, चंद्रप्रकाश दफ़्तर से चले आए। दिन भर में कई लोगों को टिकट काटकर उनके गंतव्य तक भेजा। कई लोगों को बंबई भी भेजा लेकिन ख़ुद सब्ज़ी मंडी चले आए। धनिया और मिर्चा ख़रीदने।

सब्ज़ी ख़रीदकर आगे बढ़े तो उधर एक ज्योतिषी बैठा हुआ था।

उसकी दुकान पर बोर्ड लगा हुआ था जिस पर लिखा हुआ था- 'भविष्य जानिए और सिर्फ़ पचास रुपये में अपने भविष्य को अपने क़ाबू में कीजिए।'

वह बोर्ड के पास खड़े होकर तमाम देर तक बोर्ड को देखते रहे। फिर ज्योतिषी को देखने लगे।

"सिर्फ पचास रुपये में।" ज्योतिषी ने चंद्रप्रकाश का हाथ पकड़कर कहा।

"सिर्फ पचास रुपये में?" चंद्रप्रकाश ने अविश्वास से सर हिलाते हुए पूछा।

"हाँ अपना भविष्य काबू में कर लो।" कहकर ज्योतिषी ने उनका हाथ पकड़ लिया।

"पचास रुपये में भविष्य पर काबू किया जा सकता है?" चंद्रप्रकाश ने हैरानी से पूछा।

"हाँ।"

चंद्रप्रकाश अपना हाथ छुड़ाकर वहाँ से भाग गए।

घर आए, तो दौड़ते हुए आए और एक पुराने गराज में छुप गए। यह मिश्रा का पुराना गराज था जहाँ अब गाड़ियों की मरम्मत नहीं होती थी। ख़ाली पड़ा था। वह चोरों की तरह बचते-बचाते गराज में घुसे और वहाँ जाकर उन्होंने दरवाज़ा बंद कर लिया।

कुछ घंटे वहीं बैठे रहे। एकांत में। वहाँ एकदम शांति थी, साँस भी लो तो

ख़ुद की आवाज़ सुनाई देती थी।

गाने का मन हुआ तो गुनगुनाने लगे।

"जाने वो कैसे लोग थे जिनके प्यार को प्यार मिला।

हमने तो जब कलियाँ माँगी, काँटों का हार मिला..."

10

पिंटू और अन्नू अवस्थी घर में कैरम खेल रहे थे। पिंटू भी घर में रेडियो पर पर वही गाना सुन रहा था जो उधर चंद्रप्रकाश गा रहे थे- 'जाने वो कैसे, लोग थे जिनके, प्यार को प्यार मिला...'

पिंटू के बग़ल में घूमने वाला पंखा था जिसमें उसने जुगाड़ से लकड़ी फँसाई हुई थी। लकड़ी पर अंगूर का एक गुच्छा बँधा हुआ था। जब पंखा एक चक्कर घूमकर वापस उसके चेहरे पर आता तो वह राजा की तरह अंगूर खा लेता था। वह अक्सर ऐसे अतरंगी जुगाड़ करता रहता था। यूँ ही वह पूरे कानपुर का सबसे बड़ा कटियाबाज़ नहीं था।

"भैया आपका भी दिमाग न, एकदम भैरंट चलता है। वह तो हम लोग लोकल कालेज में पढ़ रहे हैं, अगर जो आप आईआईटी-फाईआईटी में पढ़े होते तो सीधे नासा वाले आपको छात्रवृत्ति देकर ले गए होते। फुल इस्कालरशिप पर।" अन्नू ने घूमते हुए पंखे की बलैयाँ लेकर पिंटू से कहा।

पिंटू गहरी सोच में था, अपनी चाल चलना भूल गया था। रानी छेद के मुँहाने पर खड़ी थी, स्ट्राइकर छू देता तो कूद पड़ती। बीच वाली उँगली अँगूठे से सटकर नब्बे डिग्री पर तैनात थी। हाथ पाउडर में पुतकर सफ़ेद हो रखा था।

"क्या सोच रहे हैं भैया? पिलाइए रानी।" अन्नू ने अधीर होते हुए कहा।

"बेटा अन्नू। हम कमिटमेंट कर तो दिए हैं सलमान भाई टाइप। लेकिन सवाल ये है कि बनाएँगे क्या?"

"अब हम क्या ही बताएँ भैया! इतनी हमारी औकात तो है नहीं कि आपसे आगे सोच पाएँ। हमारे बदले भी आप ही सोच लीजिए।"

"अबे अच्छा हम गुसलखाने होकर आते हैं। दुनिया का एक से एक बड़ा इनोवेटर गुसलखाने में ही सोचता है। वहाँ वो आता है, वो क्या बोलते हैं..."

"प्रेसर?" अन्नू ने मुँह सिकोड़कर, नाक बंद करते हुए कहा।

"अबे तुम एकदमे पगलेट हो क्या। प्रेसर नहीं। वो जो गुप्ता अंकलजी को आया था, जिसके बाद उन्होंने तय कर लिया कि उनको सिंगर बनना है। अरे वो जो आर्टिस्ट लोग को आता है। क्या कहते हैं... क्रिएटिव इंस्पिरेशन!"

"अब हम क्या बताएँ। हमको तो आज तक आया नहीं क्रिएटिव इंस्पिरेशन। एक बार आया था जब हमको विधायक बनने का शौक चढ़ा था। तो पापा ने दुई कंटाप मारा और इंस्पिरेशन उलटे पाँव लौट गया।"

पिंटू गुसलख़ाने चला गया। वह अंदर बैठा सोच रहा था और हवा में उँगली से कोई रैंडम आकार बना रहा था। बाहर तक उसके गाने की आवाज़ आ रही थी।

अचानक से उसकी आँखों में चमक आ गई और वह भागकर बाहर आया और उसने अन्नू को गले लगा लिया। अन्नू ने ख़ुद को पिंटू की क़ैद से छुड़ा लिया।

"अबे हाथ धो आए हैं बे।" पिंटू ने कहा।

"अच्छा भैया!" अन्नू फिर से पिंटू की बाहों में घुसकर ख़ुद ही क़ैद हो गया।

"बेटा अन्नू अवस्थी, हम बोले थे न गुसलखाने में बहुत सही इंस्पिरेशन आता है। आओ तुम भी चलो हमारे साथ गुसलखाने में।"

"अरे भैया जी कहाँ? दोनों लोग साथ में?" अन्नू जाने के लिए एकदम तैयार नहीं था, पिंटू फिर भी उसे खींचकर ले जा रह था। उसने अपने दोनों पैर जमीन पर क्रॉस करके जाम कर दिए थे लेकिन पिंटू उसे घसीट रहा था। मिश्रा हॉल में बैठा दोनों की हरकतें देख रहा था। वह कुछ कहना चाहता था लेकिन चुप रहना उसकी मजबूरी थी। उसने दोनों को साथ गुसलख़ाने में घुसते हुए

देखा, फिर भी उसने गुटका नहीं थूका। ठीक तीस सेकेंड पहले उसने पुड़िया फाँकी थी। बेटा नालायक़ निकल आया तो क्या हो गया!

"अबे बैठो, हाँ बैठो, बैठो बे उकड़ू। जैसे हगने के लिए आदमी बैठता है।"

"अरे भैया जी, हम इंडियन स्टाइल में नहीं बैठ पाते हैं। घुटनों में दर्द होता है।"

"वही तो!" पिंटू ने ख़ुशी से उछलते हुए कहा।

दोनों उकड़ू बैठ गए। पिंटू ख़ुशी में अन्नू के गाल खींचने लगा।

"अब बताएँगे बांबे के टाम अल्टर को। ये है कानपुर, यहाँ का नीम चंदन से कम नहीं। और अपना कानपुर है, लंदन से कम नहीं।"

अन्नू को समझ नहीं आ रहा था कि पिंटू को ऐसा क्या आइडिया आ गया जो वह इस क़दर ख़ुश था। लेकिन उसे अपने पिंटू भैया पर पूरा भरोसा था कि यदि वह कह रहे हैं कि उनको ग़ज़ब का आइडिया आया है तो फिर आइडिया एक नंबर ही होगा! पिंटू ने स्कूटर निकाला और अन्नू को पीछे बिठाकर मार्केट ले गया। फटाफट सामान ख़रीदा और अपना अगला जुगाड़ बनाने में जुट गया।

दोनों दो रात लगे रहे। पिंटू की उँगलियों किसी कलाकार की तरह चलती रहीं। अन्नू उसके कहे अनुसार छेनी हथौड़ी और मशीन चलाता रहा। उसे यह तो नहीं समझ आ रहा था कि पिंटू करना क्या चाह रहा है लेकिन उसने पूछा भी नहीं। वह बीच-बीच में मिश्राइन से कहकर चाय बनवा लाता और फिर दोनों काम पर लग जाते।

बीच में मिश्रा दो बार आया था, लेकिन उसने पूछा नहीं कि दोनों क्या कर रहे थे। मिश्राइन ज़रूर ख़ुश थी, क्योंकि उसे पूरा भरोसा था कि उसका लड़का एक दिन वह करेगा, जो आईआईटी वाले भी नहीं कर सकेंगे। काहे से उसकी प्रैक्टिकल नॉलेज एक नंबर है।

***

पिंटू और अन्नू के सिर पर एक-एक कमोड था। इंडियन स्टाइल का। दोनों ध्यान से उस बड़े से पोस्टर को देख रहे थे जिस पर 'आईआईटी कानपुर-इंडियाज़ नेक्स्ट बिग इनोवेटर' लिखा हुआ था। दोनों ने कमोड को देखा और फिर एक-दूसरे को।

"भैया? वापस चलें क्या?" अन्नू ने डरकर कहा।

"क्यों बे?" पिंटू ने दृढ़ता से कहा।

"भैया, ये इनोवेशन फेयर है। हम लोग टट्टी करने का कमोड बना के लाए हैं।"

"अबे तू चल चुपचाप। आईआईटी वाले क्या हगते नहीं हैं? और शरमा काहे रहे हो। गुप्ता अंकल को देखो। वह बुढ़ापे में अपने सपने पूरे करने का हौसला रखते हैं, और तुम जवान होके शरमाते हो।"

अन्नू फिर भी अंदर जाने से डर रहा था। वो दोनों आईटीआई में पढ़ते थे, और यहाँ सामने आईआईटी कानपुर था। और आज जब वह पहली बार इसके अंदर दाख़िल होने जा भी रहा था तो सिर पर टट्टी करने का कमोड लेकर। पिंटू भैया को मना भी नहीं कर सकता था। वह उनकी सब बात जो मानता था। लेकिन फिर भी! आईआईटी में ऐसे घुसने देंगे क्या? वह सोच रहा था कोई रोकेगा तो यही बोल देंगे कि हम लोग प्लंबर हैं। हॉस्टल के अंदर कमोड फिट करने आए हैं। लेकिन अंदर छुटकी जी देख लेंगी फिर? और वह नकचढ़ा नील! उसने देख लिया तो फिर ज़िंदगी भर उससे आँख नहीं मिला पाएँगे। उसे अपने से अधिक पिंटू के लिए संकोच हो रहा था। छुटकी जी अगर पिंटू पर हँसने लगीं तो? पिंटू भैया का दिल तो नहीं टूट जाएगा? उसने आख़िरी बार पिंटू भैया से अनुरोध किया लेकिन पिंटू नहीं माना।

दोनों अंदर आए तो उन्होंने देखा कि नील और छुटकी ने भी एक स्टॉल सेट अप किया हुआ था। स्टाल पर 'बोल्ट एलीवेटेड इलेक्ट्रिक बस' लिखा हुआ था। अन्नू ने छुटकी और नील का स्टॉल देखकर अपना रास्ता बदल लिया और दूर जाकर कोने में अपना स्टॉल लगा लिया।

प्रोफ़ेसर लड़कों के मॉडल देख रहे थे। नील और छुटकी अपनी कार बस का छोटा प्रोटोटाइप दिखा रहे थे। उन्होंने दस-बाई-छह की एक छोटी बस बनाई थी।

"सर, ये एलीवेटेड इलेक्ट्रिक बस का प्रोटोटाइप है। सर ये बस खुद को एलीवेट कर सकती है। बस ये बटन दबाना है और ये हाइड्रोलिक संस्पेंसन से खुद को ऊपर उठा लेती है। नीचे आठ फुट की जगह बन जाती है। ट्रैफिक जाम होने पर, नीचे से कार और टू व्हीलर आसानी से निकल सकते हैं।"

छुटकी ने डिमॉन्सट्रेशन दिया तो बटन दबाने से बस का तला हवा में लिफ़्ट की तरह उठा और उसके नीचे आठ फ़ुट की जगह बन गई। दोनों का मानना था कि ये आगे चलकर न सिर्फ़ प्रदूषण की समस्या को कम कर सकता है, बल्कि ट्रैफ़िक जाम की समस्या को भी काफ़ी हद तक ठीक कर सकता है। अगर सारी बसें इस तरह हवा में लिफ़्ट हो सकें तो उनके नीचे से सारा ट्रैफ़िक क्लियर हो सकता है। इससे कितना सारा फ़्यूल भी बच सकता है। प्रोफ़ेसर्स बेहद ख़ुश थे। उन्हें छुटकी और नील पर पहले से ही नाज़ था। उन्होंने छुटकी और नील से हाथ मिलाया और आगे बढ़ गए।

अन्नू अवस्थी और पिंटू अपने स्टॉल पर कमोड के ऊपर पॉटी करने की पोज़ीशन में उकड़ू बैठे हुए थे। अगल-बग़ल वाले उन्हें कमोड पर बैठा देख हँस रहे थे। दोनों बैठे हुए दूर से छुटकी का इनोवेशन देख रहे थे और आश्चर्यचकित हो रहे थे।

"भैया, अभी भी समय है। छुटकीजी ने क्या बवाल आइटम बनाया है। हम लोग कहीं और जाकर हग लेंगे।" अन्नू अवस्थी ने उकड़ू बैठे हुए कहा।

"बताइए भला। घर से हग के आते। ये तो इधरी शुरू हो गए।" भीड़ में किसी ने कहा। सारे लोग हँसने लगे। अन्नू फिर से पिंटू से मिन्नतें करने लगा।

"भैया, छुटकीजी ने खुद से ऊपर उठ सकने वाली बस बनाई है।"

"भैयाजी, उनकी बस में लिफ्ट है।"

"भैयाजी और हम लोग!"

"भैयाजी, आप सुन नहीं रहे हैं।"

पिंटू इस बात पर अटल था कि उसने भी एकदम चौकस मॉडल बनाया है। वह अपनी धुन का पक्का लड़का था और विश्वास का भी पक्का। ख़ुद को किसी से कमतर नहीं आँकता था। हाँ बस ख़ुद को छुटकी के क़ाबिल नहीं मानता था। शायद वह ये नहीं जानता था कि प्रेम का गणित आम गणित से अलग होता है। उसमें एक और एक दो नहीं होता, ग्यारह भी हो सकता है और अनंत भी। प्रेम के गणित में कुछ भी वैरियेबल नहीं होता, सब कुछ सनातन होता है। प्रेम के गणित में नफ़ा बड़ा नहीं होता और नुक़सान छोटा नहीं होता। प्रेम गणित का शून्य आम गणित के अनंत से भी बड़ा होता है।

प्रोफ़ेसर पास आए तो पिंटू तुरंत खड़ा हो गया और बड़े ही आत्मविशवास

के साथ उन्हें अपना मॉडल समझाने लगा।

"सर हमारे देश में अभी भी 80 प्रतिशत लोग इंडियन कमोड का उपयोग करते हैं। उकड़ू बैठकर पॉटी करते हैं। सर एक उम्र के बाद उन्हें इस कमोड पर बैठने में घुटनों और पैर के पंजों में ऐसा बंपर दर्द होता है कि वे दो मिनट भी कमोड पर बैठ नहीं पाते। हमने एक छोटा-सा इनोवेशन* किया है बस। इसकी सीट को हमने थोड़ा-सा उठा दिया है बीस डिग्री पर... अबे अन्नू अवस्थी बैठे रहो न, ठीक से बैठो... हाँ सर, इसकी सीट को उठाने से आपके घुटनों पर प्रेशर 70 परसेंट तक कम हो जाता है।"

प्रोफ़ेसर बेहद ख़ुश हुए। उन्होंने देखा कि इस कमोड पर बैठने से घुटनों में दरअसल दर्द नहीं हो रहा था। पिंटू ने पैर के पंजों के पास की सतह को समतल की जगह एक एंगल पर उठा दिया था।

उन्होंने पिंटू से हाथ मिलाया। अन्नू ने भी हाथ मिलाने के हाथ बढ़ाया तो प्रोफ़ेसर चैटर्जी ने हाथ पीछे खींच लिया।

"अरे नहीं सर, हम पॉटी थोड़े कर रहे थे, बस एक्टिंग कर रहे थे।" अन्नू अवस्थी ने कहा और सब ज़ोर से हँस पड़े। पूरा स्टॉल गुलज़ार हो गया। आस-पास के लोग भी आ-आकर मॉडल देखने लगे। मजमा लग गया। दूर से छूटकी और नील भी उन्हें पहचानने की कोशिश कर रहे थे। दोनों उनके स्टॉल की तरफ़ बढ़े। छुटकी को देखते ही दोनों ने जल्दी-जल्दी अपना स्टॉल समेटा और बाहर भाग गए।

"भैया घर चलें?" अन्नू ने पिंटू से पूछा।

"काहे बे?"

"जीतेंगे तो हम लोग हैं नहीं। बेज्जती खराब होने से पहले ही भाग लेते हैं।"

"अबे रुको बे। शाम तक रिजल्ट आ जाएगा।" पिंटू ने हाथ खींचकर अन्नू को रोक लिया।

***

शाम पाँच बजे रिज़ल्ट आ गया। प्रोफ़ेसर चैटर्जी स्टेज पर आए। उन्हें एक लिफ़ाफ़ा दिया गया जिसमें जीतने वालों के नाम थे। उन्होंने चश्मा ऊपर करके

इनोवेशन क्रेडिट : Squat Ease

लिस्ट पढ़ी और लिस्ट देखकर ख़ुश हो गए। "थर्ड प्राइज़ गोज़ टू अरिंदम घोष फ़्रॉम आईआईटी कानपुर फ़ॉर नैनो बॉट।" उन्होंने कहा। अरिंदम घोष ने स्टेज पर आकर इनाम लिया और सबको अपना मॉडल फटाफट समझाया भी।

"सेकेंड प्राइज़ गोज़ टू तरु गुप्ता एंड नील फ़्रॉम आईआईटी कानपुर, फ़ॉर एलिवेटेड इलेक्ट्रिक बस।" प्रोफ़ेसर चैटर्जी ने दूसरे पुरस्कार की घोषणा की। नील का चेहरा सफ़ेद हो गया। उसे पक्का यक़ीन था कि उसे फ़र्स्ट प्राइज़ ही मिलेगा। छुटकी थोड़ा निराश थी, पर अधिक नहीं। वह इस बात से ख़ुश भी थी कि वह लोग जीते। नील चिढ़कर स्टेज पर आना नहीं चाह रहा था लेकिन छुटकी उसे खींचकर ऊपर ले आई।

नील जीवन में दूसरे या तीसरे ईनाम से कभी ख़ुश नहीं हुआ था क्योंकि वह हमेशा पहला ईनाम ही पाता था। दूसरा या तीसरा ईनाम, उसके लिए ईनाम नहीं, हार और ज़लालत थी। वो जब आईआईटी कानपुर आया था तो पहले साल एकदम ख़ुश नहीं था, क्योंकि वो आईआईटी मुंबई जाना चाहता था और उसे हमेशा इस बात का अफ़सोस रहता था कि अगर उससे एक-दो सिली मिस्टेक नहीं हुई होती तो वो आज आईआईटी मुंबई में ही होता।

कानपुर जैसी कचरा जगह में उसे आना ही नहीं पड़ता। उसे अक्सर सपना आता था कि कैसे उसने ग़लती से एक सवाल का जवाब में 'बी' की जगह 'सी' को काली पेंसिल से सर्किल कर दिया था, और जब उसने उसे इरेज़र से मिटाने की कोशिश की, तो ओएमआर शीट फट गई थी। अगर उससे वो ग़लती नहीं हुई होती, तो आज वो मुंबई में ही होता। कानपुर आजतक उसे उसकी ग़लती की याद दिलाता था।

प्रोफ़ेसर चैटर्जी ने पहले पुरस्कार की घोषणा की, "और इस साल जो मॉडल फ़र्स्ट प्राइज़ जीता है, वह बहुत ख़ास है। एक छोटा-सा इनोवेशन फिर भी एक कॉमन इंडियन पर इतना बड़ा इम्पैक्ट। प्लीज़ वेलकम पिंटू एंड अन्नू फ़्रॉम आईटीआई कॉलेज फ़ॉर 'न्यू एर्गोनोमिक डिज़ाइन ऑफ़ इंडियन कमोड'।"

नील का चेहरा सफ़ेद से लाल हो गया। छुटकी ख़ुशी और आश्चर्य से पिंटू को देख रही थी। अन्नू और पिंटू दूर खड़े ख़ुशी से नाच रहे थे।

"अबे चूतिये, घर वाला नाम क्यों लिखा था फॉर्म पर? स्कूल वाला नाम

लिखता, पुनीत और आनंद।" पिंटू ने अन्नू के कंधे पर एक मुक्का लगाया। अन्नू बस शर्माए जा रहा था। दोनों ने कॉलोनी में एक बार साथ जोड़ी बनाकर तीन टाँग की दौड़ के आलावा जीवन में कभी भी फ़र्स्ट प्राइज़ नहीं जीता था। दोनों शर्माते हुए स्टेज पर आए। क़मीज़ को हाथ में पकड़े लजाकर लहरा रहे थे। जैसे कोई छोटी बच्ची नयी फ्रॉक पहनकर आई हो और किसी ने उसकी फ्रॉक की तारीफ़ कर दी हो तो वह उसका घेर बनाकर शर्मा रही हो।

"आप सबको अपने इनोवेशन के बारे में कुछ बताना चाहेंगे?" चैटर्जी ने पूछा और दोनों को माइक दे दिया।

"अरे बिलकुल। बेटा अन्नू, चल बेटा बैठ जा पोजीशन लेकर।" पिंटू ने स्टेज पर अन्नू को उकड़ू बिठा दिया। पिंटू ख़ुश हो गया। पूरी डीटेलिंग के साथ सारा वाक़या बताने लगा।

"तो सर, उस दिन हुआ ये कि हम गए थे गुसलखाने पॉटी करने। हम वैसे तो वेस्टर्न कमोड पर ही पॉटी करने जाते हैं लेकिन उस दिन हमारे वाले बाथरूम में पापा गए थे। तो हम चले गए उनके वाले बाथरूम में। वहाँ इंडियन स्टाइल का कमोड लगा है। तो सर, हम जैसे ही बैठे, पॉटी करने..."

पिंटू माइक, ऑडियंस और तवज्जो पाकर हिंदी के कवियों की तरह अधीर हो उठा और भरपूर आनंद के साथ बोलने लगा। हाथ घुमाकर, पूरी भावभंगिमाओं के साथ। उपमाएँ देकर, अलंकारों की चाशनी से बातों की जलेबी छानते हुए, अपने गौरवशाली कमोड की महिमा का वर्णन करने लगा। जैसे हिंदुस्तान के इतिहास में उसके कमोड से बड़ी खोज आजतक नहीं हुई हो।

"ठीक है, ठीक है, हम लोग समझ गए।" चैटर्जी ने पिंटू को बीच में ही रोक दिया और मुस्कुराते हुए माइक ले लिया। पिंटू ने माइक वापस खींच लिया और कहा,

"सर बस एक सेकेंड, माइक दीजिए, एक जरूरी बात बतानी थी, पिंटू हमारे घर का नाम है। स्कूल का नाम पुनीत है।" पिंटू ने इतना बताकर माइक वापस कर दिया।

चैटर्जी ने उनकी पीठ थपथपाई। दोनों अवॉर्ड लेकर नीचे उतर आए। नील का चेहरा भी उतर आया।

छुटकी ने नील को समझाया, "रिलैक्स यार! उसके लिए भी खुश हो

सकते हैं हम। एक लकीर को बड़ी करने के लिए उसके बगल में छोटी लकीर बनाना जरूरी नहीं है। हम अपनी खुद की लकीर बड़ी बनाएँगे यार। यहाँ नहीं तो MIT में ही सही। लेकिन अपने मॉडल को तो हम पूरा करके ही रहेंगे।"

***

अन्नू और पिंटू कमोड को अपने सिर पर लादकर ले जा रहे थे। दोनों बहुत ख़ुश थे और चौड़े होकर चल रहे थे। छुटकी पिंटू के पास आई और हाथ मिलाने के लिए उसने अपना हाथ बढ़ाया। पिंटू ने हाथ आगे बढ़ाया लेकिन कुछ सोचकर अपना हाथ पीछे खींच लिया। एकबारगी उसे अंदाज़ा हुआ कि ये छुटकी का हाथ था। वह हाथ जिसकी छाया छूकर ही वह ख़ुश हो जाता था। उसने देखा कि छुटकी का हाथ कितना सुंदर, कितना कोमल और कितना गुलाबी था। उसे ज़रा भी ज़ोर से पकड़ लो नीले पड़ जाएँ। पिंटू ने अपना हाथ अपनी क़मीज़ से पोछा क्योंकि वह पहली बात छुटकी का हाथ पकड़ने जा रहा था। हाथ पोछकर, फिर एहतियात से अपना हाथ उसकी ओर वापस बढ़ाया।

छुटकी ने हाथ मिलाया। फिर आगे बढ़कर पिंटू को गले लगा लिया। पिंटू इसके लिए तैयार नहीं था। उसके पूरे शरीर में हरारत हो रही थी। वह झुरझुरी महसूस करते हुए अपने कमोड पर उकड़ू बैठ गया।

"कांग्रेट्स यार! इंडियाज नेक्स्ट बिग इनोवेटर!"

"वैसे छुटकी जी, आप हमारे साथ जोड़ी बना लेतीं तो जीत जातीं फर्स्ट प्राइज।"

"तू फिर शुरू हो गया?"

"देखिए आप जितना भी मना कर लें, आपके बेस्ट फ्रेंड तो हम ही थे हमेशा से। और जब हम दोनों छोटे-छोटे थे तो अन्नू अवस्थी के घर, छत पर आपने हमसे शादी भी कर ली थी।"

"दस साल की थी मैं डफर। गेम खेल रहे थे दोनों, और वैसे भी मेरे को तेरा वीडियो गेम चाहिए था। इसलिए कर ली थी शादी, वरना तेरे से कौन करता शादी!"

"इतने भी बुरे नहीं हैं हम।" पिंटू फिर से अपनी क़मीज़ पकड़कर लजा रहा था। फ्रॉक पहने हुई लड़की की तरह और मुस्कुराए जा रहा था।

"बुरे नहीं हो। बस थोड़े बुद्धू हो। इतना प्यारा सोचते हो। तुम सच में अपने इनोवेशंस को सीरियसली क्यों नहीं पूरा करते?"

छुटकी चली गई। अन्नू पिंटू के बग़ल में आकर बैठ गया। उसने पिंटू के कान में बड़े राज़ की बात कही, जो उसके जीवन भर का फ़लसफ़ा था। वह अपनी ही बात के मायाजाल में बिंध गया था। बात कहते हुए ख़ुशी से लोट रहा था।

"भैया, छुटकीजी आपको बुद्धू बोलीं।"

"हाँ तो?"

"अरे भैया, आप समझ नहीं रहे हैं!" अन्नू की आँखों में ग़ज़ब की चमक थी। लेकिन पिंटू की आँखों में सवाल था।

"अरे भैया, समझिए न! वह आपको बेवकूफ भी बोल सकती थीं, लेकिन बुद्धू बोलीं। लड़कियाँ बुद्धू सिर्फ प्यार में बोलती हैं।"

पिंटू कमोड से खड़ा हो गया। जैसे उसे कमोड ने करंट मारा हो। उसी अन्नू की बात सच मालूम हो रही थी।

"यार इससे तो अच्छा हम सेकेंड ही आ जाते। ऐसे फर्स्ट प्राइज जीतकर एकदम अच्छा नहीं लग रहा है। जीतना तो छुटकीजी को ही चाहिए था।"

पिंटू ज़मीन पर पालथी मारे बैठा रहा। मिट्टी पर छुटकी के पैरों के निशान थे। उसने वहाँ की घास उखाड़ ली जहाँ छुटकी के पैर पड़े थे और उसे अपनी जेब में भर लिया। घर आया तो उसके ख़ज़ाने में एक आभूषण और जुड़ गया। घास उसने उसी संदूक़ में छुपा दी जिसमें छुटकी की छुई हुई कुछ गिट्टियाँ थीं, कुछ गोल पत्थर थे, कुछ काग़ज़ के गिलास थे, एक-दो कॉपियाँ थी और छुटकी का पुराना वीडियो गेम था। पिंटू की एक सीटी थी जिसे छुटकी ने अपने होठों से बजा दिया था। एक बुंदा था जो छत पर छुटकी के कान से गिर गया था। पिंटू अचानक ही किसी साहूकार जितना अमीर हो गया था। उसकी जागीरदारी और मज़बूत हो गई थी।

11

सुलेखा सैटिन का चिकना नाइट गाउन पहनकर बेडरूम की तरफ़ जा रही थी।

वह कई दिन से मिश्राइन की कही बात सोच रही थी कि 'भैया को कब्जे में करो।', 'मई की भद्दर गर्मी में तुम पूरी बाँह का ब्लाउज पहनती हो।' उसने मिश्राइन के कहे अनुसार अच्छा खाना बनाकर अपने पति को रिझाने की कोशिश की, लेकिन वह तरकीब काम नहीं आई। इसलिए अब वह उसकी बताई हुई पहली तरकीब आज़माने चली थी।

अंदर चंद्रप्रकाश लेटे हुए थे और आदतन किशोर कुमार को घूर रहे थे। सुलेखा के हाथ में दूध का गिलास था। किसी दुल्हन की तरह शर्माते हुए चल रही थी। नाइट गाउन लाल रंग का था। शरीर से चिपका हुआ। छुटकी हॉल में बैठी उसे शक की निगाह से देख रही थी।

"मम्मी, ये मेरा गाउन है क्या?"

छुटकी ने सुलेखा को टोक दिया। सुलेखा चौंक गई, जैसे उसकी चोरी पकड़ ली गई हो।

"अरे मेरा ही है। तुम्हारा गाउन आएगा क्या मुझे?" सुलेखा मुँह छिपाते हुए बोली।

"मम्मी, सैटिन का गाउन क्यों पहनी हो। कॉटन का पहन लो। अभी लाइट चली जाएगी तो गर्म करेगा इसका कपड़ा।"

"हाँ तो जब लाइट जाएगी तो जाएगी, अभी तो है न!"

"हाँ लेकिन कानपुर में तो रोज 11 से 1 बिजली कटौती होती है।"

"अरे योगी जी की सरकार के आने के बाद से कहाँ होती है!"

"मम्मी, कानपुर कानपुर ही रहेगा। चाहे अखिलेश आएँ या योगी जी। अमरीका नहीं बन जाएगा। सूती वाली पहन लो, लाइट जाने वाली है।"

सुलेखा जान छुड़ाकर सरसराकर बेडरूम में घुस गई। पसीने-पसीने हो रही थी। बिस्तर के एक कोने पर बैठ गई। चंद्रप्रकाश ने करवट ली तो बिस्तर ने 'चईं' की आवाज़ की। यूँ तो आवाज़ हलकी थी लेकिन किसी बम के धमाके से भी तेज़ प्रतीत हुई। सुलेखा गहरी साँसें ले रही थी, उसकी आवाज़ भी इतनी तेज़ मालूम हो रही थी कि सुलेखा ने साँस लेना ही रोक दिया। चंद्रप्रकाश सकपकाकर उठ बैठे। उन्होंने सुलेखा को ऊपर से नीचे देखा और बोले, "सुलेखा ये मिट्ठू का है कि छुटकी का?"

सुलेखा ने बिस्तर पर चंद्रप्रकाश की तरफ़ करवट ली और उसका गाउन फट गया। अब वह रोने लगी क्योंकि उससे इससे अधिक हँसाई नहीं सही गई।

"आपको मैं बिलकुल अच्छी नहीं लगती न?"

"मैंने ऐसा कब कहा? इतना टाइट गाउन है इसलिए पूछा मैंने।"

"हाँ अब तो मैं तुमको मोटी ही लगूँगी। वह बंबई वाली चुड़ैल ये गाउन पहनकर आएगी तो खुशी से तुम्हारी आँखें निकलकर मुँह को आ जाएँगी।"

"हे भगवान! अच्छा तुम यही पहने रहो, बस। लेकिन ये जो कमर के पास चिर गया है उसमें सिलाई मार लो। गजब हाल है! आज की तारीख में आदमी कोई सपना क्या देख ले, दुनिया दीवानी हो जाती है। सुलेखा, सच में मेरा किसी औरत से कोई चक्कर नहीं है। मैं अभी भी बस तुमसे प्यार करता हूँ।"

"तो क्या आप सच में सिंगर बनने बंबई जाना चाहते हैं?"

"हाँ सुलेखा।"

सुलेखा भरे मन से चंद्रप्रकाश को देख रही थी। क्या कहती! उसे उनकी आँखों में दृढ़निश्चय दिख रहा था। ज़िद की जगह समझदारी दिख रही थी। उनकी आँखों में बालहठ नहीं था। उनकी आँखों में एक गीला-सा सपना था।

"क्यों? पूरी जिंदगी निकल गई। पहले तो गए नहीं। फिर अब क्यों?"

"अब क्यों का क्या जवाब दूँ? सुलेखा हमारे होने का कुछ तो अर्थ होना चाहिए। हम कौन हैं? हम इस दुनिया में किसलिए आए हैं? कुछ तो ऐसा होगा जो हमें हमारे जिंदा होने का एहसास कराए। सुलेखा, जीवन नश्वर है।"

सुलेखा 'जीवन नश्वर है' बीस बार सुन चुकी थी और उसे इस बात से नफ़रत हो चुकी थी। एक और बार नहीं सुन सकती थी। चिढ़कर बोली, "हे भगवान! तुम हर बात पर जीवन शनिवार है, जीवन शनिवार है क्यों शुरू हो जाते हो। आज बुधवार है, पता नहीं क्या बोलते रहते हो। इससे अच्छा तो दूसरी औरत का चक्कर ही होता। उसे मैं काला धागा बाँध के ठीक कर लेती। अब ये आप क्या वजूद और अर्थ की बातें करने लग गए हैं। इसका मैं क्या इलाज करूँ! मुझे लग रहा है आप पर प्रेत-बाधा हो गई है।"

"शनिवार नहीं नश्वर है। नश्वर-नश्वर। क्षण भंगुर।" चंद्रप्रकाश सर पकड़कर बैठे थे।

"झींगुर? किधर झींगुर है?"

"अरे सुलेखा तुम सो जाओ। तुमसे तो बात करना ही बेकार है।"

सुलेखा नाराज़ होकर तकिया चादर लेकर बाहर के कमरे में सोने चली गई। चंद्रप्रकाश सर पकड़कर अंदर लेटे रहे।

***

चंद्रप्रकाश दफ़्तर जाने के लिए स्कूटर स्टार्ट कर रहे थे। स्कूटर घर्र-घर्र की आवाज़ कर रहा था। चंद्रप्रकाश हँसने लगे। क्योंकि उसकी आवाज़ में एक सुर था। स्कूटर पर किक मारते हुए आलाप लेने लगे जैसे कोई शास्त्रीय संगीत की प्रैक्टिस कर रहा हो।

'घ-र-र-र-र... आ-आ-आ...'

बालकनी में उमेश खड़ा था और यह सब देख रहा था।

"इनसे अच्छा तो स्कूटर गाता है।" वह अपनी पत्नी से बोला।

चंद्रप्रकाश स्कूटर से स्टेशन पहुँचे। लेकिन उनका दफ़्तर जाने का एकदम दिल नहीं किया तमाम देर कानपुर सेंट्रल का बोर्ड देखते रहे। फिर स्कूटर घुमा लिया और मोती झील पहुँच गए।

अंदर आकर झील के सामने बैठ गए। एक बच्चा स्कूल ड्रेस में उनके पास आकर बैठ गया। उसने स्कूल बंक किया हुआ था। थोड़ी देर में एक कुत्ता आकर उनके बग़ल में बैठ गया। अब तीनों झील को देख रहे थे। "आपने भी स्कूल बंक किया?" बच्चे ने पूछा।

"हाँ।" उन्होंने कहा।

"एक गाना सुनोगे?" उन्होंने संकोच करते हुए बच्चे से पूछा।

"सुनाइए।" बच्चे ने ख़ुशी से कहा।

"सचमुच?" उन्होंने अविश्वास से पूछा।

"हाँ, सुनाइए न।" बच्चे ने विश्वास से फिर कहा।

चंद्रप्रकाश ख़ूब ख़ुशी से गाने लगे। उनके आनंद का ठिकाना नहीं था। उनके सुनने वाले बस दो लोग थे। एक बच्चा और एक कुत्ता लेकिन वह यूँ गाने लगे जैसे किसी बड़े ऑडिटोरियम में सैकड़ों लोगों के सामने गा रहे हों। बच्चे ने ताली बजाई। कुत्ता दो टाँग पर खड़ा हो गया। चंद्रप्रकाश ने झुककर दोनों को बाओ किया और शुक्रिया अदा किया।

वह अगले तीन दिन यूँ ही दफ़्तर बंक करते रहे। तीनों रोज़ बच्चे और कुत्ते को गाना सुनाते और ख़ुश होते।

चौथे दिन दफ़्तर आए तो हॉल में दफ़्तर के लोगों के साथ खाना खा रहे थे। जी.पी. सिंह ने आँखों-ही-आँखों में शुक्ला को इशारा किया। शुक्ला समझ गया कि चंद्रप्रकाश का मज़ाक़ उड़ाने का न्यौता है। कहने लगा, "अरे कुमार सानू जी, बंबई में जब आप सिंगर बन जाएइगा न, तो आप कोरस जी से जरूर मिलिएगा। इतने सारे गाने गाए हैं उन्होंने लेकिन आज तक उनको देखा नहीं। हर कैसेट में उनका नाम देखे हैं हम लोग।" शुक्ला ने माचिस की तीली से दाँत खोदते हुए कहा।

"कोरस जी का गाना सुनाइए कुछ। हम तो सुने हैं कि कोई बढ़िया गीत गा दे तो बादल बरस जाएँ। गाइए कोई ऐसा राग कि साला बाढ़ ही आ जाए और ये साला ऑफिस आने के चक्कर से मुक्ति मिले। अरे सुना दीजिए। कल तो बड़े बाबू भी आपके गाने की तारीफ कर रहे थे।" जी.पी. सिंह ने कहा।

चंद्रप्रकाश ख़ुश होकर, हाथ में इमैजिनरी माइक पकड़कर गाने लगे। चेहरे पर मुस्कान, कमर पर हथेली और आँखों में तसल्ली ओढ़कर दाएँ से

बाएँ और फिर बाएँ से दाएँ झूम रहे थे। बच्चों जैसे उत्साह से गा रहे थे। लोग मुँह छुपाकर हँस रहे थे क्योंकि पीछे बड़े बाबू खड़े थे। चंद्रप्रकाश इस बात से बे-ख़बर यूँ गा रहे थे जैसे उनका कोई कॉन्सर्ट हो रहा हो। जैसे वह तीन दिन से झील में गा रहे थे।

"धर्मेंद्र, ये क्या तमाशा लगा रखा है?" बड़े बाबू की कड़क आवाज़ आई।

"सर, चंदर..." उन्होंने अपनी नेमप्लेट की तरफ़ इशारा किया। "सॉरी सर! वो... वो इन लोगों ने गीत गाने की गुजारिश कर दी थी तो मैं बस ऐसे ही गुनगुनाने लगा।"

"चुपचाप नौकरी में मन लगाओ। तुम्हारे घर की दाल-रोटी इसी नौकरी से ही चलती है। गाना गाके बस मंदिर के भिखारी कमाते हैं। इसलिए जादा किशोर कुमार न बनो। सरकारी नौकरी किस्मत से मिलती है, भारतीय रेल में चपरासी बनने के लिए भी आठ लाख का रेट है।"

बड़े बाबू तमतमाते हुए वहाँ से निकल गए।

चंद्रप्रकाश ने भारी मन से जी.पी. सिंह से कहा, "जी.पी. सिंह जी, क्या मिला आपको ये करके? मैं आपको सर्कस का जोकर दिखाई देता हूँ? मजाक बना दिया आप लोग ने मेरा।"

"जो व्यक्ति खुद का मजाक बना ले उसका मजाक कोई और क्या बनाएगा!" जी.पी. सिंह ने चिढ़कर कहा।

***

दिन भर चंद्रप्रकाश ने टिकट बनाए। कुछ लोगों को बंबई भी भेजा। फिर वह दफ़्तर के बाद स्कूटर से सब्ज़ी मंडी पहुँचे। उनका सिर, कंधे और आँखें झुके हुए थे। आँखें हलकी नम थीं। सब्ज़ी वाले ने उन्हें सब्ज़ी दी और उन्होंने बिना बोले सब्ज़ी तौलवा ली। परचून की दुकान गए, लिस्ट दी और बिना बोले सामान लेकर वहाँ से भी आ गए। बीते तीस सालों की उनकी दिनचर्या आज भी टूटी नहीं थी।

वह मशीन की तरह लग रहे थे। हाथ में झोला लिए पैदल चल रहे थे। आगे ज्योतिषी सड़क पर बैठा हुआ था। बग़ल में अघोरी बैठा हुआ था। वह

उसको देखकर रुक गए। ज्योतिषी ने उनको हाथ पकड़कर आज फिर से बैठा लिया। चंद्रप्रकाश कुछ नहीं कह रहे थे फिर भी वह उनका हाथ पढ़ने लगा। वह हाथ छुड़ाना चाह रहे थे लेकिन वह छोड़ नहीं रहा था। हाथ देखकर ज़ोर से चिल्लाया।

"तेरे भाग्य में कालसर्प दोष है। कालसर्प से खतरनाक कुछ नहीं होता। सौ बिच्छू से खतरनाक। सैकड़ों कोबरा से खतरनाक। दुनिया में सबसे खतरनाक अगर कुछ होता है तो वह है कालसर्प दोष।"

अघोरी ज़ोर से हँसने लगा। चंद्रप्रकाश ने डरकर अपना हाथ ज्योतिषी से छुड़ा लिया। अघोरी हँसते हुए बोला, "मूर्ख! तुझे मालूम है कालसर्प से भी खतरनाक क्या होता है? सबसे खतरनाक होता है मुर्दा शांति से भर जाना। सब कुछ सहन कर जाना। घर से निकलना काम पर और काम से लौटकर सीधा घर आना। सबसे खतरनाक होता है। हमारे सपनों का मर जाना..." अघोरी ने पाश की कविता कही।

चंद्रप्रकाश तेज़ चाल से चलते हुए वहाँ से भागने लगे। उन्हें बहुत डर लग रहा था, जैसे कोई भूत देख लिया हो। कई बार सत्य भूत से अधिक ख़तरनाक होता है। न मालूम क्यों लोग सिर्फ़ भूत-प्रेत से डरते हैं, जबकि लोगों को जीवन की सच्चाई को नंगे देख लेने से अधिक डरना चाहिए। जैसे आज अघोरी ने उन्हें नंगा सच दिखा दिया था। वह सच के प्रेत से डरकर और तेज़ दौड़ने लगे। अघोरी हँसते-हँसते फिर चिल्लाया, "समय नहीं है, भाग... भाग कि जीवन नश्वर है!"

चंद्रप्रकाश दौड़ते-दौड़ते सबकी नज़रों से दूर चले जाना चाहते थे।

सब्ज़ी मंडी से दौड़ते हुए मोहल्ले तक आए और आज फिर मिश्राजी के पुराने गराज में जाकर छुप गए।

12

छुटकी आज बेहद ख़ुश थी।

अमेरिका जाकर एमआईटी (मेसाच्यूसेट्स इंस्टिट्यूट ऑफ़ टेक्नोलॉजी) में पढ़ने का उसका सपना पूरा होता नज़र आ रहा था। नील और उसके सैट स्कोर्स बहुत अच्छे आए थे। प्रोफ़ेसर चैटर्जी ने एमआईटी में दाख़िले के लिए दोनों की तारीफ़ में बड़ा शानदार 'लेटर ऑफ़ रिकमेंडेशन' लिखा था, जिसमें उन्होंने छुटकी के इनवेंशन की विस्तार से चर्चा की थी। आज उनका ऑनलाइन इंटरव्यू भी बड़ा बढ़िया गया था। इंटरव्यू में छुटकी ने जब अपने बनाए 'स्मार्टकेन' और 'एलीवेटेड इलेक्ट्रिक बस' के बारे में बताया तो एमआईटी के प्रोफ़ेसर ख़ूब ख़ुश हुए।

साल 1861 से ही एमआईटी टेक्नोलॉजी में दुनिया का सबसे अव्वल कॉलेज था। एमआईटी ने आज तक दुनिया को 95 नोबेल पुरस्कार विजेता दिए थे। छुटकी भी एक दिन उनमें से एक होना चाहती थी। वह चाहती थी कि उसके बनाए सारे प्रोटोटाइप एक दिन जीवंत हो उठें और एक दिन पूरी दुनिया उनका उपयोग करे।

एमआईटी जाने से ये सपना ज़रूर सच होता। उसकी 'एलीवेटेड इलेक्ट्रिक बस' जिसका एक छोटा-सा मॉडल भर इनोवेशन फ़ेयर में दिखाया गया था,

कल को वह दुनिया भर की सड़कों पर दौड़ सकती थी। कल को उसका 'स्मार्टकेन' दुनिया भर के सारे ब्लाइंड उपयोग करते और वह उनकी नयी आँख बन सकता था।

वह इंटरव्यू के तुरंत बाद घर जाकर सबको ख़ुशख़बरी देना चाहती थी इसलिए फ़ौरन स्कूटी स्टार्ट करके हॉस्टल से सीधे अपने घर के लिए निकली। वह इसी बहाने अपने पापामैन के गले लग जाना चाहती थी क्योंकि तमाम दिनों से वह बड़े गुमसुम से रहते थे। एक अरसे से दोनों ने साथ बैठकर छत पर गला भी तर नहीं किया था।

वह घर के लिए निकली तो रास्ते में उसे पिंटू हमेशा की तरह भुट्टे की दुकान के पास बैठा मिला। छुटकी के पोस्टर के ठीक सामने कुर्सी लगाकर उसे निहार रहा था। छुटकी की बड़ी-सी तस्वीर को यूँ देख रहा था जैसे कोई इबादत में ईश्वर को देखता है।

छुटकी ने स्कूटी रोक ली और पास खड़े होकर हँसने लगी। पिंटू अभी भी इस बात से बेख़बर था कि छुटकी पीछे खड़ी है। छुटकी ने कान के पास चुटकी बजाई तो पिंटू समाधि से जागा और शर्मा गया।

"ओये? मैं जब भी यहाँ से घर के लिए निकल रही होती हूँ। तू इधर ही बैठा मिलता है लाफिंग बुद्धा की तरह। क्या देखता रहता है?" छुटकी ने कहा।

"नहीं, नहीं तो! अरे वह तो हमारा स्कूटर खराब हो गया था।" पिंटू ने बहाना बनाया।

"स्कूटर बहुत खराब हो रहा है तुम्हारा। बीमा करवा लो उसका। अपना भी करवा लो। हमको तुम्हारे लक्षन ठीक नहीं लग रहे हैं, तुम पागल-वागल न हो जाना।"

"आप हमारे सामने खड़ी हैं और हम पगलाएँ भी न!" पिंटू मुस्कुराते हुए बोला और शर्माकर ज़मीन पर पालथी मारकर बैठ गया।

"आय हाय... अच्छा सुन न। एक बार फिर से अपना कमोड वाला आइडिया एक्सप्लेन कर न। सॉलिड था।"

पिंटू तारीफ़ सुनते ही निहाल हो गया। पॉटी करने की पोज़ीशन में बैठकर पूरा क़िस्सा फिर से सुनाने लगा।

"अरे तो वह क्या हुआ कि उस दिन हम जैसेई ग़ुसलखाने में बैठे..."

अगल-बग़ल वाले लोग उसे देखकर हँस रहे थे। छुटकी भी हँस रही थी लेकिन अपनी हँसी छुपा रही थी। थोड़ी ही देर में पिंटू समझ गया कि वह उसका मज़ाक़ उड़ा रही है लेकिन वह फिर भी क़िस्सा सुनाता रहा क्योंकि छुटकी को हँसते देख उसे बड़ा सुकून मिल रहा था। भले ही उसका मज़ाक़ बन रहा था, लेकिन वह छुटकी को हँसा पा रहा था, इससे बड़ी ख़ुशी की बात उसके लिए क्या हो सकती थी!

"सॉरी! तेरी टाँग खींचने में बड़ा मजा आता है।" छुटकी ने कान पकड़कर कहा।

छुटकी के फ़ोन पर मिट्ठू का फ़ोन आया। वह मिट्ठू से बात करने लगी।

सड़क पर उसकी परछाई थी। पिंटू परछाई को मगन होकर देख रहा था। जैसे वह उसके ईश्वर की मूरत थी। छुटकी के साथ-साथ उसकी उँगली की छाया भी चल रही थी। पिंटू अपनी बड़ी उँगली से छुटकी की छोटी उँगली की छाया को छूने की कोशिश कर रहा था।

"हेलो! फिर खाना नहीं खा रहीं मम्मी? अरे यार, आती हूँ।"

जैसे ही पिंटू की उँगली ने छुटकी की उँगली को छुआ वह सिकुड़कर ज़मीन पर बैठ गया। छुटकी तो चली गई लेकिन उसकी उँगली का स्वाद रह गया। पिंटू ने अपनी उँगली को चूमा और वह उसके स्वाद में डूब गया। ये उसका पहला चुंबन था।

वह इससे सुंदर चुंबन की कल्पना भी नहीं कर सकता था। वह अपनी उँगली को देखता रहा। जैसे वह उँगली नहीं कोई ट्रॉफ़ी हो। जो उसने प्रेम में जीती हो। वह दाहिने हाथ की तर्जनी को बाएँ हाथ की पाँचों उँगलियों में भरकर झूम रहा था। जैसे उँगली उसकी माशूक़ा हो जिसे बाँहों में कसकर वह उसके साथ नाच रहा हो।

***

छुटकी घर आई तो उमेश हमेशा की तरह घर की बालकनी में खड़ा था और पूरे मोहल्ले की निगरानी कर रहा था। छुटकी को देखते ही उसकी आँखें चमक गईं।

"बेटा पापा हैं, कि गए? आजकल आलाप की आवाज नहीं आ रही।"

छुटकी ने जवाब नहीं दिया। "अच्छा, वैसे मदद चाहिए हो तो बताना। हमारा भांजा अभी जैकी के लड़के की पिक्चर में एक गाने में दिखा था। कोने में नाच रहा था। ब्रेक वाला डांस करता है एकदम।" उमेश ने एक स्टेप करके दिखाया। जैसे उसके शरीर की चार हड्डियाँ टूट गई हों।

"हाँ अंकलजी, ठीक है, अगर जरूरत होगी तो बताती हूँ।"

"अच्छा सुनो, हमारी वाशिंग मशीन बिगड़ गई है, तुम सुधार पाओगी क्या? अच्छा चलो, पिंटू को ही बुला लेता हूँ, तुमसे कहाँ बन पाएगी, आईआईटी में ये सब थोड़ा पढ़ाते होंगे!"

उमेश से बहस करना बेकार था। इसलिए छुटकी घर में चली आई। उमेश बालकनी में ही खड़ा रहा। नीचे चौरसिया जा रहा था, उसे देखकर उमेश की आँखें जुगनू हो गईं क्योंकि कल ही उसने चौरसिया के लड़के को पान की दुकान पर देखा था। कहने लगा, "अरे चौरसिया जी! कल अखिल दिखा था पनवाड़ी के उधर। सादा तलब खा रहा था। थोड़ा ध्यान रखिए, आज सादा वाला खा रहा है, कल विमल या केसर खाता मिलेगा। अइंसेही तो सुरू होता है। कोई कित्तहो मीठी सुपारी बोल ले लेकिन सुपारी मीठी थोड़ू होती है भला। अब जहर तो जहर होता है, सक्कर मिलाने से अमरित थोड़ा हो जाएगा।"

"हाँ ठीक है दद्दा, देखते हैं। वैसे आपके लड़के का रिजल्ट कैसा रहा? आजकल सुने हैं यमसीये करने लगा है? पहले बैंक पीओ की तैयारी कर रहा था न? एक दिन तो यमबीये की कोचिंग के बाहर भी दिखा था।"

चौरसिया उमेश की दुखती रग कचर के निकल लिया। छोटे शहरों का यही सब मज़ा है। वहाँ की यही छोटी-छोटी ख़ुशियाँ हैं। यहाँ अपना लड़का भले आवारा निकल आए, लोग इस बात पर ख़ुश हो जाते हैं कि चलो हमारा लड़का भले बरबाद हुआ सो हुआ, पड़ोसी का लड़का भी तो चौराहे पर सादा तलब खाते पाया गया था।

छुटकी माँ से मिन्नतें करके उसे खाना खिलाने की कोशिश कर रही थी लेकिन सुलेखा नहीं खा रही थी।

"मम्मी, खा लो खाना फिर दवाई भी खानी है। तुम तबियत बिगाड़ लोगी।"

"बेटा, बस जहर दे दो। जिसके पति उसे छोड़कर जा रहे हों वो कैसे खा ले!"

वह कमज़ोर और बीमार लग रही थी। तभी चंद्रप्रकाश घर आए। अपना सामान और बैग रखा। हाथ-मुँह धोकर सुलेखा के पास आए और अपने हाथ से बड़े प्यार से रोटी का कौर बनाकर सुलेखा को खिलाया।

"खा लो। दो दिन से तुमने खाना नहीं खाया।"

सुलेख़ा उन्हें देखने लगी। उसकी आँखों में लाख सवाल थे लेकिन वह लाख सवाल पूछ नहीं सकती थी। इसलिए उसने वह सवाल पूछा जो उन सारे सवालों में से सबसे अधिक ज़रूरी था।

"एक बात सच-सच बताएँगे? आपको अंगूर जादा पसंद है या किशमिश?"

सुलेखा पूछकर एकदम चुप थी। जवाब उसके लिए बहुत ज़रूरी था। मिश्राइन ने उसे पहले ही समझाया हुआ था कि जब औरतों की उम्र ढल जाती है तो मर्द उनसे इसीलिए दूर हो जाते हैं क्योंकि उनका शरीर ढीला-ढीला-सा हो जाता है। चंद्रप्रकाश को समझ नहीं आया कि ये कैसा सवाल था। लेकिन सुलेखा के चेहरे पर गंभीरता को देखकर उन्होंने जवाब देना ज़रूरी समझा।

"सुलेखा तुम तो जानती ही हो कि मैं अंगूर खाता ही कहा हूँ, मुझे खाँसी हो जाती है। किशमिश से गर्मी आती है।"

सुलेखा ने राहत की साँस ली। गहरी साँस। सोच रही थी कि अगर चंद्रप्रकाश किशमिश की जगह अंगूर को अपनी पसंद बता देते तो सुलेखा क्या करती! वह अब शांत थी। जैसे कोई लहर समुद्र के तट पर आकर एकदम शांत हो गई हो।

"ठीक है। फिर दीजिए खाना।" उसे बड़ी भूख लग रही थी।

चंद्रप्रकाश अचंभे से सुलेखा को देख रहे थे। सुलेखा चैन से खाने लगी। तभी उनके फ़ोन की घंटी बजी। फ़ोन किशन सिंह का था। वह कब से उसके फ़ोन का इंतज़ार कर रहे थे। बड़ी ख़ुशी से उसका फ़ोन उठाया और कमरे में टहलकर बात करने लगे।

"हाँ हेलो! कैसा है किशन?"

"बंबई छोड़कर जा रहा है?"

"मतलब हमेशा कि लिए जा रहा है या कुछ समय के लिए?"

"लेकिन अभी परसों ही तो बात हुई थी तो तूने कहा था कि जल्दी से

बंबई आ जा..."

"पर तूने तो स्टूडियो में मेरे लिए बात भी कर ली थी।"

किशन सिंह ने फ़ोन काट दिया। चंद्रप्रकाश का चेहरा सफ़ेद हो गया। झक्क सफ़ेद। जैसे किसी ने शरीर से सारा ख़ून निकाल लिया हो।

"क्या हुआ ?" सुलेखा ने पूछा।

"कह रहा है कि कुछ ज़रूरी काम आ गया है। कुछ महीनों के लिए बंबई से बाहर जा रहा है। भाभी और बच्चों को लेकर।"

चंद्रप्रकाश छुटकी के कमरे में चले गए। कुछ कह नहीं रहे थे, बस उसे देख रहे थे। छुटकी को लगा कि उन्होंने उससे कुछ कहा है।

"हाँ पापा ? कुछ कहा क्या ?"

चंद्रप्रकाश ने सर हिलाकर ना कहा।

"पापा, मेरा MIT का इंटरव्यू बहुत अच्छा गया। सेलेक्शन पक्का हो जाएगा।" छुटकी ने बताया तो चंद्रप्रकाश ने उसे गले लगा लिया। वह थोड़ी देर के लिए भूल गए कि उनका बंबई जाने का सपना अब शायद पूरा न हो पाए क्योंकि उनकी बेटी का सपना जो पूरा हो रहा था। वह कितने सालों से कहती रहती थी कि अगर मैं एमआईटी चली गई तो मेरी ज़िंदगी में कोई और ख़्वाहिश नहीं बचेगी। ये ज़िंदगी इसी बहाने तो चलती रहती है कि हम एक सपना देखते हैं, उसे पूरा करने की क़वायद करते हैं, फिर वह पूरा हो जाता है तो ख़ुश हो लेते हैं, नहीं तो उसके बदले कोई और सपना देख लेते हैं।

"फिर तुम चली जाओगी ?" चंद्रप्रकाश ने पूछा। उन्हें मालूम था कि इसका जवाब हाँ ही था, फिर भी पूछ लिया।

"पापा, अब सेलेक्शन हो जाएगा तो जाना ही पड़ेगा।" छुटकी ने कहा। चंद्रप्रकाश ने छुटकी के चेहरे पर ख़ुशी तैरते हुए देखी तो वह भी ख़ुश हो गए।

"हाँ ठीक बात है।" चंद्रप्रकाश ने कहा। "अच्छा सुन, तुम्हारा टिकट मैं ही बनाऊँगा। मुझे खुशी होगी कि मैंने अपने बेटी को उसके गंतव्य तक पहुँचाया।" चंद्रप्रकाश तमाम दिन बाद खुलकर हँसे।

वह अपने कमरे में आए और डायरी लिखने लगे। "आज मेरी छोटी चिड़िया को उसका आसमान मिल गया।" उन्होंने लिखा।

13

चंद्रप्रकाश किशोर कुमार के पोस्टर के सामने बैठे थे। पोस्टर को ऐसे देख रहे थे जैसे उन्होंने उसे इस तरह से कभी नहीं देखा हो, जबकि वह रोज़ाना किशोर दा का पोस्टर देखते थे। कमरे के हर कोने से जाकर पोस्टर को घूरने लगे। पूरब पश्चिम उत्तर दक्षिण। चारों कोने से।

"सुलेखा!" ऐसे चीख़े जैसे उन्होंने कोई गुत्थी सुलझा दी हो। कोई 'दा विन्ची कोड' सॉल्व कर दिया हो। सुलेखा और छुटकी घबराकर आईं तो वह उकड़ू बैठे किशोर दा को निहार रहे थे।

"सुलेखा!"

"चीख काहे रहे हो! क्या हो गया?"

"सुलेखा, ये वाली फोटो एकदम मोनालिसा जैसी लगती है न?

"कौन मोनालिसा?"

"अरे छुटकी, बेटा तूने माँ को मोनालिसा की पेंटिंग के बारे में नहीं बताया क्या? वर्ल्ड फेमस पेंटिंग है। क्योंकि उसकी पेंटिंग को जिस भी तरफ से देखो तो ऐसा लगता है कि वह आपकी तरफ देखकर ही हँस रही है। ये फोटो देखो। इसे कमरे के जिस भी कोने से देखो तो लगता है कि किशोर दा आपकी ही तरफ देखकर मुस्कुरा रहे हैं।"

चंद्रप्रकाश फिर उठे और दूसरे कोने में जाकर बैठ गए। उकड़ू बैठे, मंत्रमुग्ध होकर फ़ोटो देख रहे थे।

"अरे बेटा देखो तो। सुलेखा, तुम उस कोने में जाकर खड़ी हो। वो दरवाजे के पास। और छुटकी तुम वह दरवाजे के पास। अरे जाओ न। हाँ, अब देखो उधर से।"

छुटकी समझ गई कि पिता से बहस करना बेकार था। वह अपना बैग लेकर हॉस्टल के लिए निकल गई। सुलेखा सब्ज़ी छौंकने किचन में चली गई।

"अरे एकदम मोनालिसा!"

पिंटू और अन्नू अवस्थी साथ में चीख़े। वह कमरे के कोने में उकड़ू बैठे थे। दोनों किशोर दा का पोस्टर ताककर मगन होकर मुस्कुरा रहे थे। चंद्रप्रकाश एक कोने से दूसरे कोने में बैठे पिंटू से बोले, "बेटा, तुझे सच में लगा न कि ये फोटो मोनालिसा जैसी है?"

"सेंट परसेंट मोनालिसा हैं किशोर दा। अंकलजी, जाकी रही भावना जैसी, प्रभु मूरत तित देखि वैसी। हम लोग म्यूजिक के लवर हैं तो हम लोग को दिखती है।" अन्नू ने कहा। पिंटू चंद्रप्रकाश के नज़दीक आ गया और उनका हाथ अपने हाथ में थामकर बोला, "अंकलजी, यू आर अवर ब्रो। हम लोग का फ्रिक्वेंसी मैच होता है एकदम। आप टेंशन न लो। हम लोग हैं न हेल्प करने के लिए। आप बंबई नहीं जा पा रहे हैं तो निराश क्यों होते हैं! आप यहाँ रहकर भी तो सिंगर बन ही सकते हो। माने गाना तो आदमी झुमरी-तलैया में रहकर भी गा ही सकता है। तानसेन, बैजू बावरा, सरस्वती मैया, ये लोग कौन-सा बंबई गए थे।"

पास में हारमोनियम रखा था। पिंटू ने उस पर उँगली रखकर एक नोट बजाया। नोट सीधे चंद्रप्रकाश के दिल को लगा और वह सोच में पड़ गए। पिंटू ठीक ही तो कह रहा था। सिंगर तो आदमी कहीं भी रहकर बन ही सकता है।

***

पिंटू स्कूटर पर चंद्रप्रकाश को बिठाकर ले जा रहा था। पीछे अन्नू अवस्थी था। अन्नू ने ज़ोर से चंद्रप्रकाश को पेट से पकड़ रखा था। उनकी नाभि को बेल्ट की तरह जकड़ लिया था।

“बेटा जाम लग गया है?” चंद्रप्रकाश ने पूछा।

“हाँ, एक पुजारी ने सपने में देख लिया कि यहाँ हजार किलो सोना निकलेगा, इसीलिए भीड़ जमा है।” पिंटू ने बताया।

“अच्छा हुआ उसने सपने में ये नहीं देखा था कि और खोदेंगे तो यहाँ से हीरा भी निकलेगा, नहीं तो ये नगर निगम वाले पूरा कानपुर खोद डालते।” अन्नू ने कहा।

पिंटू भीड़ से बचते-बचाते स्कूटर निकाल रहा था। डर रहा था कि कहीं किसी को स्कूटर छू गया तो बवाल हो जाएगा। जाम बढ़ता जा रहा था। जेसीबी ने सड़क के नीचे खोदना शुरू कर दिया था। पूरा मामला ये था कि कलक्टरगंज के पुराने हनुमान मंदिर के एक पुजारी को सपना आया था कि मंदिर के अस्सी फ़ुट नीचे हज़ार किलो सोना गड़ा हुआ है। अब सपना आया था तो आया था, उन्होंने नगर निगम को ख़बर भी करवा दी और नगर निगम ने सरकार को। पुरातत्व विभाग भी सतर्क हो गया। मंदिर के पास मेला लग गया। पुजारी ने भी ये भी कहलवा दिया था कि सोना पीतल के मटकों में रखा है, जिसकी रक्षा कई सारे नाग कर रहे हैं, इसलिए वहाँ सपेरों और वन विभाग के कर्मचारी भी जमा हो गए थे। झूले वालों ने झूले भी लगा लिए थे। न्यूज़ चैनल वालों ने कैमरे तान दिए थे। दो सपेरे नाग लेके भीड़ में लोगों से पैसा ऐंठ रहे थे।

पिंटू ने उनसे बचाने के लिए स्कूटर की रफ़्तार बढ़ा दी तो चंद्रप्रकाश उछल गए।

“अंकलजी आप भैया को पकड़कर बैठो।” अन्नू ने कहा।

“नहीं, ऐसे ही ठीक है।” चंद्रप्रकाश ने ख़ुद को अन्नू की बाहों से आज़ाद करते हुए कहा। अन्नू ने उन्हें फिर से कसकर पकड़ लिया।

“अरे अंकलजी शरमाओ मत, पकड़कर बैठो। ऐसे जालिम खड्डे हैं कानपुर में कि राकेट बनकर अंतरिक्ष में प्रक्षेपित हो जाओगे। नासा वाले सेटलाइट छोड़ने के लिए इसी टेक्नोलाजी का उपयोग करते हैं।”

चंद्रप्रकाश ने डरकर पिंटू को पकड़ लिया। स्कूटर गली-कूचे काटते हुए साँप की तरह सरसरा कर चला जा रहा था। पतली गलियों से स्कूटरों से रेस करता हुआ टैम्पू भी गुज़र रहा था। टैंपो में अजय देवगन की पिक्चर ‘दिलवाले’ का गाना बज रहा था- ‘जीता था जिसके लिए, जिसके लिए मरता था, एक

ऐसी लड़की थी, जिसे मैं प्यार करता था...' क्लीनर गाने के साथ 'ओए ओए ओए' चीख़ता चला जा रहा था जिससे कि टैंपो किसी को टक्कर न मार दे और लोग ख़ुद ही किनारे हट जाएँ। टैम्पू वाले को ब्रेक और स्टेयरिंग पर भरोसा नहीं था, उसे बस क्लीनर की आवाज़ पर ही भरोसा था। भरोसा तो उसे दुनियादारी और भगवान पर भी नहीं था, क्योंकि वह दिन में चालीस बार दिलवाले की कैसेट अलट-पलटकर सुनता था।

"बेटा, लेकिन हम लोग जा कहाँ रहे हैं?" चंद्रप्रकाश ने चिल्ल-पों से घबराते हुए फिर पूछा।

"अरे अंकलजी, आप चलिए तो!" पिंटू ने कहा।

स्कूटर सीधे एवन स्टूडियो पर आकर रुका। स्टूडियो के अंदर बॉबी देओल, दीपक तिजोरी और आफ़ताब शिवदासानी के आदमक़द कटआउट रखे थे। तमाम लोगों की उसी अंदाज़ में खिंचाई हुई फोटूएँ भी शीशे की दीवार पर चिपकाई हुई थीं। 'तेरे नाम' फ़िल्म के सलमान ख़ान की तस्वीरें भी थीं। उसके चेहरे पर ढेर सारा दर्द और ग़ुस्सा था। चंद्रप्रकाश वो देखकर और भी घबरा गए। उल्टे पाँव वापस जाने लगे तो पिंटू ने उन्हें भरोसा दिलाया कि उसके पास एक नंबर का प्लान है। वह बस वैसा करें, जैसा पिंटू कह रहा है।

चंद्रप्रकाश चुपचाप मूर्ति की तरह खड़े हो गए। कैमरामैन चंद्रप्रकाश की फ़ोटो खींचने लगा। चंद्रप्रकाश असहज हो रहे थे क्योंकि कैमरा वाला उन्हें एक रॉकस्टार की तरह पोज़ बनाने के लिए कह रहा था। उसने उनके बालों में कड़ुआ तेल लगाकर बाल भी खड़े कर दिए थे। खचाखच फ़ोटो खिंचने लगी। अन्नू अवस्थी उन्हें पोज़ मारना सिखाने लगा।

"एकदम ठीक अंकलजी, कड़क! सॉलिड! अरे वाह!"

"अंकलजी, उँगली से डब्लू बनाओ, हाँ ऐसे, और पाउट करो। ऐसे..."

"अंकलजी पाउट नहीं समझते हो?"

"अरे पाउट करना आसान तो है, जैसा प्रधानमंत्री नरसिम्हा राव का मुँह था न, वैसा मुँह बनाओ, हाँ ऐसे करते हैं पाउट।"

"हाँ! जैसे आप आंटी जी को किस करने जा रहे हो... शरमाओ नहीं।"

"चल बेटा, खींच गर्मा-गर्म फोटो।"

"अंकलजी, अब बस बाकी का हम दोनों पे छोड़ दो।"

"प्लान क्या है?" चंद्रप्रकाश ने फिर पूछा लेकिन पिंटू ने नहीं बताया। कहने लगा, "सरप्राइज रहने दो। एक बड़ा जुगाड़ भिड़ा रहा हूँ। तुक्का लग गया तो जय राम जी की, नहीं लगा तो- अंकल जी नमस्ते, खाए पूड़ी खस्ते।" कहकर पिंटू ज़ोर से हँसा। जैसे बड़ा बढ़िया लतीफ़ा सुनाया हो। हथेली हवा में तानकर चंद्रप्रकाश से ताली माँगने लगा। चंद्रप्रकाश ने ताली दी तो ख़ुश होकर बोला, "अंकल जी! यू आर माई ब्रो!"

चंद्रप्रकाश ने उसके कहे पर भरोसा कर लिया। उसने उन्हें 'ब्रो' जो कहा था।

14

छुटकी आईआईटी कानपुर में अपने हॉस्टल में थी।

लैपटॉप पर MIT की वेबसाइट पर ये देख रही थी कि एडमिशन की लिस्ट आई या नहीं। पिछले कई दिन से दिन में बीस बार चेक करती थी। रिज़ल्ट कभी भी आ सकता था। इंतज़ार में घंटे दिन हो गए थे, दिन महीने और महीने साल हो गए थे। अक्सर एक क्षण में हमारी पूरी ज़िंदगी बदल देने की ताक़त होती है, छुटकी के लिए रिज़ल्ट उसी क्षण आता।

वह घंटों से वेबसाइट स्क्रॉल और रिफ्रेश कर रही थी, तभी कमरे में नील आया। हँसे जा रहा था जैसे किसी ने कोई मज़ेदार चुटकुला सुना दिया हो। उसने छुटकी के बिस्तर पर आज का अख़बार रख दिया लेकिन छुटकी ने अख़बार झटक दिया क्योंकि वह MIT की वेबसाइट में खोई हुई थी। नील ने अख़बार का तीसरा पेज खोलकर सामने रख दिया।

"देखा न!" नील हँसते-हँसते ज़मीन पर गिरा पड़ा था।

अख़बार में एक पैम्फ़लेट थी, जिस पर उसके पिता की अतरंगी-सी फ़ोटो थी। पापा ने दाहिने हाथ की उँगलियों से डब्लू का निशान बनाया हुआ था, जैसे रॉकस्टार बनाते हैं। पहली और चौथी उँगली हथेली से ऊपर की तरफ़ इशारा कर रही थी, दूसरी और तीसरी उँगली अँगूठे से कसकर चिपकी हुई,

नीचे की तरफ़ इशारा कर रही थी। बाल हवा में खड़े थे। देखकर समझ आ रहा था पिंटू ने बड़ी मेहनत से सरसों का तेल चपोड़कर चंद्रप्रकाश को 'कूल' लुक देने के लिए अपनी समझ से उनके बालों की 'कतई क्रांतिकारी' स्पाइक्स खड़ी कर दी थी।

कहा तो उसने ये भी था कि अंकलजी आप जीभ भी बाहर निकाल लो, लेकिन चंद्रप्रकाश ने कहा था कि डीसेंट दिखना भी ज़रूरी है। तमाम देर डीसेंट और कूल के बीच बहस चली और आख़िर में डीसेंट जीत गया था। पिंटू ने उन्हें तमाम देर समझाया था कि रॉकस्टार ऐसे ही करते हैं, जीभ निकालना ज़रूरी है लेकिन चंद्रप्रकाश ने कहा था कि इस तरह जीभ पगले लोग निकालते हैं। अन्नू ने उनकी बात काटते हुए कहा था कि इस तरह जीभ तो काली माई भी निकालती हैं। चंद्रप्रकाश के पास इस दलील का कोई जवाब नहीं था फिर भी उन्होंने जीभ निकालकर फ़ोटो खिंचाने से मना करा दिया था।

पैम्फ़लेट पढ़ने पर छुटकी को मालूम हुआ कि मदद करने के लिए पिंटू ने उसके पिता का विचित्र-सा विज्ञापन छपवा दिया था। विज्ञापन में लिखा था- 'शो के लिए बुलाओ बार-बार, चंद्रप्रकाश रॉकस्टार। हमारे यहाँ शादी, ब्याह, पार्टी, मुंडन, किटी पार्टी से लेकर मैय्यत तक, हर अवसर के लिए ऑर्डर लिए जाते हैं। अंकलजी आपके यहाँ आएँगे और अपने संगीत से छा जाएँगे। संपर्क करें- मैनेजर, पिंटू।'

नीचे एक नोट भी लिखा था- 'मेले अंकल को छादी में जुलूल जुलूल बुलाना। सौजन्य- अन्नू अवस्थी।'

"परसों का अखबार है।" नील ने कहा।

"आह... नॉट अगेन यार!" छुटकी चीख़ी और उसने सिर पकड़ लिया। उसे यह समझने में दो सेकेंड भी नहीं लगे थे कि यह विज्ञापन क्या ज़लज़ला लाने वाला है। दो दिन में तो अख़बार कहाँ-कहाँ नहीं पहुँच गया होगा! चटखारे लेकर क्या ख़ूब बेइज़्ज़ती की जा रही होगी। मोहल्ले में उमेश ने बालकनी से चीख़-चीख़कर सबको बता दिया होगा कि गुप्ता जी सठिया गए हैं। ये अख़बार तो मिट्ठू के ससुराल भी पहुँच गया होगा? वहाँ मिट्ठू मुँह छुपाती फिर रही होगी। नील अभी भी ज़मीन पर गिरा हुआ था, छुटकी ने तुरंत स्कूटी की चाभी उठाई और वह घर के लिए दौड़ी।

उसे जिस अनहोनी का डर था, वही हुआ। घर पर मिट्ठू, उसका पति और उसके सास-ससुर पहले से ही पहुँच गए थे। रायता फैल चुका था, अब बस समेटा ही जा सकता था।

सुलेखा चाय लेकर आई। कोई कुछ नहीं कह रहा था। बस चंद्रप्रकाश मंद-मंद मुस्कुरा रहे थे। जैसे जब कोई बच्चा कोई शरारत कर चुका हो और उसे अच्छी तरह से पता हो कि शरारत करने में उसे कितना आनंद आया था, तो उसे डाँट का भी डर नहीं होता। छुटकी आई तो हँसी की डोर पर लगी गाँठ और खुल गई, वो और हँसने लगे, लेकिन छुटकी को ग़ुस्से में देखकर उन्होंने वो गाँठ वापस लगा ली। कुछ देर और सन्नाटा रहा। कहा-सुनी की शुरुआत कौन करता? सुलेखा चाय ले आई और दो-दो समोसे भी लगवा दिए।

सुलेखा बोली, "लीजिए समोसा, तिवारी के यहाँ से हैं, वह दही में खड़ा धानिया पीस के चटनी बनाता है, इसलिए उसका समोसा बढ़िया बनता है। आलू भी तमाम देर कल्हारता है।" सबने एक-एक समोसा उठाया तो सुलेखा ने बात आगे बढ़ाई,

"हाँय, बताकर तो आते। दामाद जी, घर आएँ तो पचास तैयारी करनी होती है। अचानक आए तो हम तो चौंक ही गए एकदम।"

दामाद जी ने मौक़ा मिलते ही कहा, "हाँ! आजकल चौंकने का मौसम चल ही रहा है। हम लोग दो दिन पहले अख़बार में पापाजी का विज्ञापन देखकर चौंके थे। फिर कल पापा हमारे ही मोहल्ले में एक मुंडन में गाने आए थे तो हम लोग भी चौंके थे। फिर थोड़ा और चौंके जब पता लगा कि पापा बिजेंदर जी के यहाँ मैय्यत में भी गा आए हैं।"

"हाँ! वह वाला प्रोग्राम तो बड़ा बढ़िया हुआ। लोग तारीफ़ कर रहे थे क्या?" चंद्रप्रकाश बच्चों के उत्साह से पूछ बैठे। सुलेखा उन्हें घूरने लगी तो चुप हो गए।

"अब हम क्या समझाएँ बेटा! बस यही समझ लो कि एक दिन इनको पता चला कि 'जीवन नश्वर है!' और उसी दिन की बोई हुई चरस काट रहे हैं हम लोग।" सुलेखा ने कहा।

मिट्ठू के ससुर चाय में बिस्कुट डुबाकर खा रहे थे। बिस्कुट टूटकर चाय में गिर गया तो चंद्रप्रकाश ने टूटे बिस्कुट की तरफ़ इशारा करके कहा, "देखिए,

नश्वर है। जीवन आज है, कल नहीं है। इसका कोई भरोसा नहीं है।"

ससुर साहब ने उँगली डुबो के बिस्कुट निकाला और कहा, "आपका जीवन नश्वर होगा। हमारे बच्चे तो अभी जवान हैं! उनका नश्वर न बनाते तो बेहतर होता। पास-पड़ोस में कुछ इज्जत है हमारी।" और इतना कहकर उन्होंने सबको उठने के लिए इशारा किया। मिट्टू थोड़ी देर रुकना चाहती थी लेकिन ग़ुस्सा देखकर उठ खड़ी हुई।

"थोड़ी देर और रुक जाइए। मिट्टू कितने दिन बाद आई है!" सुलेखा ने मिट्टू की सास से कहा।

"छत पर पापड़ और अचार डाले हुए हैं। कौवा खा जाता है।" सास ने मजबूरी बताई।

"आम का अचार?"

"बाँस का।"

सुलेखा अति उत्साह में यह भी भूल गई कि इस समय घर में क्या ड्रामा चल रहा था और वह बाँस के अचार की रेसिपी जानने के लिए लालायित हुई जा रही थी। अगर वह बाँस का अचार डालना सीख लेती तो मोहल्ले में कोई भी औरत उसके आगे नहीं ठहर पाती। चौरसिया की बीवी आज तक उससे कटहल का अचार बनाने की विधि जानने के लिए मिन्नतें करती थी। अब जब उसे पता चलेगा कि सुलेखा बाँस का अचार भी बना लेती है तो उसे तो चार रात नींद ही नहीं आएगी।

"बाँस का अचार भी डालते हैं?" सुलेखा ने पूछा।

"बाँस का? बिलकुल डालते हैं। फिर आएँगे तो बताएँगे। अभी जाना है, नमस्ते।"

सुलेखा का बहुत मन था कि मिट्टू की सास थोड़ा-सा रुक जाती तो वह बाँस का अचार बनाना सीख लेती। उसे गोभी, गाजर, आम और करौंदे का अचार बनाना तो आता था लेकिन बाँस का अचार उसने कभी नहीं बनाया था। एक बार वह शादी से पहले मेघालय घूमने गई थी, तब उसने वहीं बाँस का अचार खाया था, ज़ायक़ा आज तक उसकी तालू और दिमाग़ पर चिपका हुआ था। वह यादों से खोद-खोदकर उसकी रेसिपी निकाला करती थी लेकिन मामला पूरा नहीं निकल पा रहा था।

मिट्ठू और उसके ससुराल वाले जैसे ही घर से निकले चंद्रप्रकाश भी फटाफट वहाँ से रुख़सत हो लिए। छुटकी ने आवाज़ दी, लेकिन वह रुके नहीं। छुटकी उनके पीछे-पीछे दौड़ी तो वह गली के पीछे कहीं ग़ायब हो गए।

खोजते-खोजते छुटकी आगे बढ़ी, तो गली में पिंटू भी खड़ा था। साथ में उसकी स्टेपनी अन्नू भी। वह उमेश की कटिया मारने में मदद कर रहा था। छुटकी आई तो उमेश ख़ुश हो गया और बोला, "अरे बेटा छुटकी, आज तो पिंटू ने रिकॉर्ड टाइम में कटिया मार दी। पिछला रिकॉर्ड सात सेकेंड का था, आज तार छीलने से बत्ती आ जाने के बीच बस पाँच सेकेंड लगा। आईआईटी का रिकॉर्ड कितना है?"

छुटकी कभी उसके मुँह नहीं लगती थी, आज भी नहीं लगी। पिंटू को कोने में ले गई और ग़ुस्से में उससे पूछने लगी, "यार तू क्यों बेज्जती करा रहा है हमारी? घर में शांति नहीं देखी जाती तुझसे?"

"काए क्या हो गया? क्या कर दिया हमारे भैया ने?" अन्नू ने बीच-बचाव करते हुए पूछा।

"ये क्या विज्ञापन है? आपकी पार्टी में चार चाँद लगाने के लिए- चंद्रप्रकाश रॉकस्टार! हमारे यहाँ शादी, ब्याह, पार्टी, मुंडन, किटी पार्टी से लेकर मैय्यत तक- हर अवसर के लिए ऑर्डर लिए जाते हैं!"

अन्नू गर्व से, एक-एक शब्द बाँछकर, विज्ञापन चार बार पढ़ा और कहने लगा, "हाँ तो? कितना बढ़िया विज्ञापन निकाले हैं हमारे भैया। अभी सुबह ही एक फोन आया था। वह पानी की टंकी के पास जो लंगड़ा रहता है उसके नाती का मुंडन है। अंकल को बुला रहा था गाने के लिए। उनको बताऊँगा तो कितने खुश होंगे!" वो उँगली के इशारे से छुटकी को लंगड़े का घर दिखाने लगा। छुटकी का ग़ुस्सा दोपहर के तपते सूरज की तरह चढ़ता चला जा रहा था।

"भाई तू बख़्श दे हमको। नहीं चाहिए तेरी मदद। मुंडन में लंगड़े के घर 11 रुपये का नेग लेने जाएँगे पापा?"

"अच्छा, हम समझ रहे हैं। नील भैया ने भड़काया है न आपको? जलते हैं न वह हमसे? उस दिन कटिया नहीं मारी गई थी न उनसे।" पिंटू ने कहा।

"हे भगवान! भाई तेरे से कोई नहीं जलता है। तुझे जो करना है कर। बस मेरे घर पर ड्रामा न क्रिएट कर।" छुटकी दोनों के आगे हाथ जोड़कर आगे बढ़

गई। उसने देखा कि चंद्रप्रकाश चोरों की तरह छुपते हुए मिश्रा के पुराने गराज से निकल रहे थे। धीरे से दरवाज़ा बंद करके दबे पाँव आ रहे थे। छुटकी को देखकर चौंक गए जैसे कोई चोरी पकड़ ली गई हो। एकदम सकपका गए।

"पापा, किधर थे आप? कब से कॉल कर रही हूँ आपको?" छुटकी ने पूछा।

"मैं तो बस सब्जी लेने जा रहा था।" चंद्रप्रकाश ने हड़बड़ाते हुए कहा।

"ये सब्जी मंडी है?"

"ये... नहीं तो... ये तो मिश्रा का गराज है।"

"तब फिर?"

"तब क्या?"

"बार-बार उनके गराज में क्या करने जाते हो?"

"कुछ भी तो नहीं। तू क्यों पुलिस की तरह पूछताछ कर रही है? मैं सब्जी लेकर आता हूँ।" चंद्रप्रकाश उलटे पाँव दौड़ पड़े। छुटकी ने उन्हें फिर आवाज़ दी लेकिन वह स्कूटर लेकर फ़रार हो गए।

छुटकी घर चली आई। पिंटू ने अन्नू के कंधे पर गलबहियाँ डाल दीं और पूछने लगा, "बेटा अन्नू अवस्थी, एक बात बताओ। हम लोग ये जो अंकलजी की हेल्प कर रहे हैं, उससे हम तुम्हारी भाभी के करीब आ रहे हैं या दूर जा रहे हैं?"

अन्नू पिंटू के दुलार से इतराने लगा, उसने भी पिंटू के कंधे पर गलबहियाँ डाल लीं और उसके कान में कहने लगा, "भैया, आप लगे रहिए। आप एकदम ठीक जा रहे हैं। भाभी अभी भले गुस्सा हो रही हैं, लेकिन अंकलजी से प्यार बहुत करती हैं। बाद में उनको अंकलजी के लिए आपकी हेल्प का ज्ञान होगा, वह जरूर आपके पास आएँगी।" उसने इतने विश्वास के साथ पिंटू से कहा था जैसे अभी कल ही छुटकी ख़ुद बारात लेकर पिंटू के घर चली आएगी। अन्नू सपने में खो गया। जब पिंटू भैय्या की शादी होगी तो वह क्या पहनेगा? सफ़ारी सूट तो चालीस पार वाले पहनते हैं। शेरवानी तो दूल्हा पहनता है। पहनेंगे तो सहवाले के हिसाब से थोड़ा ज़्यादा हो जाएगा। सूट पहना जा सकता है, लेकिन फिर नाचते नहीं बनेगा। सूट थोड़ा कसा-कसा सा होता है।

"भैया सूट कैसा रहेगा?" अन्नू अपने ख़्वाब में बोला।

"सूट? क्या बोल रहे हो बे?"

"कुछ नहीं भैया, हम तो ये कह रहे थे कि प्यार में तो ये रूठना-मनाना लगा रहता है। मान जाएँगी भाभी। रूठने से और बढ़ता है प्यार।"

"तुम्हें बड़ा पता है प्यार-मोहब्बत के बारे में। तुमने तो एक गर्लफ्रेंड भी न बनाई आज तक। तब भी इतना ज्ञान दे रहे हो।"

"ऐसा नहीं है पिंटू भैया, गर्लफ्रेंड थी हमारी। लेकिन वह तो इतना बवाल हो गया था प्यार-व्यार के मामले में कि हम फिर सब छोड़ दिए।"

"कैसा बवाल बे? हमको नहीं बताए तुम?"

"भैया, ये कानपुर के इतिहास का सबसे बड़ा बवाल है। इसलिए आपको भी नहीं बताए।"

"हैं?"

"आपको याद है जब कानपुर में कुछ साल पहले मुँहनोचवा आया था?"

"हाँ, जब रोज अखबार में निकलता था कि कोई तो कीड़ा है, या शायद एलियन है, या भगवान जाने चमगादड़ है, जो सबको रात में आकर काट लेता है। बहुत भसड़ मची थी।"

अन्नू ने थोड़ी देर के लिए चेहरे पर सस्पेंस ओढ़ लिया, जैसे जासूसी सीरियल में जासूस, केस का संस्पेंस दर्शकों के सामने खोलने से पहले करता है। पाँच सेकेंड के लिए पॉज़ भी धारण कर लिया, जैसे एक राजनेता चुनाव के पहले नया जुमला फेंककर बड़ी घोषणा करने के लिए गंभीर हो जाता है। पिंटू के क़रीब आया और उसके कान के खुसफुसाते हुए बोला, "वो मुँहनोचवा हम ही लाए थे।"

"हैं बे? तुम लाए थे मतलब?"

"वो आपको रिंकी याद है?"

"हाँ।"

पिंटू अन्नू को हैरानी से देख रहा था। अन्नू जब भी इस तरह का कोई रहस्य उठाता था जो उसने पिंटू को भी न बताया हो, वह रहस्य हमेशा हैरतअंगेज़ होता था। पिंटू की धड़कनें जिज्ञासा से बढ़ गई थीं क्योंकि मुँहनोचवा तो कानपुर के इतिहास का सबसे बड़ा बवासीर था। मुँहनोचवा का राज़ तो न्यूज़ चैनल वाले भी नहीं खोल पाए थे। मुँहनोचवा के सस्पेंस के आगे तो आईआईटी कानपुर

के प्रोफ़ेसरों की प्रोफ़ेसरी भी धरी की धरी रह गई थी। आज अन्नू अवस्थी वही राज़ खोलने वाला था।

"तो भैया, हुआ ये कि हम एक बार उसके साथ उसके घर की छत पर किस कर रहे थे। सावन की रात थी। हम दोनों जोर-जोर से साँसे ले रहे थे। रिंकी ने मना भी किया कि रुक जाओ, कोई आ जाएगा। लेकिन हम जोश में थे, रुके नहीं। तभी शोर सुनकर उसके पापा आए तो हम डर गए, सीधा छत से कूदे और नीचे गड्ढे में गिर के छिप गए। रिंकी के पापा ने उससे पूछा कि बेटा कौन था? हाँय? ये होठ पर क्या हो गया? और गाल पर लाल-लाल? रिंकी ने डर के मारे कह दिया- मुँह नोच लिया, मुँह नोच लिया... तभी हम अंदर गड्ढे से चीं-चीं की आवाज निकालने लगे तो उसके पापा डर के भाग गए।"

"काहे?"

"अरे वह डर के मारे में चिल्लाई थी- मुँह नोच लिया। अब घर वालों ने गलती से सुन लिया मुँहनोचवा, मुँहनोचवा। और बस। रिंकी ने बचने के लिए अफवाह फैला दी कि कोई एलियन जैसा जीव आया था रात में जिसने उसे काट लिया। बाकी फिर क्या था? आप तो जानते ही हैं कानपुर के लोगों को। खलीफा हैं पूरे। एक अफवाह से दो, दो से दस, और दस से सौ। बात फैल गई। रायता पसर गया। कोई कहता था कि मुँहनोचवा कीड़ा है, कोई कहता था एलियन है, कोई कहता था राक्षस कुल से है।"

पिंटू हँसते-हँसते ज़मीन पर गिर गया। हँसे ही जा रहा था। अन्नू अवस्थी अपनी बात पर अडिग था। वह पिंटू को बार-बार यही समझा रहा था कि मुँहनोचवा उसकी ही कारस्तानी थी, लेकिन पिंटू जब हँसने से फ़ुर्सत पाता तो आगे कुछ समझता। इस वक़्त तो उसे यही डर लग रहा था कि ऐसा न हो कि साँस फूल जाने से उसकी मौत हो जाए।

15

चंद्रप्रकाश मिश्रा के गराज में थे। अकेले एकांत में गा रहे थे।

एक बार फिर किशन सिंह की याद आई तो दिल किया उसे फ़ोन लगाकर फिर से देखा जाए, शायद उठा ले। शायद वापस आ गया हो? किशन सिंह को फ़ोन किया, तो फ़ोन हमेशा कि तरह लग नहीं रहा था। वह गराज में बैठे शून्य में ताक रहे थे। तभी वहाँ पिंटू और अन्नू आए। दोनों के चेहरे पर बड़ी मुस्कुराहट चस्पा थी। दोनों की हँसी जुड़वा लग रही थी।

बहुत ख़ुश थे। जैसे फिर से कोई बड़ी स्कीम लेकर आए हैं। वैसे ही हँस रहे थे जैसे अख़बार में चंद्रप्रकाश का विज्ञापन निकलवाते टाइम हँस रहे थे। चंद्रप्रकाश को उनकी हँसी से डर भी लगता था और ख़ुशी भी होती थी। दोनों हर बार कुछ तो अतरंगी सोच आते थे और 'अंकल जी यू आर अवर ब्रो' बोलकर उनको अपनी क्रांतिकारी स्कीम समझाने लगते थे।

"अरे बेटा पिंटू, अभी इधर कैसे? अभी तो लाइट आ रही है!" चंद्रप्रकाश ने पूछा।

"नहीं अंकलजी ब्रो, कटिया डालने थोड़ी आए हैं। गुड न्यूज थी, तो हमको लगा पर्सनली जाकर दे आएँ।" पिंटू ने कहा।

"कैसी गुड न्यूज?"

"ब्रो, होटल जय हिंद में आपके गाने का इंतजाम कर दिए हैं!"

"उन्होंने मान लिया?"

"हाँ, रोज शाम 7 से 11 आपके गाने का प्रोग्राम फिक्स कर दिया है।"

तीनों बच्चों की तरह उछलने लगे। चंद्रप्रकाश की ख़ुशी का कोई ठिकाना नहीं था। वह बहुत दिन से पिंटू से मिन्नत कर रहे थे कि वह कहीं किसी होटल वग़ैरह में उनके गाने का इंतज़ाम कर दे। गाने का पैसा नहीं भी मिलेगा तो भी कोई बात नहीं। मुंडन, मैय्यत, बर्थडे पार्टी में गाना तो वैसे ही रुक गया था क्योंकि घरवाले नाराज़ हो गए थे।

आज बात बन गई थी।

ख़ुशी से दमकते हुए घर पहुँचे। सारी रात अपनी पुरानी डायरी से गानों के बोल याद करते रहे। उन्हें जब भी कोई गीत अच्छा लगता था तो इसी डायरी में लिख लेते थे। छुटकी कहती थी कि पापा आजकल गानों के लिरिक्स नेट पर फ्री में मिल जाते हैं, उन्हें डायरी में लिखने की ज़रूरत नहीं है, लेकिन चंद्रप्रकाश को अपने हाथ से सुलेख में गाने के बोल लिखना बहुत अच्छा लगता था। ऐसा करने से गीत से आत्मा का जुड़ाव हो जाता था। उन्हें ख़ुशी से नींद नहीं आ रही थी। यक़ीन नहीं हो रहा था कि कल वह तमाम लोगों को बिठाकर अपना गाना सुनाएँगे। भले ही होटल में लोग कम-ज़्यादा होंगे, लेकिन वह ख़ुश थे। सोच रहे थे कि पहला गाना क्या गाऊँगा? रफ़ी साहब का गाना गाऊँ या किशोर दा का। कुछ गाने चुन लिए तो उन्हें लिख-लिखकर याद भी करने लगे। सोच रहे थे कि ख़ुशी से कहीं गीत के बोल न भूल जाऊँ। डायरी पर लिखा-

"इक चमेली के मँड़वे तले
मैकदे से ज़रा दूर उस मोड़ पर
दो बदन प्यार की आग में जल गए
इक चमेली के मँड़वे तले
प्यार हर्फ़-ए-वफ़ा प्यार उनका ख़ुदा
प्यार उनकी किताब
दो बदन प्यार की आग में जल गए
इक चमेली के मँड़वे तले..."

उन्हें ये गीत बहुत पसंद था। बार-बार डायरी पर लिखा। सामने रफ़ी साहब की तस्वीर के सामने कान पकड़कर उनसे आशीर्वाद लिया। डायरी बाहों में भरकर लेट गए। रात भर अलटते-पलटते रहे। बुरे सपनों पर जागते भी रहे। बार-बार सपना आ रहा था कि गीत के बोल भूल गए हैं और लोग हल्ला मचा रहे हैं। जैसे-तैसे सोए और सुबह जल्दी उठ गए।

तमाम बार गाने का अभ्यास किया। फिर नहाए। बालों में तेल लगाकर कंघी कर ली। सफ़ेद कमीज़ पहनी।

"सुलेखा, जल्दी दही-शक्कर खिला दो भाई। काम का पहला दिन है।" सुलेखा को आवाज़ लगाई। सुलेखा किचन में थी। चिढ़ रही थी। उसकी सौत फिर से जो आ गई थी। चंद्रप्रकाश फिर से हारमोनियम की पीठ सहलाकर उससे इश्क़ फ़रमाने लगेंगे। फिर से किशोर कुमार और मोहम्मद रफ़ी के पोस्टर के सामने उकड़ू बैठे आँय-बाँय-साँय बकने का क्रम चालू हो जाएगा। अगर लोगों ने ज़्यादा दाद दे दी, तो वह और दीवाने हो जाएँगे। हाय! पराये तो नहीं हो जाएँगे। हज़ार बातें उसके सर में धमाचौकड़ी कर रही थीं।

"बड़े डिस्टिक मजिस्टेट बनने जा रहे हैं। काम का पहला दिन है, हुँह!" सुलेखा ने नाराज़गी से कहा। चंद्रप्रकाश ने फिर भी, ज़िद करके दही-शक्कर बनवाया और अंजुरी बनाकर हथेली में यूँ लिया जैसे प्रसाद लिया हो। स्कूटर स्टार्ट की और होटल जय हिंद के लिए निकल पड़े।

वैसे तो चंद्रप्रकाश एकदम नियम-क़ायदे वाले आदमी थे लेकिन आज उत्साह में रास्ते में सारे सिग्नल जंप कर दिए। ट्रैफ़िक पुलिस वाले ने भी दौड़ाया लेकिन वह डरे नहीं। छुटकी से भी तेज़ स्कूटर भगा लिए। पुराने पुल के पास से शॉर्टकट भी मार लिया और गलियों से सरसरा कर निकल गए। बीच में एक बार स्कूटर भी बंद हुआ तो उसे झुकाकर उसके कान में न जाने क्या मंतर फूँका कि स्कूटर तुरंत चालू हो गया। वैसे तो होटल जय हिंद बस सात किलोमीटर दूर था और टंकी भी आधी भरी थी, लेकिन सावधानी के लिए उन्होंने रास्ते में दो लीटर तेल और भरा लिया और दनदनाते हुए होटल पहुँचे।

होटल जय हिंद बमुश्किल दस-बाई-दस फ़ुट का होटल था।

छोटे से कमरे में पच्चीस लोग खा रहे थे। पैर धरने की जगह भी नहीं थी। चंद्रप्रकाश हारमोनियम लेकर शाम 6 बजे ही पहुँच गए। ख़ुशी से दमक रहे थे।

आते ही मैनेजर से बोले, "ये हारमोनियम कहाँ लगा लूँ?"

"जहाँ जगह दिखे लगा लो।" मैनेजर हँसा क्योंकि वहाँ तिल धरने की भी जगह नहीं थी। चंद्रप्रकाश ने निगरानी की तो पाया कि बस एक कोने में थोड़ी-सी जगह ख़ाली थी। उन्होंने बड़े जतन से अपना हारमोनियम सजा लिया। हारमोनियम के पैर छुए और आख़िरी बार गीत के बोल पढ़े।

"अरे कहाँ चौकड़ी मार लिए महराज!" वेटर ने पूछा।

"मैनेजर ने बोला है यहीं बैठने को।"

"अरे, तो इसको साइड में कर लीजिए, उस्ताद जी। आदमी सारेगामा थोड़ी खाएगा, पेलेगा तो चिकन-मटन ही न। इसलिए हमाए आने-जाने कि जगह तो रखिए।" वेटर ने कहा।

वेटर एक चिड़चिड़ा आदमी था। क्योंकि कानपुर में लोग छह बार एक्स्ट्रा सलाद और मीठी सौंफ़ मँगाने के बाद भी टिप के नाम पर दो रुपया भी नहीं देते थे। यहाँ दिन में दस रुपये की ऊपरी कमाई की उम्मीद करना भी ऐसा था जैसे देश में अच्छे दिन और अकाउंट में पंद्रह लाख आने की उम्मीद करना। बेचारा दिन भर चकरी की तरह प्लेटें लिए नाचता फिरता था लेकिन महीने का चार हज़ार ही कमाता था। फ़्री के सलाद में मूली और प्याज़ ज़्यादा देने के लिए मैनेजर से उल्टा डाँट अलग खाता था। खाना खाने वाले भी मानते कहाँ थे, सलाद के लिए मना करने पर कहते थे, "अरे गुरु थोड़ा मूली-ऊली और खिलाओ, उससे हैजा-वैजा मिटता है।"

चंद्रप्रकाश का हारमोनियम वेटर के आने-जाने की जगह में बाधा बना रहा था। वो ऑर्डर लेकर आता था तो बार-बार हारमोनियम से उसका पैर लड़ जा रहा था। रास्ता और भी संकरा हो जाने की वजह से वह चिढ़ रहा था। चंद्रप्रकाश ने हारमोनियम सरका लिया और गाने लगे- 'एक चमेली के मँड़वे तले...'

पूरा होटल जैसे जाग उठा। जैसे किसी ने ऐसी जगह हवा में इतर घोल दिया हो, जहाँ अभी तक एक बासी महक अरसे से ठहरी हुई थी। लोगों को ताज़गी से जागा हुआ देखकर वह मुस्कुराए और उन्होंने अपनी आँखें बंद कर लीं। वह गाते वक़्त अक्सर आँखें बंद कर लेते थे। ऐसा करने से सच्चा सुर लगाने में आसानी होती थी। कहते थे जब बाहर का दिखना बंद हो जाता है

तभी अंदर का दिखना शुरू होता है, इसीलिए उस्ताद नुसरत फ़तेह अली ख़ान हमेशा आँख बंद करके गाते हैं। गाते-गाते कई बार इस क़दर खो जाते हैं, उन्हें आलाप के बाद हिलाकर जगाना पड़ता है।

दो बार वेटर हारमोनियम लाँघकर निकला लेकिन उन्होंने देखा नहीं क्योंकि आँखें बंद थीं। मुरकी ले रहे थे। एक हाथ कान पर था। प्यार में डूबकर 'प्यार हर्फ़-ए-वफ़ा' वाली पंक्ति गा रहे थे।

"अरे किनारे करो महराज, पैर सिकोड़ लो।" वेटर ने फिर चिढ़कर कहा।

उनकी समाधि टूट गई और वह पैर सिकोड़ कर गाने लगे। एक व्यक्ति जिसकी मेज़ पर छह-सात क्वॉर्टर रखे हुए हैं वह चंद्रप्रकाश का गाना सुनकर रुआँसा हो आया था। जैसे ही उन्होंने कहा- 'दो बदन प्यार की आग में जल गए' वह अपने आँसू पोछने लगा। न जाने किसे याद करने लगा। वेटर वापस आया और उसने कुछ जूठी प्लेटें उनके हारमोनियम पर रख दीं। प्लेट में चिकन और मटन की हड्डियाँ थीं।

"उस्ताद जी, बस दो मिनट।" वेटर ने कहा और वह अगले का ऑर्डर नोट करने लगा।

अब चंद्रप्रकाश से रहा नहीं गया। ग़ुस्से में तमतमाए हुए खड़े हो गए थे। "ये क्या कर रहे हैं आप? इतनी देर से देख रहा हूँ। ये सरस्वती माता हैं। आप इनके ऊपर जूठन रखकर जा रहे हैं। ये कोई तरीका होता है!" वह ज़ोर से चीख़े। वेटर भी चिढ़ गया। ये होटल उसका अकेला इलाक़ा था, ऐसे कैसे सुन लेता! होटल के बाहर वैसे ही उसकी कोई औक़ात नहीं थी। आज उसकी छोटी-सी सत्ता को बड़ी-सी चुनौती दी गई थी।

"हाँ, तो आप भी कोई बहुत बड़े तानसेन नहीं हैं। आपके चे-पों-धिन्ना के चक्कर में लोग खाने का आर्डर अलग लौटा रहे हैं। निकलने की जगह अलग जाम कर दी है।" उसने कहा और वह शर्ट फ़ोल्ड करके लड़ने के लिए तैयार हो गया। वह आज एक्स्ट्रा मूली और प्याज़ की फ़रमाइश पूरा करके भी टिप न पाने का सारा ग़ुस्सा निकाल देना चाहता था।

चंद्रप्रकाश भी तमतमा रहे थे। कहने लगे, "अदब से पेश आइए, नहीं तो मुझे ऐसे जाहिलों के होटल में गाना ही नहीं है।"

"हाँ, तो जाओ न! बड़े नुसरत फतेह अली बन रहे हो, यहाँ धंधे का टाइम

है, तुम्हाए चक्कर में कोई खाना खा नहीं रहा है, बस दारू मँगा रहे हैं सब। फिर यहीं राड़ा करेंगे।"

कहा-सुनी बढ़ गई। उसने ग़ुस्से में चंद्रप्रकाश को बाहर निकालकर धक्का दे दिया। वह कीचड़ में गिर गए और उनके कपड़े गंदे हो गए। पूरी सफ़ेद क़मीज़ सन गई। थोड़ा कीचड़ मुँह में लग गया और थोड़ा चश्मे के फ्रेम में।

चंद्रप्रकाश तमतमाए से सड़क पर चले जा रहे थे। उनका ग़ुस्सा इस बात पर नहीं था कि वेटर ने उनकी बेइज़्ज़ती की। उनका ग़ुस्सा तो इस बात पर था कि रफ़ी साहब के गाने को मान नहीं मिला। 'एक चमेली के मँड़वे तले' से बढ़िया गाना क्या होगा भला! फ़िल्म के गीत में साथ में आशा जी ने भी गाया था, उनका भी लिहाज़ नहीं? मख़दूम मोहिउद्दीन ने कितने बढ़िया बोल लिखे थे, इक़बाल क़ुरैशी ने इतना अच्छा संगीत दिया था, कम-से-कम उनका ही मान रख लेते। लेकिन नहीं! ये आजकल की पीढ़ी को संगीत की समझ ही नहीं है। अभी कोई वाहियात रैप बज रहा होता तो सब कूल्हे मटकाकर बावरे हो रहे होते।

दूर एक बारात निकल रही थी। ब्रास बैंड का सिंगर रफ़ी साहब का गाना-'आज मेरे यार की शादी है' गा रहा था। रफ़ी साहब के गाने ने चंद्रप्रकाश को ऐसे खींच लिया जैसे किसी ने काँटा डालकर झील में से मछली निकाल ली हो। वह मुड़ गए और बरात के पीछे-पीछे चलने लगे। ठगे हुए से चले जा रहे थे।

लोग बेढंगे तरीक़े से नाच रहे थे। यहाँ-वहाँ हाथ-पैर फेंक रहे थे। बारात के दोनों किनारों पर मज़दूर सिर पर रौशनी वाले गमले रखकर चल रहे थे। मज़दूरों के चेहरे पर कोई भाव नहीं था। सिर पर तेज़ रौशनी होने की वजह से उनके मुँह पर कीड़े फटर-फटर कर रहे थे। वे एकदम बात नहीं कर रहे थे क्योंकि बात करने से मुँह में कीड़ा घुस जाता था। गले से पसीना चूकर शर्ट के अंदर सरक जा रहा था। गुदगुदी होती थी लेकिन वे खुजा नहीं पा रहे थे क्योंकि दोनों हाथों से गमला पकड़े थे। उनमें से अधिकतर शर्ट और तहमत में थे, जबकि बग़ल में शादी के लिए तैयार बाराती एकदम बने-ठने सुंदर लग रहे थे।

मज़दूरों के साथ उनके बच्चे भी चुपचाप चल रहे थे। क्योंकि मज़दूर नोट नहीं उठा सकते थे, इसलिए जब बाराती नोट उड़ाते थे तो बच्चे सरसरा कर नोट उठाने दौड़ जाते थे। मज़दूरों के बच्चों का सड़क पर घूमते बाक़ी बच्चों

से झगड़ा भी हो रहा था क्योंकि कुछ नोट वे भी पार कर दे रहे थे। जब एक सौ का नोट बारात में आया लड़का पार कर ले गया तो मज़दूरों ने बारातियों से झगड़ा भी कर लिया।

"हम लोग नोट बीन के ही तो कमाते हैं बाबू जी, वो आप ही का बच्चा लोग उठा लेगा तो हम लोग क्या पाएँगे?" एक मज़दूर ने कहा लेकिन गाने के शोर में किसी ने सुना नहीं।

चंद्रप्रकाश भी बैंड वालों से बात करने लगे लेकिन शोर में उनकी बात भी कोई नहीं सुन पा रहा था।

"हिंदुस्तान में आज तक कोई भी बारात ऐसी नहीं निकली है जिसकी शुरुआत रफ़ी साहब के गानों से न हुई हो।" उन्होंने मंत्रमुग्ध होकर कहा।

मज़दूर ने उन्हें अनदेखा किया क्योंकि अभी भी उसका सारा ध्यान उन सज्जन पर था जो 100 रुपये के नोट उड़ा रहे थे। मज़दूर सौ रुपये के नोटों की तरफ़ लालच से देख रहा था। उसकी तकलीफ़ समझकर चंद्रप्रकाश ने उसका गमला अपने सिर पर ले लिया, मज़दूर लपककर सौ का नोट उठा लाया। गमला सिर पर धरे हुए बड़बड़ाते रहे।

"कोई भी बारात हो। पहला गाना कौन-सा बजता है? 'आज मेरे यार की शादी है।' दूसरा गाना कौन-सा बजता है? 'ये देश है वीर जवानों का।' फिर क्या बजता है? 'बाबुल की दुआएँ लेती जा...' सब रफी साहब के गाए गाने हैं।" उन्होंने बाक़ी मज़दूरों से कहा।

"रफी साहब के गले में जो सुर है न, क्या ही कहा जाए! सरस्वती माता बसती हैं। लेकिन ये जो आपका सिंगर है न, वह बढ़िया नहीं गा रहा है।"

वह आगे बढ़कर सिंगर तक पहुँच गए। सिंगर चिढ़ रहा था लेकिन चंद्रप्रकाश उसे समझाए बिना माने नहीं।

"थोड़ा ऊँचे खींचो। नहीं... सुर ठीक नहीं लग रहा है बेटा। अरे तुमसे कह रहे हैं। रफी साहब का गाना आत्मा से गाओ। गले से तो सब कोई गाता है।"

चंद्रप्रकाश बारात के बीच उसे सुर लगाना सिखाने लगे। कहाँ उतार है, कहाँ चढ़ाव है। मुरकी कैसे लेनी है। गाना कितने ऊपर तक खींचना है, साँस कैसे लेनी है, कहाँ ज़ोर पेट से लगाना है और कहाँ गले से? एक टीचर की तरह ब्रास बैंड के सिंगर को समझा रहे थे और गमला लिए लिए उसके बग़ल-

बग़ल चले जा रहे थे। मज़दूर घंटों पैसा लूटता रहा और आख़िर में सौ का नोट चंद्रप्रकाश की जेब में खोंसकर चला गया।

चंद्रप्रकाश चलते-चलते बारात के गेस्ट हाउस तक पहुँच गए। मज़दूर और बैंड वाले खाना खाने लगे, तब भी चंद्रप्रकाश उन्हें समझाते रहे। "बेटा, तुम समझ नहीं रहे हो। सच्चा सुर लगाना बहुत ज़रूरी है।" बैंड वाला उनकी बात सुन नहीं रहा था। उसे चार घंटा चीख़ने के बाद नान और पनीर नसीब हुआ था। उसके लिए भूख सुर से कहीं अधिक ज़रूरी था। वैसे भी बारातियों ने नशा करके बारात को दो घंटा रोके रखा। उसे पैसे तो दो घंटा गाने के लिए मिले थे लेकिन चीख़ना उसे चार घंटा पड़ा।

16

"डियर मिस्टर नील, ग्रीटिंग्स फ्रॉम एमआईटी। वी आर डिलाइटेड टू इन्फ़ॉर्म यू दैट..."

नील के लैपटॉप पर एक मेल पॉप-अप हुआ और मेल पढ़ते ही उसके चेहरे पर मुस्कुराहट तैर गई। वह ख़ुशी से उछलते हुए छुटकी के हॉस्टल की ओर दौड़ गया। छुटकी कमरे के बाहर ही थी। नील भागकर उससे लिपट गया।

"क्या है ? क्यों बंदर की तरह उछल रहा है ?" छुटकी ने पूछा।

"गेस ?" नील ने जवाब में सवाल किया।

"बोल न, पहेली बूझने का टाइम नहीं है।"

"अपनी एप्लिकेशन एक्सेप्ट हो गई। प्रोफेसर म्यूलर का रिप्लाई आया है। हम मास्टर्स के लिए अमेरिका जाने वाले हैं।"

छुटकी ने कसकर नील को गले लगा लिया और उसे चूम लिया। नील की ख़ुशी का ठिकाना नहीं था। न जाने क्यों उसे उस वक़्त अन्नू अवस्थी और पिंटू याद आए। कहने लगा, "उस अन्नू अवस्थी को जरूर बताना कि अब हम अमेरिका जाएँगे। अब इस केयोस से फ्रीडम। न कचरा, न पॉल्यूशन, न करप्शन, न भीड़-भाड़। अब बस पैसा, अपॉरच्यूनिटी, नाम और शोहरत... एंड यू नो, नाइस गोरी मेम।"

"ओये मारूँगी।" छुटकी ने ज़ोर से उसे मुक्का मारा।

"सॉरी! मजाक कर रहा था यार। इतना जोर से मारती है।"

"सेलीब्रेट करते हैं न। चल न, पानी की टंकी पे चढ़कर दारू पिएँगे।"

"न न छुटकी, इतनी रात में। डेंजर है। और गार्ड ने देख लिया तो?"

छुटकी ज़िद करने लगी, लेकिन नील डर रहा था। क्योंकि वह एकदम नियम-क़ायदे वाला आदमी था। एक बार छुटकी ने उसे भीड़ में सबके सामने चूम लिया था तब भी उसने हड़बड़ाकर अपना गाल पीछे खींच लिया था और फिर तमाम देर छुटकी को लेक्चर दिया था कि उसे ऐसे सबके सामने प्यार जताना पसंद नहीं हैं। एक दफ़ा छुटकी उसे गंगा बैराज घुमाने ले गई थी और पानी में उतरने की ज़िद करने लगी थी, तब भी उसने ये कहकर छुटकी को पानी में उतरने नहीं दिया था, कि गंगा दुनिया की सबसे गंदी नदी है।

"चल न, कितना मजा आएगा खुले आसमान के नीचे लेटकर रात भर तारे देखेंगे और दारू पिएँगे।"

"नो नो, इट्स इल्लीगल डूड।"

"पागल है क्या! यहाँ कौन-सा पुलिस टहल रही है!"

छुटकी नील को खींचकर पानी की टंकी तक घसीट ले गई। नील ने दोनों पैर ज़मीन में धँसा दिए थे। हिलने का नाम ही नहीं ले रहा था। जैसे स्कूल जाने के नाम पर छोटे बच्चे अड़ जाते हैं, वैसे अड़ गया। टंकी पर चढ़ने को तैयार ही नहीं था। लेकिन छुटकी भी कम नहीं थी। जैसे माँ ज़िद करने वाले बच्चे को फिर भी स्कूल खींच ले जाती है वैसे ही नील को टंकी पर ले जाकर ही मानी।

बड़ी सुंदर रात थी। टिमटिम तारे साफ़ दिखाई दे रहे थे। सब कुछ इतना शांत था कि उल्लुओं की ख़ुफ़िया बातें और झींगुरों की गपशप सुनाई दे रही थी। इंसानों की चुगली लगा रहे थे शायद। वह रात में चाँद पर कविताएँ तो नहीं ही करते होंगे। हमें ही कोसते हों शायद।

छुटकी ने नील के आगे दारू की बोतल बढ़ा दी। नील एकदम बिफर गया क्योंकि शराब बहुत स्ट्रांग थी।

"येगरमाइस्टर! नो नो डूड! इसमें 35 परसेंट अल्कोहल है।"

"तो! 35 ही तो है। कौन-सा अस्सी-नब्बे है।"

"आई कांट अलाऊ यू टू ड्रिंक दिस।"

छुटकी कुछ देर के लिए ठिठक गई। नील ने 'अलाऊ' जो कहा था।

"तुझसे परमिशन ले कौन रहा है!" छुटकी हँसी और उसने एक-चौथाई बोतल गले में तर कर ली। नील देखता रह गया। वह कोने में बैठ गया। छुटकी उसे बुलाती रही लेकिन वह आया नहीं। छुटकी हाथ की उँगलियों से तारे मिलाती रही।

"आ न, देख कितनी सुंदर रात है!" छुटकी ख़ुशी से नाचने लगी। अकेले ही। आज उसका सपना सच हुआ था। सपना सच होना कितना ख़ूबसूरत होता है।

"क्या खाक सुंदर है कानपुर में! यहाँ कितने बड़े मच्छर हैं! ओह शिट! देख ये रहा। अन्नू और पिंटू ने बोला था कि यहाँ सारे मच्छर डेंगू और चिकनगुनिया वाले हैं।"

नील ने अपनी हथेली क़मीज़ के अंदर कर ली। मच्छर भुन-भुन करके आल्हा गा रहे थे। जब से उसे डेंगू हुआ था उसे मच्छरों से बड़ा डर लगता था। अन्नू अवस्थी अक्सर उसे डराता भी रहता था। कहता था कि मच्छर गोरे-चिट्टे लड़कों को ज़्यादा काटते हैं क्योंकि कम देख पाते हैं। लगभग अंधे होते हैं। नील गठरी जैसा गुथ गया था। दूर से देखने पर रबड़ का गुड्डा लग रहा था। शरीर का एक-एक हिस्सा उसने कपड़ों के भीतर भर लिया था। कोई मच्छर पास आ रहा था तो फू-फू करके वह उसे दूर से ही उड़ा दे रहा था। छुटकी इस सब से बेख़बर अकेले ही नाच रही थी। उसने बचपन में छह साल भरतनाट्यम सीखा था। आज न जाने क्यों उसे भरतनाट्यम की मुद्राएँ याद आ रही थीं। दारू पीकर बहुत कुछ ऐसा याद आ जाता है जो हम सालों साल से भूले हुए होते हैं।

"छुटकी, उधर गार्ड है।" नील ने सिर नीचे कर लिया। दूर गार्ड के लाठी बजाने की आवाज़ आ रही थी।

"क्या मेंढक जैसा घुस रहा है? किधर है गार्ड?"

छुटकी ने एक छोटा-सा कंकड़ गार्ड के कंधे पर दे फेंका। नील और डर गया। गार्ड दुबला-पतला और बूढ़ा था। वह ख़ुद अँधेरे में पत्थर मारने से डर गया और वहाँ से भाग गया। जैसे भूत देख लिया हो। गार्ड नील से अधिक डरा हुआ था। तमाम देर हनुमान चालीसा जपता रहा। नील की तरह गठरी बना हुआ अपने कमरे के पास दुबक गया था।

छुटकी हँसते-हँसते टंकी पर लेट गई। तारे मिलाती रही। सपने बुनती रही। जैसे उसकी उँगली कोई सलाई थी जो तारे गूँथकर उनका सुंदर झबला बना रही थी।

उसने कुछ तारे मिलाकर एमआईटी लिख दिया। फिर कुछ दूरी पर तारे मिलकर बस का आकर उजागर कर रहे थे। आसमान में एक हिस्से में तो, तारे मिलकर पिंटू का चेहरा भी बना रहे थे। पिंटू तारों की लग्घी बनाकर चाँद पर कटिया मार रहा था। चाँद छुटकी जैसा लग रहा था। छुटकी घबरा गई।

माना कि इस वाली दारू में 35 परसेंट अल्कोहल था लेकिन उसे इतनी दारू तो नहीं चढ़ी थी कि आसमान में पिंटू दिखने लगे? वह अपनी आखें मल रही थी। आँखें मलने से पिंटू का चेहरा और साफ़ हो गया। वह प्यार से छुटकी को देख रहा था। इतने प्यार से तो उसे कभी नील ने भी नहीं देखा था। पिंटू आसमान से नील को देखकर हँसा भी। क्योंकि नील अभी भी कोने में बैठा हुआ था और एक हाथ से मच्छरों को भगा रहा था। छुटकी को न जाने क्यों वो दिन याद आने लगा जब उसने पिंटू से वीडियो गेम लेने के लिए छत पर उससे झूठ-मूठ की शादी कर ली थी।

***

उस दिन बारात का पीछा करते-करते चंद्रप्रकाश मिलन बैंड के दफ़्तर पहुँच गए थे। बैंड का अता-पता नोट कर आए थे। इस बात से बड़ा नाराज़ थे कि बैंड का सिंगर रफ़ी साहब का गाना ऐसी बे-अदबी से गा रहा था। न सुर की समझ थी, न साज़ की और न ही रफ़ी साहब की इज़्ज़त। न मुरकी लेना आता था और न सुर खींचना। अगली सुबह पिंटू और अन्नू को लेकर सीधे उनके दफ़्तर पहुँचे। अकेले जाने में थोड़ा संकोच होता था, इसलिए इन दोनों को पकड़ ले गए थे। झगड़ा करने के काम आते।

मिलन बैंड का मालिक छोटे लाल था। वह चंद्रप्रकाश को क़तई समझ नहीं पा रहा था। अव्वल तो वह इस बात पर नाराज़ था कि चंद्रप्रकाश ने उनके बैंड का नाम ख़राब किया, दूसरा इस बात पर कुढ़ा हुआ था कि वह बड़ी ढिठाई से दफ़्तर भी आ धमके। सिर खुजाकर कहने लगा, “पहले तो ये बारात में घुसकर सबसे कहते हैं कि हमारा आदमी गा नहीं पा रहा है। तमाशा खड़ा

करते हैं। और फिर हमारा ही दफ्तर खोजकर आप लोग हमसे कहने आए हैं कि ये हमारे सिंगरों को गाना सिखाएँगे?"

"जी, बिलकुल ठीक।" पिंटू ने कहा। अन्नू ने भी हाँ में सर हिलाया, दोनों चंद्रप्रकाश के मैनेजर जो ठहरे। मुंडन से लेकर मैयत तक, उनके गाने का इंतज़ाम उन्हीं की ज़िम्मेदारी थी।

"इनकी वजह से पेमेंट काट लिया गया है हम लोग का।" छोटेलाल ने कहा।

"हाँ तो अच्छा गाना गाएँगे तो पेमेंट भी मिलेगा। आपका सिंगर ही झाँटू था।" अन्नू ने बड़ी ही सादगी और ईमानदारी से समझाया।

"वो कोई सिंगर-विंगर नहीं है। और वो तो वैसे भी गाने नहीं आ रहा था। उसका बीएससी का एग्जाम है आज। आ ही नहीं रहा था। बहुत हाथ-पैर जोड़े तब आया बारात में। अब वह गुस्से में नौकरी और छोड़ गया।"

"ठीक ही तो है जो चला गया। वह सुर में नहीं था।" चंद्रप्रकाश ने यूँ कहा जैसे ये कोई ब्रह्मवाक्य हो। जैसे दुनिया का कोई शाश्वत सत्य कह दिया हो। छोटेलाल उन्हें यूँ देख रहा था जैसे वह कोई पहेली हो। जो उसके समझ में क़तई नहीं आ रही थी।

"हाँ तो?"

"सुर में होना बहुत जरूरी है। रफी साहब का गाना यूँ ही नहीं गाया जाता।"

पिंटू बोला, "ठीक है तो फिर आप अंकलजी को रख लीजिए। अंकलजी ऐसा माहौल जमाएँगे कि पेमेंट डबल मिलेगा। बस ये बता दीजिए कि रिहर्सल पर कब आना है?"

पेमेंट 'डबल' मिलेगा सुनकर छोटेलाल का माथा ठनका। गुस्सा थोड़ा शांत हुआ। उसने चाय मँगा ली। दो कप चाय चार चम्मच शक्कर के साथ गले के नीचे ठेलकर उसका दिमाग़ खुल गया। उसे लगा कि ये सज्जन गाना तो बढ़िया गा ही लेते हैं तो क्यों न इन्हें ही बैंड में रख लिया जाए। वैसे भी बैंड का सिंगर तो बीएससी का एग्ज़ाम लिखने चला गया है। और वैसे भी, वो फ़ेल ही होगा, तब तो उसके बाप उसका बैंड में गाना बंद करा ही देंगे।

"अरे महराज, कौन-सा कोई बड़ा भारी कॉन्सर्ट कर रहे हैं हम लोग। इनकी ड्रेस का नाप दे दीजिए जब अगला ऑर्डर आएगा तो आ जाइएगा।"

छोटेलाल ने एहसान जताते हुए कहा।

"ऐसे कैसे बिना रिहर्सल के गाएँगे? ड्रेस का क्या है? ढीली होगी या टाइट होगी, गाना ढीला नहीं हो सकता।" चंद्रप्रकाश फिर अड़ गए। छोटेलाल ने अब हार मान ली।

चंद्रप्रकाश को बैंड में भरती कर लिया गया।

बैंड वालों की रोज़ाना क्लास लगने लगी। चंद्रप्रकाश किसी सख़्त हेडमास्टर की तरह तड़के सुबह, रोज़ रियाज़ करवाते। सुबह छह बजे ही बुला लेते और गर्म पानी से गरारा करवाते। फिर सरगम और आलाप होता। खटाई, शराब, सिगरेट और मीठे पर भी रोक लगा दी थी। बैंड वाले उनसे ख़ूब चिढ़ते थे लेकिन चंद्रप्रकाश एकदम रियायत नहीं बरतते।

ख़ूब डाँट लगाते- 'सुर में होना बहुत जरूरी है।' बात-बात पर नसीहत देते। गले में उँगली करवा के दिन में आठ बार गरारा हुआ करता। ट्रम्पेट फूँक-फूँककर वैसे ही सबके गले ख़त्म हो चुके थे लेकिन चंद्रप्रकाश फिर भी उसमें नयी जान फूँकने का ज़िम्मा उठाए हुए थे। दोपहर में खाने बैठते तो अचार और प्याज़ भी नहीं खाने देते। गुटका अलग बंद हो गया था।

आलम यह था कि बैंड वाले घड़ी देखा करते थे। कब छुट्टी हो और वे भागें। वे तीस-चालीस साल से तंबाकू खा रहे थे, बिना तंबाकू खाए उनका पैख़ाना जाना भी दूभर था। उनकी बस इतनी विनती थी कि कम-से-कम उन्हें सुबह-सुबह तंबाकू खाने को दिया जाए लेकिन चंद्रप्रकाश जेलर हो गए थे। सुनते ही नहीं था क्योंकि तंबाकू गले के लिए ज़हर है।

बैंड वाले चिढ़कर उन्हें दबी ज़ुबान में 'सुरों के ससुर' बुलाते थे।

लेकिन धीरे-धीरे बैंड वाले सच में सुर लगाना सीखने लगे। अब वह बरात में दिल खोलकर गाते। हालाँकि बरातों में सुर की परवाह किसे होती है! शराब के नशे में तो आदमी जनरेटर की आवाज़ में भी सुर खोज ले। लेकिन चंद्रप्रकाश अपनी तरफ़ से कसर नहीं छोड़ते। हर बारात में दही-शक्कर खाकर जाते और बैंड वालों को भी खिलाते। जैसे क्रिकेट की टीम हडल करती है, वैसे ही हर परफ़ॉर्मेंस के पहले हडल हुआ करती।

कुछ दिनों के बाद बैंड वालों को धीरे-धीरे मज़ा आने लगा।

अब वह चंद्रप्रकाश को 'उस्ताद जी' बुलाने लगे। पहले तो चंद्रप्रकाश

सुबह आते तो सारे-के-सारे चिढ़कर 'लाहौलविला क़ुवत' पढ़ते, लेकिन अब वह आते तो सबके चेहरे पर चमक आ जाती। नींद भाग जाती। कई-कई बार तो बिना चाय के भी रियाज़ शुरू हो जाता। पहले तो जब तलक दो बार चाय न छने, किसी से एक आलाप न फूटता था। अब सबके गले साथ गाने के लिए तरसते थे।

अगर सुर अच्छा लगता तो दिन भर रियाज़ के बाद चंद्रप्रकाश सब को पकौड़ियाँ खिलाने ले जाते। और राधे के यहाँ बर्फ़ी भी खिलाते। अगर किसी दिन सुर एकदम सच्चा लग जाता तो इनाम में कुल्फ़ी भी मिलती। लेकिन कुल्फ़ी कभी-कभार ही मिलती, क्योंकि ठंडा खाने से गला ख़राब होने का ख़तरा होता था।

चंद्रप्रकाश ने दफ़्तर जाना भी छोड़ दिया था। बड़े बाबू से बीमारी का बहाना बना दिया था और अब वो छुट्टी लेकर दिन भर गाना सिखाते रहते थे। सुलेखा और छुटकी को कानों-कान ख़बर नहीं थी। सब कुछ किसी ख़ुफ़िया मिशन की तरह ज़ारी थी। चंद्रप्रकाश एक अंडरकवर एजेंट हो गए थे, जिनके मिशन था- लोगों को सच्चा सुर लगाना सिखाना।

***

छुटकी क्लास में थी। तभी उसके फ़ोन पर एक नोटिफ़िकेशन आया। व्हॉट्सएप्प पर 'गुप्ता फ़ैमिली रॉक्स' नाम से उसके सारे रिश्तेदारों का एक ग्रुप था। सुलेखा ने उसमें गाने का एक लिंक भेजा था। छुटकी ने रोज़ की तरह इस ग्रुप में आए नोटिफ़िकेशन को अनदेखा कर दिया क्योंकि वह व्हॉट्सएप्प के सारे फ़ैमिली ग्रुप्स को दूर से ही नमस्ते करके भागती थी। यहाँ दुनिया भर की चरस मुफ़्त में बँटती थी। रोज़ाना यहाँ की सुबह फूलों के सदाबहार हज़ारों गुलदस्तों से होती थी। उसके बाद फूफा, मामा, चाचा, ताऊ, बुआ, मौसी, चाची, मामी और चचेरे-ममेरे-फुफेरे भाई बहनों में 'गुड मॉर्निंग' के मैसेज और मोटिवेशनल कोट्स भेजने की जो होड़ लगती थी वो थोक के भाव में शुभरात्रि के बंदरबाट के साथ ही बंद होती थी।

फ़ेक ख़बरों के फ़ॉरवड्र्स का तो वैसे ही कोई ठिकाना नहीं था। सौ सालों में पहली बार निकलने वाले दस रंगों के इंद्रधनुष से लेकर माथे पर त्रिशूल लिए

पैदा हुए बच्चे तक, गोबर से एड्स के इलाज से लेकर यूनेस्को द्वारा देश के प्रधानमंत्री को विश्व का बेस्ट प्रधानमंत्री घोषित करने तक। यहाँ अजीबो-ग़रीब ख़बरों का रेला लगा रहता था। यहाँ से अधिक झूठ अगर कहीं और मिलना संभव था तो शायद देश के न्यूज़ चैनलों के प्राइमटाइम में ही मिल सकता था।

अचानक ही इस ग्रुप पर नोटिफ़िकेशन के टनटन की घंटी बजना जो शुरू हुई वो यूँ घनघोर तरीक़े से घनघनाने लगी जैसे जब बॉलीवुड की पुरानी फ़िल्मों में हीरो घायल होने पर लड़खड़ाते हुए मंदिर पहुँचता था और वहाँ के घंटे से लटककर उसे टनटन बजाने लगता था। चिढ़कर छुटकी ने मैसेज खोला और लिंक पर क्लिक किया तो पाया कि वीडियो में उसके पिता बारात में बैंडमास्टर की ड्रेस में गा रहे थे।

एक के बाद एक रिश्तेदारों के मैसेज आना शुरू हो गए। उसकी फ़ोन की स्क्रीन कुछ यूँ बयाँ कर रही थी-

फूफा जी- 'वाह यार चंदर! मजा आ गया।'

अखिलेश मौसा जी- 'सच्चे हिंदू देखते ही शेयर करें।'

गोलू- 'कैसा है मेला शोना बाबू!'

'गोलू डिलीटेड दिस मैसेज।' गोलू- 'सॉरी रॉन्ग ग्रुप।'

रिश्तेदार बिना देखे ही वीडियो पर कमेंट ठेले दे रहे थे। अखिलेश मौसा जी इस ग्रुप में सिर्फ़ हिंदू-मुसलमान झगड़े के पोस्ट बढ़ा दिया करते थे। इसलिए कोई भी पोस्ट आने पर उनकी उँगलियाँ अपने आप ही लिख जाती थीं- 'सच्चे हिंदू देखते ही शेयर करें।'

गोलू छुटकी का चचेरा भाई था। वह दिन रात अपनी गर्लफ्रेंड से चैट करता रहता था। तो कभी-कभी ग़लती से उसके लिए लिखे हुए मैसेज ग्रुप पर ठेल जाता था।

छुटकी फ़ौरन क्लास से बाहर आई और माँ को फ़ोन लगाया।

"मम्मी ये क्या भेजा है तुमने 'गुप्ता फ़ैमिली रॉक्स' ग्रुप पर?"

"पिंटू ने बनाया है वीडियो। उसी से पूछो।"

"मम्मी यार! अभी तो मिट्ठू के घर वाले ड्रामा कर के गए हैं। अब फिर वो लोग बिफर जाएँगे यार। मैं कब तक ये घरेलू समस्याएँ सुलझाती फिरूँ?"

"अरे अब हमारी जान न खाओ तुम लोग। तुम्हारे पापा पीछे पड़े थे कि

तुमने वीडियो क्यों नहीं भेजा सारे ग्रुप पर, और अब तुम कोतवाली कर रही हो कि तुमने वीडियो काहे भेज दिया! हम भाई अपनी शादी निभा रहे हैं। इसलिए हमें बख्श दो तुम सब लोग।" सुलेखा सुबकने लगी।

"मम्मी यार तुम हर बात पे रोने क्यों लगती हो? तुमसे तो कुछ कहना ही बेकार है।"

"हाँ तो रोए नहीं तो क्या! ये सुबह से पीछे पड़े हैं कि वीडियो भेजो नहीं तो वायरल बुखार आ जाएगा। बार-बार पूछ रहे हैं कि वायरल हुआ कि नहीं? चेक करो। अब तक तो वायरल हो जाना चाहिए था। भगवान जाने क्या बोल रहे हैं। हमें तो कुछ समझ नहीं आ रहा।"

"अरे वह वायरल बुखार की बात नहीं कर रहे हैं। वीडियो वायरल करने की बात कर रहे हैं।"

"मरे विडियो को चाहे वायरल हो चाहे चेचक निकल आए, हमें क्या। बस इन्हें सद्बुद्धि आ जाए। हमें कितनी खुशी थी कि ये बंबई नहीं गए, और अब ये सब शुरू हो गया। अभी आता होगा सब रिश्तेदारों का फोन। सब हँसेंगे हमाए ऊपर।"

सुलेखा फिर रोने लगी तो छुटकी ने फ़ोन रख दिया।

चंद्रप्रकाश यूट्यूब खोलकर वीडियो के व्यूज़ गिन रहे थे। अभी तक कुल 20 व्यूज़ थे। चिढ़कर सुलेखा से बोले, "तुमने फैमिली के व्हॉट्सएप्प ग्रुप पर मेरे वीडियो का लिंक भेज दिया था न?"

"हाँ भेज दिया था। तुम भी तो हो उसमें। सबका रिप्लाई भी आ गया न।"

"देख लिया मैंने उनका रिप्लाई। सुलेखा तुम मेरी थोड़ी-सी मदद भी नहीं कर सकती? ससुराल साइड के ग्रुप पर भेज दिया है तुमने लेकिन मायके साइड वाले सारे ग्रुप्स पर तो मैं हूँ नहीं। वो है न तुम्हारा 'गुप्ताज फॉरएवर' और 'माय स्वीट फैमिली' नाम से दो ग्रुप और हैं। उसपे भेज दिया था न?"

"अरे हाँ बाबा। सबने देख लिया उधर भी।"

"क्या खाक देखा है! अभी तक कुल 20 व्यूज हैं। एक हो गया मैं और एक तुम। एक व्यू मिट्ठू का जोड़ लो और एक छुटकी को। तीन व्यू अन्नू, मिश्रा और पिंटू के जोड़ लो, 7 तो यही हो गए। बाकी के बस 13 लोग ने और देखा। उसमें मेरे ननिहाल और ददिहाल साइड के 5-6 लोग तो होंगे ही।

मतलब तुम्हरे मायके साइड वालों ने अभी तक नहीं देखा है मेरा वीडियो।"

"अरे भेज तो दिया है। अब मूड़ी पकड़कर जबरदस्ती कैसे दिखाएँ?" सुलेखा चिढ़कर बोली।

"जबरदस्ती क्यों दिखाओगी, लेकिन सोचने वाली बात ये है कि तुम्हारे मायके वाले दिन भर गुड मॉर्निंग, गुड आफ्टरनून के फूलों के गुलदस्ते भेजते रहेंगे। लेकिन किसी कलाकार की कला के लिए एक मिनट भी नहीं दे सकते।"

"तुम मेरे मायके वालों को कुछ न बोलो। हम बता रहे हैं।"

सुलेखा अब चिढ़ गई थी। उसे एकदम बर्दाश्त नहीं था कि कोई उसके मायके वालों को भला-बुरा कहे। दोनों के बीच फिर युद्ध छिड़ गया। चंद्रप्रकाश कहने लगे, "क्यों न बोलूँ? ये लोग व्हॉट्सएप्प पर आई हर बात को सच मानते हैं। अभी तुम्हारी बड़ी दीदी का मुझे फॉरवर्ड आया है कि साल 2030 तक मुसलमान हिंदुओं से दो गुना हो जाएँगे। फालतू की बात करती हैं वो। ये देखो, कल का ही मैसेज है। जापान के बस अड्डे का फोटो लगाकर कह रही हैं कि ये बनारस का बस अड्डा है, मोदी जी ने क्या विकास करके दिखाया है। इस सब पर इनको भरोसा है लेकिन मेरा वीडियो नहीं देख सकते हैं ये लोग।"

सुलेखा ने जवाबी फ़ायर करते हुआ कहा, "और तुम्हारे साइड के लोग? वह नहीं बार-बार भेजते रहते हैं कि नेता जी सुभाषचंद्र अभी तक जिंदा हैं और कानपुर के मौनी बाबा ही नेता जी हैं? वह भी तो फालतू के वीडियो भेजते हैं। अब तुम मेरा मुँह मत खुलवाओ। अभी कल ही आया है कि कुरुक्षेत्र के मैदान की खुदाई में 40 फुट के घटोत्कच का शरीर निकला है।"

दोनों तमाम देर झगड़ते रहे। फिर सुलेखा रोने लगी। चंद्रप्रकाश ने सिर पकड़ लिया। उसने फिर से चंद्रप्रकाश के टुच्चे से अस्त्र पर अपना प्रचंड ब्रह्मास्त्र चला दिया था। अब आगे बहस करना बेकार था। अगर उन्होंने सुलेखा से उसके मायके वालों का ज़िक्र नहीं किया होता, तब भी शायद इस ब्रह्मास्त्र को रोक पाने की ज़रा-सी गुंजाइश होती लेकिन पत्नी से मायके वालों की बुराई करके कोई भी पति उसके ताप से कैसे बच सकता है! कुछ देर में चंद्रप्रकाश हार मानकर वहाँ से चले गए। स्कूटर उठाई और सीधे मिलन बैंड के दफ़्तर पहुँचे।

17

‘लगता है ऐसे, सारे संसार की शादी है... आज मेरे यार की...’

चंद्रप्रकाश बारात में गा रहे थे। पूरी तरह से संगीत में डूबे हुए थे। झूम रहे थे। हाथ के इशारे से बैंड को गाने के उतार और चढ़ाव के साथ, म्यूज़िक चढ़ाने-गिराने के संकेत दे रहे थे जैसे कोई नामी-गिरामी यूरोपियन ऑर्केस्ट्रा मोज़ार्ट की सिम्फ़नी बजा रहा हो। वैसा ही माहौल था। मालूम होता था कि वह ख़ुद मोज़ार्ट हो गए हैं और उनके बैंड वाले उनकी उँगलियों को पढ़कर ख़ूबसूरती से ट्रम्पेट और ड्रम बजा रहे थे।

बैंड वाले भी उनका पूरा साथ दे रहे थे, उनके लिए आज इम्तिहान की घड़ी थी। इतने दिनों से उन्होंने चंद्रप्रकाश से जो तालीम पाई थी आज उस तालीम को इज़्ज़त बख़्शने की घड़ी थी। सब ऐसे बजा रहे थे जैसे वह अपने चंद्रप्रकाश को गुरुदक्षिणा देना चाहते हों।

न तो चंद्रप्रकाश को परवाह थी कि बारात में उनके बैंड वालों के सिवाय और कौन था, न ही उनके बैंडवालों को चंद्रप्रकाश के अलावा कोई और नज़र आ रहा था। उस्ताद जी और उनके चेले एकदम आत्मीय होकर एक-दूसरे के लिए गा-बजा रहा थे। उन सब की आँखों में आज आदर और प्रेम का भाव था। संगीत उन्हें ईश्वर के नज़दीक ले जा रहा था।

वे न बारात की ओर देख रहे थे और न ही बारातियों की तरफ़। आज न उन्हें उड़ाए जा रहे नोट बटोरने की परवाह थी, न ही मुँह पर उड़ते भुनगे और पतंगों की। वे सब संगीत में इस क़दर हो गए थे कि उन्हें दुनियादारी की सुध-बुध ही नहीं बची थी।

जब एक लंबे अलाप पर गाना रुका तो उन सबने आसमान की ओर देखकर हाथ कान पर लगाया और फिर उसे आँख पर लगाया। जैसे रफ़ी साहब से माफ़ी माँग रहे हों। गाना ख़त्म करके चंद्रप्रकाश ने जब आँखें खोली तो सामने मिट्ठू और उसके ससुराल वाले थे। सब चंद्रप्रकाश को ग़ुस्से से देख रहे थे। मालूम हुआ कि बारात मिट्ठू के पति के चचेरे भाई की थी।

चंद्रप्रकाश उलटे पाँव चलने लगे। मिट्ठू ने आवाज़ दी लेकिन वह रुके नहीं। उन्हें पता था कि रुकने पर क्या बवाल होता। मिट्ठू के ससुर और उसकी सास मुँह छिपाते फिर रहे थे।

"आपके समधी बैंडमास्टर हैं?" कहकर कोई हँसकर निकल गया।

"ये तो गुप्ता हैं न! तब भी? बैंड में तो नीची जात वाले बजाते हैं न!" एक और सज्जन कहकर चले गए। मिट्ठू भी आँख चुरा रही थी। वह भी अपने पिता की तरह भाग जाना चाहती थी लेकिन शादी से इस तरह नहीं निकल सकती थी।

शादी में अगले दिन तक यही चर्चा चली। वैसे भी हिंदुस्तान में शादी-बारात चुगली और बतकही का ओलंपिक होता है। लोगों को जुगाली करने के लिए नया चारा मिल गया था। विदाई होने तक बतोलों का महाकुंभ चला।

अगले दिन छुटकी को मिट्ठू के घर तलब किया गया।

फिर से सन्नाटा था। कोई कुछ नहीं बोल रहा था। कहता भी क्या! थोड़ी देर में ससुर संकोच छोड़कर ग़ुस्से में बोले, "देखो बेटा, अब बर्दाश्त के बाहर हो रहा है। मेरे भतीजे की शादी के बैंड में गा रहे थे। बैंड मास्टर की ड्रेस पहनकर। जैसे सर्कस में सिखाई जाती है।"

"वो, सिंगिंग उनका पैशन है न, वो पहले होटल में गा रहे थे लेकिन उनको वहाँ से निकाल दिया। इसलिए शायद बैंड में गाने लगे। मैं बात करती हूँ।" छुटकी ने कहा।

"देखो बेटा, उनका जो भी पैशन हो, वह करें। लेकिन हमारी नाक न कटाएँ।"

“मैं उन्हें समझाती हूँ।” छुटकी ने बात सँभालते हुए कहा।

“बेटा, ये नीची जात वालों का काम है।”

“पापा जी प्लीज! वह पहली बार घर आई है। ऐसे तो मत कहिए।” मिट्ठू ने टोका।

“मुझे पता है किससे कैसे बात करनी है। अपने बाप को समझाओ न! नाक कटवाते रहते हैं। अभी उस दिन हम लोग होटल में खाने गए थे, तो उधर तुम्हारे पापा गा रहे थे, हारमोनियम पर चौकड़ी मार के। उस दिन पड़ोस में एक मुंडन में मिल गए थे गाते हुए।” ससुर ने अब सारा लिहाज़ छोड़ दिया था। जग-हँसाई से वह बहुत नाराज़ थे। लोग पहले ही उनका मज़ाक़ उड़ाकर कहते थे कि, बताइए इनके समधी मोहल्ले में मुंडन और मैय्यत में भी गाते दिखे थे, फिर तो आज चंद्रप्रकाश बैंड मास्टर बने दिख गए थे। ससुर और चीख़ना चाहते थे लेकिन फिर लिहाज़ कर गए।

“मैं पापा से बात करती हूँ। उनकी तरफ से मैं माफी माँगती हूँ कि आप लोगों को कई बार शर्मिंदा होना पड़ा।” छुटकी ने आश्वस्त किया। “मिट्ठू सुन, दो मिनट के लिए बाहर आएगी?” छुटकी ने उसका हाथ खींचा लेकिन सास ने टोक दिया।

“मिट्ठू बेटा, देख फिर छत पर कौवा आ गया है। अचार खा जाएगा।”

मिट्ठू छत पर चली गई और छुटकी अपने घर निकल गई। छत पर बाँस का अचार पड़ा हुआ था और सास इस बात से अधिक परेशान थी कि कहीं कौवा उसे जूठा न कर दे। अचार उसके जीवन की सबसे ज़रूरी चीज़ थी। वह सैकड़ों तरह का अचार रखती थी। गाजर, नींबू, मिर्ची, करौदा, कटहल, आम, गोभी, अदरक, लहसुन, मटर से लेकर सूरन तक, वो हर चीज़ का अचार रख सकती थी। अगर कभी कानपुर में भूकंप आता या घर में आग लग जाती तो वह घर से गहने निकालने नहीं भागती, बल्कि छत पर पड़े अचार उठाने भागती।

अचार की देखभाल के लिए उसने मिट्ठू को भी हैरान कर रखा था। वह क्लिनिक जाने से पहले और क्लिनिक से लौटने के बाद नियम से चार-चार बार छत पर जाकर अचार की देखभाल करती थी। कभी अचार को बारिश से बचाना पड़ता था तो कभी आँधी से, कभी कौवे से तो कभी बंदर से, कभी फफूँदी से तो कभी ख़राब होने से। कभी-कभी मिट्ठू हैरान होकर सोचती

थी कि क्लिनिक में मरीज़ की जान बचाना अचार की जान बचाने से ज़्यादा आसान काम था।

***

छुटकी घर पहुँची तो चंद्रप्रकाश बेहद ख़ुश थे। देखकर लग ही नहीं रहा था कि कोई बड़ा भारी बवाल हुआ है। वह कान में हेडफ़ोन लगाकर रियाज़ कर रहे थे। छुटकी उन्हें बुला रही थी लेकिन कान में हेडफ़ोन होने की वजह से वह उसे सुन नहीं पा रहे थे। छुटकी क़रीब आई और ग़ुस्से में हेडफ़ोन निकालकर चीख़ पड़ी। चंद्रप्रकाश ने छुटकी को कभी इस तरह से बात करते हुए नहीं सुना था। उसने हेडफ़ोन ज़मीन पर फेंक दिया।

"पापा, बहुत हो गया यार! अब बस ये ड्रामा बंद करो।"

"क्या हो गया? क्यों नाराज है? नील से झगड़ा हो गया क्या? मैं पहले ही बोल रहा था कि वो लड़का सही नहीं है।"

बाप और बेटी पहली बार इस तरह झगड़ रहे थे। आवाज़ सुनकर सुलेखा भी हॉल में आई लेकिन कुछ कह न सकी, क्योंकि उसने दोनों को अपने जीवन में कभी लड़ते नहीं देखा था। इस तल्ख़ी से तो क़तई नहीं। छुटकी ने आज तक अपने पिता से ऊँची आवाज़ में बात नहीं की थी। हाँ, ज़िद ज़रूर की थी, दोस्तों की तरह ज़रूर मस्ती में लड़ी हो लेकिन बुरे मन से कभी नहीं लड़ी थी। सुलेखा का जी किया कि उन्हें बीच में ही रोक ले लेकिन हिम्मत नहीं हुई।

"आप बैंड में गाने क्यों गए थे? क्या जरूरत थी?" छुटकी फिर चीख़ी।

"अरे बेटा, वो लोग सुर में नहीं थे।"

"सुर में नहीं थे मतलब! पापा यू आर अनबिलीवेबल।"

"नहीं, बिलीव मी। वो सच में बेसुरे थे।"

चंद्रप्रकाश ने यूँ कहा जैसे ये बात कितनी स्वाभाविक थी। छुटकी बहुत नाराज़ थी। यहाँ मिट्ठू के ससुराल वाले इतने नाराज़ थे और चंद्रप्रकाश को बस 'सच्चे सुर' की पड़ी थी। उसे एकबारगी यूँ लगा कि उसके पिता सच्चे 'स' की खोज में पागल हुए जा रहे हैं। वो पिता पर बरस पड़ी और कहने लगी, "पापा, आप कौन-से दुनिया में जी रहे हो यार! यू आर 52, अभी आप सिंगर नहीं बन सकते। ये पैशन नहीं बेवकूफी है। एक किशन सिंह के सहारे मुंबई जाने को

भी तैयार हो गए। कभी होटल में गा रहे हो, कभी बारात में। कभी किसी के मुंडन में गा रहे हो। मम्मी को परेशान कर रखा है। मिट्ठू के ससुराल वालों की बेज्जती हो रही है वह अलग। बंद करो यार ये सब।"

"मुझे नहीं पता था कि उसके ससुराल वालों को इतना बुरा लग जाएगा। लेकिन बेटा, अब तू भी ऐसे बोलेगी? तू तो मेरा सपोर्ट कर, मैं तेरा पापामैन हूँ बेटा।" चंद्रप्रकाश ने सफ़ाई दी।

वो एक हाथ हवा में और एक हाथ कमर पर धरकर सुपरमैन की तरह खड़े हो गए। जैसे बेटी हाथ थाम ले तो अभी उड़ जाएँगे। लेकिन ऐसा हुआ नहीं। छुटकी हँसी भी नहीं। उल्टा और नाराज़ हो गई। वह बार-बार हवा में हाथ उठा रहे थे जैसे ऐसा करने से छुटकी की नाराज़गी ख़त्म हो जाएगी। लेकिन छुटकी हँस नहीं रही थी। बचपन में वह जब भी यूँ अपना हाथ हवा में उठा देते थे तो छुटकी फ़ौरन ख़ुश होकर कहती थी- "पापामैन!" चंद्रप्रकाश को लगा छुटकी पहचान नहीं पा रही है कि वह उसके पापामैन हैं, इसलिए उन्होंने एक तौलिया भी अपनी शर्ट के कालर में टक कर ली। छुटकी ने अब भी नहीं पहचाना कि सामने उसका पापामैन खड़ा है। वह घबराने लगे। छाती में दर्द होने लगा।

"पापा, एनफ इज एनफ! मेरी एमएस की अप्लिकेशन एक्सेप्ट हो गई है और मैं कुछ दिनों में यूएस चली जाऊँगी। फिर क्या करोगे? चले जाना आप गाना गाने बंबई और छोड़ देना मम्मी को अकेले। बोलो? आप हार्ट के पेशेंट भी हो। एक बार दिल का दौरा भी पड़ चुका है। वहाँ कौन ध्यान रखेगा आपका?"

"बेटा दिल का क्या है, जो आदमी अपने दिल की सुनता है, दिल उसकी सुनता है। मैं खुश रहूँगा तो दिल खुश रहेगा। नहीं होने वाला मुझे कोई हार्ट-वार्ट अटैक।"

"पापा यार नहीं है आपके नसीब में सिंगर बनना। बंद करो। बस। मैंने खुद किशन अंकल को कॉल करके बोला था कि वह आपको फोन करके बोल दें कि वह कुछ महीनों के लिए बंबई छोड़कर जा रहे हैं। क्योंकि इसी में आपका और मम्मी का भला है। मुझे लगा आप उसके बाद समझ जाओगे। लेकिन आप तो उल्टा और भी बच्चों की तरह बिहेव करने लगे।"

छुटकी एक साँस में बोल गई। चंद्रप्रकाश का चेहरा सफ़ेद हो गया। झक्क सफ़ेद। उन्हें छुटकी की बात पर भरोसा नहीं हो रहा था। एक बारगी लगा कि वह अभी कहेगी कि वह झूठ कह रही है। वह कुछ देर इंतज़ार भी करते रहे, लेकिन उसने ऐसा नहीं कहा। छुटकी ऐसा क्यों करेगी? वह किशन सिंह से कहकर ख़ुद उनका सपना तोड़ देगी? चंद्रप्रकाश की आँखों के कोर से एक आँसू टपक आया।

"तूने किशन सिंह को फोन करके झूठ बोलने के लिए कहा था?"

"हाँ। इससे कम-से-कम घर में शांति तो है।"

"इसीलिए वह मेरा फोन नहीं उठा रहा है?"

"आप बात क्यों नहीं समझ रहे हो! आप अभी तक किशन सिंह पर अटके हुए हो। हद्द होती है यार!"

चंद्रप्रकाश बार-बार एक ही बात पूछ रहे थे क्योंकि उन्हें यक़ीन ही नहीं हो रहा था कि छुटकी ऐसा कर सकती है। वह अपने पिता का सपना क्यों तोड़ेगी? उसे हुआ क्या है? आज वह अपने पापामैन को भी पहचान नहीं रही थी। कालर पर तौलिया टक करने के बावजूद, हवा में हाथ लहराने के बावजूद। उन्हें ऐसा लगा जैसे उनकी छुटकी उन्हें भूल गई है।

छुटकी ग़ुस्से में चंद्रप्रकाश को डाँटकर चली गई। चंद्रप्रकाश ने अपना फ़ोन फेंक दिया। दीवार पर टँगे अपने इनाम भी उतार फेंके। फूट-फूटकर रो पड़ते लेकिन सामने छुटकी का बनाया ग्रीटिंग कार्ड रखा था जिस पर उसने 'माई डैडी स्ट्रांगेस्ट' लिखा था इसलिए उन्होंने अपने आँसू रोक लिए। अपने कमरे में आ गए। तौलिया जो उन्होंने गले पर लटका रखा था, उससे उन्होंने किशोर दा और रफ़ी साहब का पोस्टर ढक दिया, ताकि वह दोनों उन्हें ऐसा टूटा हुआ न देख पाएँ।

सुलेखा क़रीब आकर बैठ गई लेकिन उसे समझ नहीं आया कि क्या कहे। उसने ज़मीन पर गिरे हुए टूटे शीशे बिन लिए। इनाम भी समेट लिए। दूसरे कमरे में जाकर उन्हें जोड़ने लगी। सोच रही थी कि टूटा हुआ सब कुछ ऐसे ही जुड़ जाता तो कितना अच्छा होता।

टीवी पर 'सदमा' फ़िल्म आ रही थी। फ़िल्म के क्लाइमैक्स में कमल हासन श्रीदेवी के पीछे-पीछे दौड़ रहा था और बंदरों की तरह चेहरा बनाकर

उसे ये याद दिलाने की कोशिश कर रहा था कि वह इस बंदर वाले खेल से उसे कैसे हँसाया करता था और श्रीदेवी उसकी हरकतों पर खिलखिला दिया करती थी। लेकिन श्रीदेवी सब कुछ भूल जाने की वजह से उसे पहचान नहीं पा रही थी। फ़िल्म में कमल हासन ने श्रीदेवी को बच्चों की तरह पाला था। कमल हासन बेसुध ट्रेन के पीछे दौड़ता रहता है और श्रीदेवी कहती है- "कोई पागल है शायद।" बैकग्राउंड में लोरी बज रही थी- 'सुरमई अँखियों में नन्हा-मुन्ना एक सपना दे जा रे...' यह गाना कमल हासन तब गाता था जब श्रीदेवी को नींद नहीं आती थी।

यही गाना चंद्रप्रकाश भी गाया करते थे, जब छुटकी छोटी थी। उसे सुलाने के लिए। 'निंदिया के उड़ते पाखी रे, सपनों में आजा साथी रे...' जैसे ही चंद्रप्रकाश गाते थे, छुटकी सो जाती थे। उसे पापा की आवाज़ में यह गाना इतना पसंद था कि वह इस गाने को सुने बिना सोती ही नहीं थी। सुलेखा अक्सर चिढ़ती थी कि तुम उसकी आदत मत ख़राब करो, नहीं तो वह यही लोरी सुने बिना सोएगी नहीं। लेकिन तब चंद्रप्रकाश कहते थे कि मैं अपनी बेटियों से दुलार करना क्यों छोड़ दूँ? आदत लग जाएगी तो क्या हो गया? मैं उन्हें रोज़ गाना सुनाकर सुलाऊँगा।

चंद्रप्रकाश को डर लगने लगा कि अगर उनकी बेटी उन्हें भूल गई तो कहीं वह भी पागल तो नहीं हो जाएँगे?

18

चंद्रप्रकाश अगली सुबह उठे तो वही पुराना क्रम शुरू हो गया।

सुबह उठना, गैसेक्स और दिल की दवाई खाना, स्कूटर उठाना, दफ़्तर जाना, सब्ज़ी मंडी जाना, परचून की दुकान जाना और फिर घर आ जाना। ये क्रम कुछ दिनों के लिए टूटा हुआ था जब वह गाने लगे थे। तब ख़ुश थे। तब गैसेक्स और दिल की दवाई भी भूल जाते थे और सब्ज़ी मंडी जाना भी। अब फिर वही सब शुरू हो गया। आज वह कई दिनों बाद बीमार लग रहे थे। फिर से मशीनी दिखाई दे रहे थे। बीच में बिना दवाई भी तन-दुरुस्त लगने लगे थे, क्योंकि मन-दुरुस्त हो गए थे।

आज फिर झोला उठाया और झुके हुए कंधों से सब्ज़ी मंडी चल पड़े।

उमेश बालकनी में खड़ा था। वह उनकी शक्ल देखकर समझ गया कि कुछ तो माजरा है। गुप्ता जी हैरान-परेशान लग रहे हैं। आज चाल में भी फुर्ती नहीं है। वह पार्क में कसरत करते लोगों को ब्रह्मज्ञान बाँट रहा था, "राजेश भाई साहब, ये मास्क काहे बाँधे हुए हैं, इससे कुछ नहीं होने वाला। गिलोय में सोंठ, मेथी और हींग मिलाकर सुबह शाम खाइए। ये मास्क-फास्क पहनने से परदूषण-वरदूषण का कुछ नहीं उखड़ने वाला।"

"अरे गुप्ता जी, बंबई से भांजे ने फोन किया था। आपके बारे में बताया

था न उसे, तो बोला कि अंकिल से कहिए कि इंडियन आइडल में ऑडिशन दे आएँ, जल्दी बात बन सकती है।" उसने चंद्रप्रकाश को बुलाया लेकिन चंद्रप्रकाश ने मुड़कर उसे नहीं देखा। जैसे उमेश की बात उनके कानों से टकराकर बालकनी में वापस लौट गई। उनके हाथों में एक पर्ची थी जिस पर सब्ज़ी की लिस्ट लिखी हुई थी। उमेश ने दूसरा शिकार खोजा, सामने यादव जी टहल रहे थे। उनके लड़के का इंटर का रिज़ल्ट आया था और वह फ़ेल हो गया था। यादव जी ज़मीन में नज़रें गड़ाए टहल रहे थे। मिट्टी में न जाने क्या खोज रहे थे।

"राम राम यादव जी, लड़के का रिजल्ट तो आ गया होगा? अरे ये चौरसिया के लड़के को नब्बे परसेंट आया है। वह तो कोचिंग भी नहीं किया था कहीं।" उमेश ने कहा। यादव रास्ता बदलकर घर लौट गया।

उमेश बालकनी से यूँ बातें छोड़ रहा था जैसे किसी ने वहाँ स्टेनगन माउंट करके रख दी हो, जिससे वह पूरे मोहल्ले को छलनी कर देगा। उसके पास सबकी नब्ज़ थी, किसकी बेटी की शादी नहीं हो रही, किसका लड़का टेंथ में अच्छे नंबर नहीं ला पाया, किसका लड़का इंटर में फ़ेल हो गया, किसके लड़के की नौकरी नहीं लग रही, किसका लड़का बैंक पीओ जैसा टुच्चा एग्ज़ाम भी नहीं निकाल पाया, किसकी लड़की मायके लौट आई, वह सब जानता था। सबकी दुखती नब्ज़ पर पैर रखकर उसकी दुखती नब्ज़ को ताक़त मिल जाती थी। उसके एक-आध दुख कम हो जाते थे। यही उसके जीवन का राशन था और वह दूसरों के दुख पर ही पलता था।

चंद्रप्रकाश बचते-बचाते निकल गए।

सब्ज़ी मंडी पहुँचे तो सब्ज़ी वाला उन्हें देखकर ख़ुश हो गया। बाजू में अघोरी और ज्योतिषी भी बैठे थे। चंद्रप्रकाश ने बिना कुछ कहे तराज़ू पर चार बैंगन रखे, सब्ज़ी वाले ने आधा किलो का बाट रखा, बैंगन और बाट दोनों एकदम बराबर वज़न के निकले।

"गुप्ता जी! कसम बता रहे हैं, आपमें जो हुनर है न, वह पूरे कानपुर में किसी के पास नहीं है। बड़े टैलेंटेड आदमी हैं आप।" कहकर वह चंद्रप्रकाश के गले लग गया। ऐसा पिछले तीस साल से हो रहा था। चंद्रप्रकाश आते थे, अंदाज़ से तराज़ू के एक पल्ले पर सब्ज़ी रखते थे, सब्ज़ी वाला दूसरे पल्ले

पर बाट रखता था, तराज़ू टाँगता था और दोनों पल्ले थोड़ा-सा झूलकर एकदम बराबरी पर आ टिकते थे। सब्ज़ी वाले ने ये दैवीय शक्ति आज तक किसी और मनुष्य में नहीं देखी थी। उसके यहाँ दिन में सैकड़ों लोग सब्ज़ी लेने आते थे लेकिन ये चमत्कार सिर्फ़ चंद्रप्रकाश ही कर पाते थे। सब्ज़ी वाला मंत्रमुग्ध हो गया। जैसे भक्त ने भगवान देख लिया हो और वह झूमने लगा।

अगल-बग़ल वालों से कहने लगा, "इनसे मिलो। ये गुप्ता जी हैं। तीस साल से सब्जी ले रहे हैं हमारे यहाँ से। आज तक बिना बाट रखे इग्जैक्ट सेम वजन की सब्जी तौल देते हैं। मजाल है कि दस बीस ग्राम भी इधर-उधर हो जाए। गुप्ता जी एक बार फिर से कर के दिखाइए न।"

सब्ज़ी वाले ने चीख़कर अगल-बग़ल वालों को बुला लिया। जैसे चंद्रप्रकाश अभी जादू दिखाएँगे। मजमा लग गया और बीस लोग घेरकर खड़े हो गए।

"देखिएगा अभी गुप्ता जी बिना बाट के एक किलो भिंडी तौल देंगे।"

सब्ज़ी वाला अतिउत्साह में पगलाया जा रहा था। जैसे सर्कस में मोटरसाइकिल पर करतब दिखाने वाला मौत के कुँए में मोटरसाइकिल उतारने वाला हो और मास्टर चीख़ रहा हो- "मौत का कुआँ! मौत का कुआँ! अभी ये आदमी हैरतअंगेज़ करतब दिखाएगा और आप दाँतों तले उँगली दबा लेंगे।"

चंद्रप्रकाश लोगों के घेरे से निकलकर भाग जाना चाहते थे लेकिन निकल नहीं पा रहे थे। एक सज्जन पहले से ही ताली बजाने लगे। जान छुड़ाने के लिए चंद्रप्रकाश ने बेमन से थोड़ी भिंडी तराज़ू पर रख दी, सब्ज़ी वाले ने तराज़ू ऊँचा उठाया और उसके दूसरे छोर पर एक किलो का बाट रखा। दोनों पलड़े ऊपर नीचे झूलने लगे। सबकी साँसें अटक गईं। देखने वालों की आँखें गोल होकर बड़ी हो गईं। सब कुछ स्लो मोशन में होने लगा, जैसे किसी फ़िल्म का क्लाइमैक्स हो। तराज़ू भरतनाट्यम करने लगा। उसके पलड़े ऊपर नीचे करके चूँ-चूँ की आवाज़ कर रहे थे।

चार-पाँच सेकेंड की मशक्कत के बाद तराज़ू स्थिर हो गया और भिंडी का वज़न ठीक एक किलो निकला। सबने ताली बजाई और चंद्रप्रकाश रुआँसे-से वहाँ से घर भाग गए।

***

दफ़्तर पहुँचे तो बड़े बाबू बहुत नाराज़ थे। चंद्रप्रकाश को देखते ही बिफर गए क्योंकि पिछले कई दिन से वह समय से दफ़्तर आ-जा नहीं रहे थे। कभी बैंड की प्रैक्टिस के लिए ग़ायब रहे थे, कभी रियाज़ के लिए और कभी झील में सुकून तलाशने के लिए।

चंद्रप्रकाश डरकर खड़े थे। बड़े बाबू बड़ी, पहिए वाली रौबदार कुर्सी पर बैठते थे जिस पर सफ़ेद तौलिया बिछा रहता था। ये सफ़ेद तौलिया एक सरकारी अफ़सर के रुतबे की की सबसे ज़रूरी पहचान था। इस तौलिए पर एक भी दाग़-धब्बा नहीं था। उनकी कुर्सी के ठीक पीछे एक पोस्टर था जिसमें शेर मेमने पर झपट रहा था। उसने मेमने की गर्दन में दाँत गड़ा दिए थे। बड़े बाबू की मेज़ पर एक खिलौना रखा हुआ था जिसमें एक करतब-बाज़ ऊपर-नीचे डोलता रहता था और उसके डोलने से चूँ-चूँ की आवाज़ आती थी।

चंद्रप्रकाश चुप थे। पूरे कमरे में बस घड़ी की टिक-टिक और खिलौने की चूँ-चूँ गूँज रही थी। चंद्रप्रकाश को एसिडिटी हो रही थी लेकिन उन्होंने सन्नाटे की वजह से अपनी डकार रोक रही थी।

"कहाँ गायब रहते हैं आजकल! कब दफ्तर आ रहे हैं, कब जा रहे हैं, कुछ अता-पता ही नहीं है आपका।"

"सर थोड़ा तबियत गड़बड़ थी। अब से रेगुलर रहूँगा।"

"काम में मन लगाइए। और दफ्तर में चित्रहार चलाना बंद करिए।"

"सर अब मैं दफ्तर में कभी नहीं गाता।"

"तो मैं झूठ बोल रहा हूँ महेंदर?" बड़े बाबू ने ज़ोर से कहा।

"सर, चंदर, सर आप झूठ क्यों बोलेंगे!"

"तो चलिए फिर। जाइए काम करिए।" बड़े बाबू ने फ़रमान ज़ारी किया।

"सर मुझे फंड के पैसे निकालने थे। उसमें अगर थोड़ा मदद कर देते तो।" चंद्रप्रकाश ने जाते-जाते पूछा।

"क्यों?"

"सर, बेटी अमेरिका जा रही है पढ़ने। उसकी पढ़ाई में पचास-साठ लाख तो कम-से-कम लगेगा।"

"अकाउंट सेक्शन में जाकर गिरधारी से मिल लीजिए।"

***

चंद्रप्रकाश अकाउंट सेक्शन जा पहुँचे। गिरधारी उनका पुराना दोस्त था। उन्हें देखते ही ख़ुश हो गया।

"बड़े दिन बाद! किधर थे गुरु?" गिरधारी ने पूछा।

"बस यहीं और कहाँ! फंड का पैसा निकलवाना है।" चंद्रप्रकाश ने जवाब दिया।

"तो मतलब जा रहे हो बंबई? गुप्ता जी आप जैसे आदमी से मिलकर दिल खुश हो जाता है। मने इस उम्र में भी अपना सपना पूरा करने आप बंबई जा रहे हैं। कमाल है!"

गिरधारी जानता था कि चंद्रप्रकाश बंबई जाने के लिए सालों से पैसा इकट्ठा कर रहा थे। इस वजह से गिरधारी से ख़ूब बातें करते थे। दोस्ती हो गई थी क्योंकि गिरधारी के पास उनके सपनों को सच करने वाली जादू की छड़ी थी।

"नहीं, अब वह प्लान चेंज हो गया। अब बेटी को अमेरिका पढ़ने जाना है।" चंद्रप्रकाश ने सूने चेहरे से कहा।

"फिर बंबई?"

"पता नहीं।"

चंद्रप्रकाश गिरधारी के पास बैठ गए। उसने उन्हें फ़ॉर्म लाकर दिया। चाय पिलाई और फ़ॉर्म भरने में उनकी मदद की। वह अच्छी तरह समझता था कि उनके लिए फ़ंड के ये पैसे कितने मायने रखते थे। वह यह भी जानता था कि कितने साल जतन से उन्होंने ये पैसे सिर्फ़ इसलिए जोड़े थे कि इसके सहारे कभी तो अपना सपना पूरा ज़रूर करेंगे।

चंद्रप्रकाश का सूना चेहरा देखकर गिरधारी सोचने लगा कि भारतीय मिडिल क्लास अपने कितने ही सपने प्रोविडेंट फ़ंड के कंधे पर टाँगकर रखता है। वह चालीस साल से रेलवे के कर्मचारियों के फ़ंड का पैसा निकलवाते हुए ताज्जुब किया करता था कि हम कितनी ही इच्छाएँ बुढ़ापे के लिए किनारे करके रखते रहते हैं और जब बुढ़ापा आता है तो या तो इच्छाएँ नहीं बचतीं, या उम्र नहीं बचती या इच्छाशक्ति नहीं बचती। हमारे सपने, सपने ही रह जाते हैं।

गिरधारी के पास सुनाने के लिए कई कहानियाँ हो गई थीं। फ़ंड की एक-एक फ़ाइल अपने-आप में एक क़िस्सा थी।

एक फ़ाइल यह बताती थी कि फ़लाना अक्सर कहा करता था कि एक दिन फ़ंड का पैसा निकालकर दुनिया घूमूँगा लेकिन नहीं घूम पाया क्योंकि बुढ़ापा आते-आते उसे गठिया हो गया। एक फ़ाइल यह कहती थी कि राधेश्याम चौहान फ़ंड के पैसे से पहाड़ों पर अपने लिए घर लेना चाहता था लेकिन इसलिए नहीं निकाल पाया क्योंकि 59वाँ लगते ही वह हार्ट अटैक से सबसे ऊँचे पहाड़ पर भगवान जी के पास निकल लिया। उनके फ़ंड का पैसा प्रॉसेस करते-करते, गिरधारी अक्सर सोचा करता था कि एक दिन वह इन्हीं सब कहानियों पर ख़ुद एक कहानी लिखकर अपनी किताब छापेगा लेकिन इस सपने के लिए भी उसे फ़ंड का पैसा निकालना पड़ता।

यही सोचकर वह डर जाता था क्योंकि प्रोविडेंट फ़ंड की फ़ाइलें अक्सर हमारे सपनों की क़ब्रगाह होती हैं।

19

"छुटकी तुम निकल गई हो न?"

नील ने छुटकी से फ़ोन पर कहा। उसने सफ़ेद शर्ट पहनी हुई थी और वह फटाफट बाइक स्टार्ट कर रहा था। जल्दी में था।

"मैं घर पर ही हूँ। क्यों क्या हुआ?"

"ओ हेलो! वीजा अप्लिकेशन के लिए फोटो खिंचाने जाना था न? दो दिन में फॉर्म नहीं भेजा तो हम लोग इधर कानपुर में ही रह जाएँगे। भूल गई क्या?" नील ने याद दिलाया।

"ओह शिट! भूल गई थी, मैं आती हूँ। तुम निकलो, मैं सीधे स्टूडियो पहुँचती हूँ।"

छुटकी जल्दी-जल्दी फ़ॉर्मल कपड़ों में तैयार हुई, क्योंकि वो वीज़ा की फ़ोटो के लिए वह अच्छी दिखना चाहती थी। सुलेखा ने उसे दही-शक्कर खिलाया और छोटी-सी बिंदी भी लगा दी। छुटकी ने जल्दी से स्कूटी स्टार्ट की और उसके कान उमेठते हुए स्टूडियो भागी।

नील फ़ोटो खिंचा रहा था। पीछे नीला पर्दा था। नील ने छुटकी को देखकर फ्रस्ट्रेटेड लुक दिया। छुटकी ने सॉरी कहा। फ्रस्ट्रेशन में नील की फ़ोटो बिगड़ गई। कैमरामैन ने कैमरे में देखा तो चिढ़कर बोला।

"अरे दद्दा, मुँह काहे बिगाड़ रहे हैं? रोल खर्चा होता है बार-बार खींचने में।"

"डिजिटल कैमरा है। उसमें रोल कहाँ पड़ता है!" नील ने कहा।

नील के बाद छुटकी फ़ोटो खिंचाने बैठी। कैमरामैन ने कैमरे में उसकी फ़ोटो भी बिगड़ी हुई देखी तो बोला, "मैडम अपसेट हैं क्या? अमेरिका जाने वाले तो ऐसा चौचक मुस्कुराते हुए फोटो खिंचाते हैं कि उनको मुँह बंद करने को बोलना पड़ता है।" छुटकी थोड़ी कोशिश करके मुस्कुराई। नील पास आया और छुटकी को समझाते हुए बोला, "बी प्रैक्टिकल छुटकी। योर फादर विल मैनेज। ही इज अ ग्रोनअप मैन। और फिर कानपुर जैसी कचरा जगह में रखा ही क्या है!"

"मैडम हम बीस साल से वीजा के लिए फोटू हींच रहे हैं। अमेरिका जाने वाले तो एक कान से लेकर दूसरे कान तक चौड़ी हँसी हँसते हैं, थोड़ा इस्माइल करिए। आप अमेरिका जाके पाकिस्तान जाने वाला हँसी न हँसिए नहीं तो वीजा रिजेक्ट हो जाएगा।" कैमरामैन ने कहा।

छुटकी ने कुछ नहीं कहा। जैसे-तैसे हँसी और फ़ोटो खिंचाकर हॉस्टल चली गई।

वहाँ जाकर शाम तक अपने सारे डॉक्यूमेंट्स की फ़ाइल बनाती रही। तमाम बार चेक किया कि कुछ रह न जा रहा हो। एमआईटी ने एडमिशन प्रॉसेस के लिए पूरी चेकलिस्ट भेजी थी। छुटकी काग़ज़ पर उँगली रखकर पढ़ रही थी। हर्फ़ उँगली से छूने से सीधा दिमाग़ में उतर जाते हैं। वह सब कुछ अपने दिमाग़ में पक्का कर लेना चाहती थी। कुछ भूलने की गुंजाइश ही न रहे। उसने सारे ज़रूरी काग़ज़ के तीन सेट तैयार किए। एक ओरिजिनल का और दो फ़ोटोकॉपी के। अचानक याद आया कि एड्रेस प्रूफ़ तो घर पर ही रह गया है। कल तक वेबसाइट पर अपलोड करना था। झक मारकर वापस घर के लिए निकलना पड़ा।

छुटकी घर पहुँच ही रही थी तो देखा कि चंद्रप्रकाश फिर से मिश्रा के गराज में घुस रहे थे। वह चोरों की तरह दाएँ-बाएँ देखते हुए छोटे-छोटे क़दम रखते हुए अंदर जा रहे थे। छुटकी पहले भी उन्हें इस तरह से बचते-बचाते वहाँ घुसते देख चुकी थी। उनका इस तरह से गराज में घुसना यूँ मालूम होता था जैसे किसी

सीक्रेट प्रोजेक्ट पर हैं। अचानक उसे संदेह-सा होने लगा। पापा बार-बार गराज में क्यों जाते हैं? उधर तो अब कोई भी नहीं आता। कितने साल से ख़ाली पड़ा हुआ है। मिश्रा अंकल और पिंटू भी अब वहाँ नहीं जाते।

छुटकी ने स्कूटी किनारे लगाई और उनका पीछा करते हुए गराज के अंदर गई।

वह दंग रह गई। दो मिनट के लिए उसके पैर सुन्न हो गए।

अंदर वह जो कुछ भी देख रही थी वह कल्पना थी या वास्तविकता, ये समझ पाना आसान नहीं था।

अंदर उसके पिता झूम-झूम कर गा रहे थे, जैसे किसी रॉकस्टार का कोई कॉन्सर्ट चल रहा हो। लेकिन सुनने वाला कोई नहीं हो। सामने चालीस कुर्सियाँ रखी हुई थीं। कुर्सियों पर लोग तो नहीं बैठे हुए थे लेकिन चंद्रप्रकाश ने दफ्ती और कार्डबोर्ड से इंसानों के कटआउट बनाकर कुर्सियों पर बिठाए हुए थे।

कुछ एक कुर्सियों पर तकिया और मसनद रख दिए थे। हर एक मसनद पर आँख-नाक-कान बनाकर इंसानों के डमी जैसे बनाकर बिठा दिए थे। वह इनसे बातें कर रहे थे और इन्हें गाना भी सुना रहे थे।

चूँकि असली जीवन में चंद्रप्रकाश को सुनने वाला कोई नहीं था, इसकी टीस और पीड़ा इतनी भारी थी कि उन्होंने दो महीने पहले गराज में एक झूठा ऑडिटोरियम बना लिया था। अपने सपनों की झूठी दुनिया बनाई, जहाँ वह रोज़ाना कॉन्सर्ट किया करते थे। घर वालों और मोहल्ले वालों से छुपकर यहाँ रोज़ गाने आते थे। बेजान इंसानी कटआउट्स को गीत सुनाते थे।

आम इंसानों के अलावा उन्होंने अपने गुरुओं के पोस्टर्स भी कुर्सी पर बिठा रखे थे। वो बड़े-बड़े आदमक़द पोस्टर्स ए-वन फ़ोटो स्टूडियो से उठा लाए थे।

एक मसनद पर मोहम्मद रफ़ी का पोस्टर गोलाई में रैप कर दिया था। एक मसनद पर किशोर कुमार चिपकाए गए थे। कुर्सियों की पहली पंक्ति वीआईपी और कुछ ख़ास लोगों के लिए रिज़र्व थी। किशोर दा और रफ़ी साहब के बाजू में के.एल. सैगल, पंचम दा, नौशाद, सचिन देब बर्मन विराजमान थे। लता जी और आशा जी भी विराजमान थीं। देश के सारे आला दर्जे के सिंगर और संगीतकार महफ़िल जमाकर बैठे हुए थे।

वह पहली दफ़ा यहाँ तब आए थे जब दो महीने पहले छुटकी और मिट्टू

से पहली बार झगड़ा हुआ था और उन्होंने कहा था कि इस उम्र में कोई सिंगर नहीं बन सकता, बेहतर होगा कि आप टहलो, घूमो और योगा करो। उस दिन वह बाज़ार से तमाम सारे गत्ते ले आए थे और उन्होंने अपनी झूठी-सच्ची दुनिया की रचना शुरू कर दी थी। कुछ दिन की मेहनत से उन्होंने दफ़्ती और गत्ते से चालीस लोग रच दिए थे।

उन्होंने कोडैक के फ़ोटो स्टूडियो के बाहर इंसानों के ऐसे आदमक़द मॉडल ख़ूब देखे थे। चालीस लोगों में से तीन छुटकी, सुलेखा और मिट्ठू भी थे। तीनों को बिंदी लगाई थी। काले स्केच पेन से बाल भी बनाए थे। सुलेखा थोड़ी मोटी और मिट्ठू-छुटकी दुबली-पतली।

पिंटू और अन्नू ने भी इसमें उनकी ख़ूब मदद की थी। जब वह गाने आते थे तो पिंटू एक पुरानी कार की हेडलाइट ऑन कर देता था, जो सीधे चंद्रप्रकाश के चेहरे पर स्पॉट लाइट की तरह पड़ती थी। हेडलाइट जलते ही वह हाथ हिलाते हुए आते थे, जनता का अभिवादन करते थे और शर्माकर गाने लगते थे।

ऐसा लगता था जैसे उन्होंने अपना ख़ुद का बड़ा भारी कॉन्सर्ट जमा दिया हो। झूठा ही सही। लेकिन दिल बहलाने के लिए एकदम सच्चा।

छुटकी फूट-फूटकर रोने लगी। उसे दो मिनट के लिए लगा कि पिता कहीं पागल तो नहीं हो गए हैं! ऐसे बेजान लोगों से बात कर रहे हैं।

चंद्रप्रकाश ने आज चार लाइनें गाईं और फिर दौड़कर दूसरे कोने में गए। वहाँ रखा टेप रिकॉर्डर ऑन किया। टेप रिकॉर्डर बोला- 'वंस मोर... वंस मोर... वंस मोर...'

ये आवाज़ चंद्रप्रकाश की ही थी। उन्होंने अपनी ही आवाज़ में ख़ुद के लिए तारीफ़ें रिकॉर्ड कर ली थीं। उन्होंने गाना ख़त्म किया तो टेप रिकॉर्डर फिर 'वंस मोर' बोला। फ़रमाइश पर उन्होंने दुबारा गाना परफ़ॉर्म किया। फिर दौड़कर टेप रिकॉर्डर दबाया तो अंदर से उनकी ही आवाज़ आई- "तो ये थे हमारे चंद्रप्रकाश गुप्ता जी। हमारे अपने, कानपुर के किशोर कुमार।"

चंद्रप्रकाश ने झुककर सबको धन्यवाद कहा।

"तो चंद्रप्रकाश जी आप इतने सुंदर गाने के लिए और जीवन में इस मुक़ाम पर पहुँचने के लिए किसे शुक्रिया करना चाहेंगे?" टेप रिकॉर्डर ने पूछा।

चंद्रप्रकाश माइक के और क़रीब आ गए। कहने लगे, "देखिए जी, मैं

इसका सारा श्रेय अपनी दोनों बेटियों मिट्ठू और छुटकी को देना चाहता हूँ। अगर वे दोनों न होतीं तो मैं इस उमर में गाने का सपना देख भी नहीं पाता। उनके होने से मुझे बल मिलता है कि जैसे मैं कुछ भी कर सकता हूँ। मैं उनका पापामैन हूँ न!"

छुटकी ज़मीन पर बैठ गई। मुँह दबाकर रो रही थी। कहीं पापा सुन न लें।

"लेकिन चंद्रप्रकाश जी, आप इस उम्र में सिंगर बन तो नहीं सकेंगे?" टेप रिकॉर्डर से चंद्रप्रकाश की आवाज़ आई तो उन्होंने संजीदा होकर जवाब में कहा- "देखिए जी, लोगों को लगता है कि आदमी बूढ़ा हो जाए तो उसकी जिंदगी खतम हो जाती है। उसे बस वैष्णो देवी हो आना चाहिए। चार धाम हो आए तो और अच्छा। लेकिन मैं ये नहीं मानता। आपको मालूम है, फौजा सिंह जी 94 साल की उम्र में मैराथन दौड़ते हैं। धीरे-धीरे ही सही लेकिन दौड़ते तो हैं। अगर कोई उनसे पूछे कि आप तो किसी से आगे भी नहीं निकलते फिर दौड़ने का क्या फायदा? तो जानते हैं वह क्या कहेंगे? वह कहेंगे कि मैं अपनी उम्र से आगे-आगे दौड़ता हूँ। कितनी कमाल की बात है न! आपको एक और किस्सा बताऊँ? 94 साल की एक और महिला हैं, हरभजन कौर। उन्होंने 94 साल की उम्र में बेसन की बर्फी बनाने का काम शुरू किया क्योंकि उनको जिंदगी भर बस यह मलाल था कि उन्होंने खुद के लिए एक पैसा नहीं कमाया। कोई भी कहेगा कि वह दस-पाँच रुपये कमाकर क्या ही कर लेंगी। लेकिन बात यह नहीं है। आदमी की जब अर्थी उठे तो उस पर बस उसका शरीर जाना चाहिए। पछतावा और मलाल नहीं। पछतावे का वजन इंसान के शरीर के वजन से सौ गुना भारी होता है। चार लोगों के कंधे पर भी नहीं उठता। इसी बात पर एक गाना और हो जाए?"

चंद्रप्रकाश ने फिर से टेप रिकॉर्डर पर 'वंस मोर' बजाया और गाने लगे।

"ज़िंदगी एक सफ़र है सुहाना... यहाँ कल क्या हो किसने जाना..."

"दोस्तों, ये गाना मेरी बेटी छुटकी को बड़ा पसंद है। इसलिए आज का कॉन्सर्ट मैं इसी गाने के साथ खत्म करना चाहता हूँ... अरे उडलेई उडलेई ओऊ... आहाहा..."

चंद्रप्रकाश अपनी धमाकेदार परफ़ॉर्मेंस ख़त्म करके स्टेज से उतर आए। सारी कुर्सियों से एक-एक करके हाथ मिलाया। किशोर दा से, रफ़ी साहब

से, छुटकी-मिट्ठू-सुलेखा से, सैगल साहब से और लता जी से। एक कुर्सी पर बड़े बाबू की नेम प्लेट भी लगी हुई थी लेकिन वह कुर्सी स्टेज के उलटी तरफ़ देख रही थी। चंद्रप्रकाश ने उन सबको झुककर शुक्रिया भी कहा और फिर वह हाथ हिलाते हुए गराज से निकल आए।

छुटकी छिपकर घंटों रोती रही। आज उसने अपने पिता को फिर से खोजा था। री-डिस्कवर किया था। उसे रोकर अच्छा लग रहा था। रोने से मन का धुँधलका साफ़ हो जाता है। हमें वह दिखने लगता है जो रोज़ देखते हुए भी नहीं दिख पाता। छुटकी आज वह सब देख पा रही थी जो उसे बरसों से नहीं दिखा। आज वह अपने पापा में सचमुच का पापामैन देख पा रही थी।

20

छुटकी रोते-रोते गराज में ही सो गई थी। रात में नींद खुली तो घर आई।

पिता के कमरे में गई तो चंद्रप्रकाश सो रहे थे। बिस्तर के बाज़ू में एक टोकरी रखी थी, जिसमें छुटकी के बनाए ग्रीटिंग काड्र्स और लेटर्स रखे हुए थे। एक डायरी थी जो उनकी छाती पर औंधी रखी थी। छुटकी ने पापा को अक्सर डायरी लिखते देखा था लेकिन कभी डायरी पढ़ने की कोशिश नहीं की थी। क्योंकि वह पिता की निजी ज़िंदगी में झाँकना नहीं चाहती थी।

आज न जाने क्यों उसे ऐसा लगा कि वह अपने पिता को जानती ही नहीं है। शायद डायरी पढ़कर वह अपने पिता को सचमुच जान पाए। इसलिए वह डायरी पढ़ने लगी। डायरी में छुटकी के बचपन से लेकर आज तक की तमाम बातें थीं। मालूम हुआ कि उसके पिता भी कहीं-न-कहीं उसकी माँ ही हैं। माँ की कोमलता, माँ की करुणा और माँ का कच्चा दिल उनके अंदर भी है, जिसके बारे में उन्होंने छुटकी को कभी नहीं बताया। वह पढ़कर जान पा रही थी कि उसके पिता सिर्फ़ सुपरमैन नहीं हैं। वह कच्चे भी हैं।

डायरी के पहले पन्ने पर लिखा था- 'छुटकी को दो दाँत आ गए हैं। वह हर चीज कुतरने की कोशिश करती है, जैसे कोई छोटा-सा सुंदर खरगोश गाजर खा रहा हो। उसके आगे के दाँत एकदम पंचम दा के दाँत जैसे लगते हैं।'

अगले पन्नों पर लिखा था- 'छुटकी और मिट्ठू क्लास में फर्स्ट आईं। दोनों को इनाम में एक थाली और गिलास मिला। सुलेखा ने उसे खाने के बर्तन में मिला दिया था। सुलेखा भी न!'

'मैं अपनी बेटियों के सारे सपने पूरा करूँगा। भले ही मैं अपने सपने पूरा न कर सका, लेकिन सपने अधूरे रह जाने की पीड़ा मैं उनके हिस्से नहीं आने दूँगा।'

'छुटकी आज साइकिल चलाना सीख गई।'

छुटकी को साइकिल वाली बात अच्छी तरह याद थी। वह रोते-रोते यादों के पुराने गलियारे में चली गई जैसे उसकी आँखों के सामने कोई फ़िल्म चल रही हो। उसने देखा कि छुटकी साइकिल पर बैठी हुई है और डर रही है। चंद्रप्रकाश उसे साइकिल चलाना सिखा रहे हैं। वह लगभग दस साल की है और चंद्रप्रकाश चालीस साल के।

"पापा, मैं फिर से गिर जाऊँगी।" छुटकी ने कहा।

"अरे नहीं गिरेगी बेटा। मैंने साइकिल में स्टैंड लगवाया हुआ है न!" पिता ने कहा था।

छुटकी देखती है कि साइकिल में दोनों बाज़ू पहिए वाले स्टैंड लगे हुए हैं और वह आश्वस्त होकर साइकिल पर बैठ जाती है। चंद्रप्रकाश उसके साथ दौड़ते हुए उसे साइकिल चलाना सिखाने लगते हैं। छुटकी दो बार डरकर वापस देखती है, स्टैंड लगे हुए हैं। अब वह डरना छोड़कर तेज़ चाल से साइकिल चला रही है। चंद्रप्रकाश साथ में दौड़ रहे हैं। छुटकी ख़ुश होकर ज़ोर से हँस रही है।

चंद्रप्रकाश धीरे से दोनों स्टैंड ऊपर उठा देते हैं और छुटकी बिना स्टैंड के साइकिल चला रही है। वह पीछे देखती है। पापा दूर खड़े हैं। वह फिर देखती है। अब स्टैंड नहीं है। वह डरती है। पापा मुस्कुराकर दिल पर हाथ रखकर उसे आगे चलाते रहने को कहते हैं। वह तमाम देर तक बिना गिरे साइकिल चलाती है और फिर एक लंबा चक्कर काटकर उनके पास आती है। पिता कहते हैं, "मैंने बोला था न, तू चला लेगी! साइकिल में स्टैंड लगा हुआ था। स्टैंड होने से सहारा रहता है।"

"स्टैंड नहीं था। आप थे। आपके होने से सहारा रहता है।" छुटकी ने उन्हें

गले लगाकर कहा था।

वह यादों के गलियारे से वापस टहलकर आज में लौट आई।

सारे काड्र्स, डायरी और लेटर्स लेकर अपने कमरे में चली आई। उन्हें रात भर पढ़ती रही और अपने पापामैन को फिर से खोजती-पहचानती रही।

कितनी ही बातें थीं जो वह भूल चुकी थी, डायरी पढ़कर एक-एक करके सब बातें याद आ रही थीं। एक बार छुटकी को कॉलोनी के लड़कों ने क्रिकेट नहीं खेलने दिया था। यह कहकर कि वह बड़े बच्चों का गेम खेलने के लिए बहुत छोटी है। छुटकी रोते-रोते घर आई थी तो चंद्रप्रकाश से रहा नहीं गया। उन्होंने छुटकी को अपने कंधे पर बिठा लिया और बच्चों के पास लड़ने पहुँच गए। कहने लगे- "अब हो गई न ये बड़ी? है कोई यहाँ इससे लंबा?" बच्चे हँसने लगे और उन्होंने छुटकी को खिला लिया।

चंद्रप्रकाश पूरा दिन छुटकी को कंधे पर लादे हुए दौड़ते रहे और उसे क्रिकेट खिलाते रहे।

***

छुटकी सुबह होते ही मिट्ठू के घर गई। उसे पूरा वाक़या सुनाया। मिट्ठू को भी छुटकी की बात पर भरोसा नहीं हो रहा था। एकबारगी उसे भी लगा जैसे वह भी अपने पिता को एकदम नहीं जानती थी। पिता मन से कितने उदार थे! अंदर कितना दुख उन्होंने ज़ब्त कर लिया था! उन्होंने अपनी ख़ुशी तो हमेशा दोनों बेटियों से बाँटी लेकिन जब दुख बाँटने की बारी आई तो दो क़दम पीछे चले गए। बस मन-ही-मन अपना सपना कुचलते रहे और बेटियों से मुस्कुराते रहे। कभी लड़ाई झगड़ा भी नहीं किया। यूँ पेश आते रहे जैसे बेटियों ने उनके साथ कुछ ग़लत नहीं किया।

मिट्ठू छुटकी का हाथ पकड़कर उसे चुप करा रही थी। छुटकी थोड़ी देर में शांत हो गई। दोनों ने थोड़ी देर तक एक-दूसरे से कुछ नहीं कहा।

"हमसे बहुत बड़ी ग़लती हो गई है।" छुटकी ने कहा।

"मिट्ठू, कौवा बोल रहा है।" पीछे-से मिट्ठू की सास की आवाज़ आई।

"चुप हो जा। हम सब ठीक कर लेंगे।" मिट्ठू ने सास को अनसुना कर छुटकी को समझाया।

"मिट्ठू, ऊपर बाँस का अचार पड़ा हैं। कौवा खा रहा है। देख आओ।" सास ने फिर कहा।

"इतने अचार क्यों खाने हैं?" मिट्ठू चीख़ी। उसने कभी तेज़ आवाज़ में अपनी सास से बात नहीं की थी। सास अचकचा गई।

"हैं?" सास ने पूछा।

"हाँ, क्यों खाने हैं इतने अचार?" मिट्ठू ने फिर डाँटकर कहा।

"क्यों खाने हैं का क्या मतलब है?" सास अब डर गई थी।

"डॉक्टर हूँ मैं। और आप लोग अचार रखवा रहे हो। कभी कटहल का अचार, कभी नींबू का, कभी करौंदे का, कभी गोभी और कभी गाजर का। मैं बस दिन भर अचार डालूँ और कौवे उड़ाती फिरूँ? भाड़ में गए आपके अचार! और तो और ये बाँस का अचार कौन खाता है यार! और दो-चार आचार कौवा खा भी गया तो कौन-सी आफत आ जाएगी!"

मिट्ठू की सास उसे देखती रह गई। वह अवाक थी। मिट्ठू को ग़ुस्से में देखकर छुटकी की हँसी छूट गई लेकिन वह अपनी हँसी छुपा गई।

"और हाँ, आज के बाद छुटकी और मेरे पापा को उल्टा-सीधा कुछ मत कहना, नहीं तो मुझसे बुरा कोई नहीं होगा। चल छुटकी!"

मिट्ठू छुटकी को लेकर चली गई। छुटकी स्कूटी चला रही थी और मिट्ठू पीछे बैठी हुई थी। दोनों ज़ोर-ज़ोर से हँस रहे थे।

"ये लोग सच में बाँस का अचार खाते हैं?" छुटकी ने पूछा।

"अरे हाँ यार, जिंदगी में बाँस करके रखा हुआ है।"

दोनों एक वाइन शॉप पर रुके और वहाँ से अपने पापा की फ़ेवरेट स्कॉच की बोतल ख़रीदी।

दोनों घर पहुँचीं तो छत पर चंद्रप्रकाश और पिंटू बैठे थे। दोनों दारू पी रहे थे। चंद्रप्रकाश आम तौर पर यूँ किसी और के साथ दारू नहीं पीते थे इसलिए अचानक छुटकी और मिट्ठू को देखकर थोड़ा-सा चौंक गए। अपना गिलास छुपा लिया। पिंटू ने भी अपना पैग छुपा लिया। दोनों ऐसे बैठ गए जैसे वहाँ कुछ हो ही नहीं रहा था।

"ये आप पिंटू के साथ कब से पीने लग गए!" छुटकी ने चिढ़कर पूछा।

"क्यों न पिएँ! और क्या अंकलजी ने बागबान नहीं देखी! अंकलजी तो

जानते ही हैं कि बागबान में अमीता वच्चन के बच्चे तो आखिर में उसे निकाल ही देते हैं न। काम तो बाद में फिर सलमान ही आता है जिसको गोद लिया था।" पिंटू नशे में लड़खड़ाते हुए बोला।

"सुन, तू न, आज के बाद अगर ये बागबान वाला फुद्दू जोक मारा न, तो छत से नीचे फेंक दूँगी मैं तुझे। ये सिर्फ हमारे पापा हैं।" छुटकी चिढ़ गई थी। उसे अपने पापा को बाँटना अच्छा नहीं लग रहा था। जब वह छोटी थी और सुलेखा चंद्रप्रकाश के नज़दीक आकर बैठ जाती थी तो छुटकी उसे किनारे सरकाकर दोनों के बीच में ज़बरदस्ती बैठ जाती थी।

छुटकी और मिट्ठू ने चंद्रप्रकाश को गले लगा लिया और उनकी आँखों में आँसू आ गए। उन्हें रोता देख चंद्रप्रकाश असहज हो गए और उन्हें हँसाने की कोशिश करने लगे।

"अरे, तुम दोनों रोने क्यों लगीं? ये पिंटू तो ऐसे ही आ गया छत टाप के। वह बत्ती नहीं आ रही थी न..."

"अच्छा चल मेरे लिए जल्दी से पैग बना।" चंद्रप्रकाश ने कहा।

"सोडा या पानी?" छुटकी ने पूछा।

"स्कॉच है। ऑन द रॉक्स पीते हैं बुद्धू।" चंद्रप्रकाश हँसने लगे। छुटकी भी आँसू पोछकर मुस्कुराई।

"मिट्ठू, बेटा तू अचानक कैसे?"

"मेरा घर है। अपने घर में कोई अचानक कैसे आता है! अपने घर में तो आदमी बस आ जाता है जब उसका जी करता है।" मिट्ठू ने यूँ ही कह दिया था लेकिन चंद्रप्रकाश सोच में पड़ गए।

"ये तो एकदम कोई सुंदर-सी कविता जैसी बात कह दी बेटा तूने। अपने घर में कोई अचानक कैसे आ सकता है- बिलकुल ठीक बात है। मैं छुटकी से तो कभी नहीं कहता कि तू अचानक कैसे आ गई? बेटियों की न, कभी शादी नहीं होनी चाहिए। उन्हें हमेशा बाप के साथ रहना चाहिए।"

"पापा, वह गाना सुनाओ न जो आप बचपन में हमारे लिए गाते थे।" मिट्ठू ने दरख़्वास्त की।

"गाना? नहीं नहीं, आज मेरा गला खराब है।"

"पापा प्लीज गाओ न।"

"अरे नहीं बेटा, सच में। ठंड से मेरा गला बैठ गया है, गाया ही नहीं जा रहा है।"

"पापा, कान पकड़कर सॉरी! सुनाओ न प्लीज!"

"ओये पाप लगाओगी क्या! बेटियाँ बाप से कभी सॉरी नहीं कहतीं। बस हुकुम चलाती हैं। वो ऐसे ही अच्छी लगती हैं।" उन्होंने मिट्ठू के कान से उसके हाथ छुड़ा लिए और उन्हें चूम लिया।

चंद्रप्रकाश गाने लगे- "ज़िंदगी के सफ़र में..." दोनों बेटियाँ मंत्रमुग्ध-सी सुनती रहीं। उन्होंने पहले भी चंद्रप्रकाश को गाते सुना था लेकिन इस तरह से नहीं सुना था। वही आवाज़ जो वे रोज़ सुनती थीं लेकिन वह पहले कभी इतनी मीठी नहीं लगी थी।

"पापा आप कितना सुंदर गाते हो! आई एम रियली प्राउड ऑफ यू।" छुटकी ने कहा और यह सुनकर चंद्रप्रकाश रोने लगे।

ऐसा नहीं था कि वह न जानते हों कि वह कितना सुंदर गाते थे। और ऐसा भी नहीं था कि उनको किसी से न बताया हो कि उनकी आवाज़ कितनी मीठी है। लेकिन हम अक्सर अपनी तारीफ़ उनसे ही सुनना चाहते हैं जिन्हें हम सबसे ज़्यादा प्यार करते हैं, जो हमारे अज़ीज़ हैं। पूरी दुनिया से मिला प्यार एक तरफ़ होता है और अपने प्यार से मिला प्यार एक एक तरफ़।

आप ऐसे एक पल के सहारे पूरी ज़िंदगी काट सकते हैं जब आपकी ज़िंदगी में सबसे महत्त्वपूर्ण शख़्स आपको गले लगाकर यह बता दे कि आप कितने ख़ूबसूरत हैं, कितने अलग हैं और कितने अच्छे हैं। इसीलिए अपने अज़ीज़-ए-मन को गले लगाकर ऐसा अक्सर करना चाहिए। ऐसा करने से उम्र बढ़ती है। हमारी भी और हमारे प्यारों को भी।

चंद्रप्रकाश गाते-गाते वहीं कुर्सी पर सो गए। मिट्ठू उनका माथा चूमकर उन्हें अंदर सुला आई।

छुटकी पिंटू के पास आकर बैठ गई।

आज दोनों पहली बार इतना क़रीब बैठे थे। छुटकी पिंटू को प्यार से देख रही थी। पिंटू को साँस नहीं आ रही थी। सीने में एक धौंकनी चल रही थी। उसका बाज़ू छुटकी के बाज़ू से छू भी गया था शायद। उसे न जाने क्यों डर लगा रहा था। रात के सन्नाटे से उसे और घबराहट हो रही थी। झींगुरों की

आवाज़ भी सुनाई दे रही थी। उस पर जब छुटकी की साँसों की आवाज़ सुनाई देने लगी तो वह भाग जाना चाहता था। उसे छुटकी के इतना क़रीब आ जाने की आदत नहीं थी। उसे सपने देखने की आदत थी लेकिन सपने को हक़ीक़त में बदलते देखने से वह डर जाता था। वह छुटकी की गहरी आखों में झाँक सकता था। उनकी गहराई देखकर उसका जी गश खाने को हो रहा था। सिर ऐसे चकरा रहा था जैसे आसमान से झाँककर समंदर की तलहटी देख रहा हो।

"थैंक यू! तू आजकल पापा का खयाल रखता है। हम तो अपने में ही मगन हो गए।"

"मैं तो आपके लिए कर रहा था छुटकी जी।" पिंटू ने हिम्मत करके कहा।

"क्या?"

"कुछ नहीं।"

पिंटू ने बात बदल दी। छुटकी ने सुन लिया होता तो?

"तुझे पता है, बचपन में मुझे जब कुछ चाहिए होता था, तब मैं ऐसा भोला-सा 'पपी फेस' बनाकर बैठ जाती थी।" छुटकी ने छोटे से पपी जैसा मासूम चेहरा बनाकर दिखाया।

"मेरा चेहरा देखकर ही पापा समझ जाते थे कि मुझे कुछ चाहिए। आजकल मुझे कभी-कभी उनका चेहरा देखकर उसी की याद आती है, पपी फेस की। जैसा मैं साइकिल खरीदने की जिद करने पर बनाती थी। मुझे लगता है कि वह भी मुझसे कुछ माँगना चाहते हैं लेकिन माँग नहीं रहे हैं।"

"तो बिना माँगे दे दीजिए। उनके कहने का वेट क्यों कर रही हैं आप?"

"डर लगता है यार, अगर उनका सपना पूरा नहीं हुआ तो ये छोटा शहर है यार, यहाँ सब बस आपका मजाक बनाते हैं।"

"एक बात बताइए। जब पपी फेस बनाने पर आपको पापा ने साइकिल लाकर दी थी तो आपने साइकिल चलाई थी?"

"हाँ!"

"गिरी थीं?"

"हाँ, चढ़ते ही गिरी थी!"

"आप साइकिल तो लाकर दीजिए। गिरेंगे तो गिरेंगे। आप बेकार में स्ट्रेस बहुत करती हैं। अब गिरने के डर से साइकिल ही नहीं लाकर देंगी तो कोई

कैसे चलाएगा।" पिंटू ने पहली बार हिम्मत करके छुटकी को कोई बड़ी बात समझाने की कोशिश की थी, इसलिए उसने बड़ा डरकर थूक गटका था और फिर अपनी बात कही थी।

"तू उतना भी बुद्धू नहीं है जितना लगता है।" छुटकी अब पिंटू को री-डिस्कवर कर रही थी।

"अरे हम बहुत बुद्धू हैं।" पिंटू ने कहा। उसे छुटकी का 'प्यारा-सा बुद्धू' होना बहुत सुंदर लगता था।

दोनों हँसने लगे। नील का लगातार फ़ोन आ रहा था। छुटकी उसे काट दे रही थी। पिंटू को आम तौर पर जलन नहीं होती थी, लेकिन आज हो रही थी। पहले कभी छुटकी ने उसे प्यार से बुद्धू भी तो नहीं कहा था। कभी प्यार से छुटकी उसके क़रीब भी तो नहीं बैठी थी। वह ख़ुशफ़हमियाँ पालता भी तो किस मुग़ालते से। संकोच के साथ उसने कहा, "क्या बात है? नींद नहीं आ रही होगी नील भैया को आपके बिना?"

"ऐसा कुछ नहीं है। यूएस के वीजा के लिए तमाम काम हैं। इसलिए फोन कर रहा होगा, बहोत स्ट्रेस है।"

"आप वहाँ नील भैया के साथ रहेंगी?" पिंटू की आँखें सवाल से गोल हो गईं। उसकी साँस अटक गई थी। वह मना रहा था कि छुटकी इसके जवाब में 'न' कह दे।

"हॉस्टल में रहूँगी बे। नील के साथ क्यों रहूँगी!" छुटकी ने कहा तो पिंटू ख़ुशी से चमक गया।

"हाँ हाँ, बिलकुल ठीक है। हॉस्टल में ही रहेंगी। और वैसे भी, नील भैया में वह बात नहीं है, जो आप में है। कहाँ आप और कहाँ वो!" पिंटू ने कहा। वह खिलखिला रहा था। जैसे वह कितना बड़ा बुद्धू था। इतनी छोटी-सी बात उसके दिमाग़ में क्यों नहीं आई?

"फ्लर्ट कर रहा है मुझसे?" छुटकी ने पूछा।

"आपसे फ्लर्ट करने की औकात नहीं है मेरी। बस मैं ये कह रहा था कि कुछ मदद चाहिए तो बता दीजिएगा। बंदा हाजिर हो जाएगा। आखिर शादी किए हैं आपके साथ। सात जनम तक तो निभाना ही पड़ेगा।" पिंटू ने एकदम साफ़-साफ़ कहा।

"अभी पापा की मदद करते हैं। फिर तू मेरी कर देना। मैं जाने से पहले उनके लिए कुछ करना चाहती हूँ।"

"वैसे अमेरिका जाना जरूरी थोड़ी है, मतलब, आप इतनी रेजर शार्प लड़की हैं। इतनी अच्छी हैं। आपके जैसे सारे अच्छे लोग देश छोड़कर चले गए तो देश को अच्छा कौन बनाएगा! जादा बोल दिए क्या?"

"नहीं, इट्स ओके!" छुटकी ने कहा तो पिंटू को हौसला आ गया। बाक़ी उसने दारू तो पी हुई ही थी, थोड़ा हौसला वहाँ से भी आया था।

"आप अपने पापामैन को छोड़कर कैसे जाएँगी? मैं बचपन से आपका पड़ोसी हूँ, पच्चीस सालों से देख रहा हूँ अंकल जी के पास आपके और मिट्ठू दीदी के अलावा कोई बात नहीं है करने के लिए। हमारे घर जब भी आते थे तो टेप की तरह बजना शुरू हो जाते थे- छुटकी के गणित में बीस में से बीस नंबर आए, छुटकी ने मेरे लिए ग्रीटिंग कार्ड बनाया, मिट्ठू ने उसमें कलर करके वर्ल्ड्स बेस्ट पापा लिखा, छुटकी ने दसवीं में टॉप मारा, मिट्ठू डॉक्टर बन गई, छुटकी ने आईआईटी निकाल दिया, छुटकी तो एक दिन नासा जाएगी। छुटकी और मिट्ठू, छुटकी और मिट्ठू, छुटकी ये, छुटकी वो... मेरे पापा कहते थे कि गुप्ता जी कभी कुछ और बात भी कर लिया करिए, आप छुटकी-मिट्ठू कह-कहकर बोर कर देते हैं। तो आपके पापा कहते थे कि- देखिए जी, मेरी दुनिया तो मेरी बेटियाँ ही हैं बस। आपकी बोरियत के लिए मैं अपनी सुंदर-सी दुनिया तो बदल नहीं लूँगा। मेरा सब कुछ तो बस वही दोनों हैं- और बस फिर शुरू हो जाते थे, छुटकी मिट्ठू... छुटकी मिट्ठू... आप ऐसे पापामैन को छोड़ कर कैसे जा जाएँगी?"

छुटकी कुछ कह नहीं पा रही थी। वह फिर रुआँसी हो रही थी।

"और सौ बात की एक बात और बताएँ? हमने अपनी जिंदगी में आपसे टैलेंटेड लड़की नहीं देखी। आपको टैलेंटड बनाने में सारा रोल है आपके पापा और आईआईटी का। अब बीज बोया कानपुर ने, लेकिन छाया अमेरिका पाएगा? हैं? जादा बोल गए का? सॉरी हम न, दारू पी के समझ नहीं पाते कि कब चुप होना है और कब बोलना है, सॉरी! हम चलते हैं।"

पिंटू चला गया लेकिन अपना ख़याल छोड़ गया। छुटकी पूरी रात उसके ख़याल के साथ लेटी रही।

21

छुटकी आईआईटी जा रही थी।

वह रास्ते में उसी भुट्टे की दुकान से गुज़र रही थी जहाँ पिंटू अक्सर बैठा मिलता था। छुटकी के होर्डिंग के सामने। छुटकी को ताकता हुआ। आज भी वहीं था। लेकिन आज होर्डिंग नहीं ताक रहा था, भुट्टे वाली बूढ़ी दादी के पास था।

बूढ़ी दादी ठेले पर ख़ुद भुट्टा नहीं सेक रही थी, बल्कि बैठकर बस मुस्कुरा रही थी क्योंकि पिंटू ने ठेले पर एक जुगाड़ बिठा दिया था। छुटकी स्कूटी रोककर उसे देखने लगी। पिंटू ने अँगीठी के सामने सोलर से चलने वाला छोटा पंखा लगा दिया था। ताज़ी धूप खिली थी, धूप से सोलर पैनल चार्ज हो जाता था और उससे जो बिजली बनती थी, उससे पंखा चलने लगता था। बत्ती भी जलती थी। जैसे ही पिंटू ने स्विच ऑन किया पंखा से कोयला गर्म होकर तपने लगा। पिंटू ने आठ भुट्टे अँगीठी पर चढ़ाए और सारे एक बार में चट-चट करके सिकने लगे। बूढ़ी दादी मुस्कुराते हुए भुट्टे सिकते देख रही थीं। अब उन्हें पंखा झलने की ज़रूरत नहीं थी और न ही अपने हाथ दुखाने की।

दादी जी ने ख़ुशी से पिंटू को आशीर्वाद दिया। छुटकी पिंटू के पास आकर खड़ी हो गई।

"अरे, छुटकी जी! आइए भुट्टा खाइए आप भी।"

"वाओ यार! दिस इस सो कूल!"

छुटकी ने कुछ दिन पहले अपने पिता को नए स्वरूप में नए तरीक़े से खोजा-पाया था। आज उसने पिंटू की सुंदरता को नए रूप में जाना। वह उसे देखती ही रह गई। उसका मन कितना सुंदर था! पिंटू की सुंदरता दादी की आँखों की मुस्कुराहट में भी थी, उनकी सुलझती हुई झुर्रियों में भी थी और तपते हुए कोयले की उजास में भी थी।

"है न! हम भी कर लेते हैं थोड़ा बहुत इनोवेशन। अब इनोवेशन सिर्फ सिलिकॉन वैली में थोड़ी होता है। कानपुर में भी होता है।" पिंटू ने चुटकी बजाते हुए कहा।

छुटकी उसे देखती ही रह गई।

"अब हम आपके और नील भैया जैसे टैलेंटेड तो हैं नहीं। तो ऐसे ही छोटा-मोटा कुछ बना देते हैं। इतना इनोवेशन जरूर कर लेते हैं कि किसी के काम जरूर आ जाएँ। हैं? यही तो जिंदगी है!"

भुट्टे से एक जलता रेशा छिटककर पिंटू की आँख पर गिरा और वह चौंक उठा। छुटकी ने फ़ौरन उसकी आँख में पानी की छींटें डाली, एहतियात से रूमाल से आँख पोछी और फिर प्यार से आँख में फूँक मार दी। फूँक थी या प्यार का मंतर था। पिंटू अचकचा गया। हड़बड़ाया और फिर शर्माकर हँसने लगा।

"हिलो मत, जला तो नहीं? दाँत क्यों निकाल रहे हो?"

"अरे सीधे खड़े रहो।"

छुटकी उसे फूँक मारती रही। उसे पिंटू की फ़िक्र थी। पिंटू ख़ुशी से सातवें आसमान पर पहुँच गया था। छुटकी फूँक मारते हुए उसकी आँखों में देख रही थी। उसकी आँखों में उसे छुटकी दिखी। उसने पिंटू को इतने क़रीब से पहले कभी नहीं देखा था। वह उसकी गहरी साँसें अपने गालों पर महसूस कर सकती थी। उसका शरीर ठंडा हो रहा था। पिंटू की साँसें उसके गालों पर ओस की बूँदों की तरह ठंडी होकर इकट्ठा हो रही थीं। चेहरे के लाल रंग में सफ़ेद मिलकर गुलाबी हो रहा था।

ये वह क्षण था जब वह उसे चूम लेना चाहती थी। लेकिन एकबारगी उसे

नील याद आ गया। ये वह क्षण था जब पिंटू भी छुटकी को चूम लेना चाहता था लेकिन उसमें इतनी हिम्मत नहीं थी। उसे लगा कि वह छुटकी की छाया छूकर ही ख़ुश है। कहीं ऐसा न हो कि उसके हिस्से छुटकी की छाया भी न रहे। इसलिए वह छुटकी का बुद्धू पिंटू बनकर ही ख़ुश रह गया।

बूढ़ी दादी दोनों को यूँ देख रही थीं जैसे दोनों एक सुंदर-सी फ़ोटो हों, जिसे वह फ्रेम करके अपने घर में रखवा लेना चाहती हों। वह दोनों की बलैयाँ भी लेना चाहती थीं लेकिन उन्होंने संकोच से ऐसा नहीं किया। वह बस साठ साल पहले के समय में टहल आईं, जब वह भी एक छुटकी थीं। जब उनका भी एक पिंटू था। उन्होंने दुनिया देखी हुई थी। और यह भी देखा हुआ था कि कैसे हर छुटकी को एक बुद्धू पिंटू नहीं मिल पाता और वह एक समझदार नील के साथ जीवन गुज़ार देती है। दादी जी का बस चलता तो वह अभी छुटकी का हाथ पकड़कर पिंटू के हाथ में दे देतीं। उन्हें आज तक इस बात की टीस थी कि उन्होंने अपने हिस्से के पिंटू का हाथ नहीं थामा।

***

छुटकी और चंद्रप्रकाश पार्क में बैठे थे। सामने लोग टहल रहे थे। कुछ लोग योगा कर रहे थे। बच्चे खेल रहे थे। छुटकी पिता से कुछ कहना चाहती थी। बात, जो कुछ दिन से छुटकी को टीस रही थी।

"पापा, एक बात पूछूँ?"

"हाँ पूछो बेटा।"

"मैंने आपका दिल दुखाया। आपका सपना तोड़ा। फिर आपसे बस एक बार सॉरी कह दिया और आपने मान लिया। झगड़ा भी नहीं किया और कभी पूछा भी नहीं कि मैंने ऐसा क्यों किया?"

"तू भी न, कुछ गलत नहीं किया तूने। कुल्फी खाने चलेगी?"

"किया तो था पापा। आप हर बार ऐसा कैसे कर लेते हो? मैं तो आज तक जब भी आपसे गुस्सा होती हूँ तो कई-कई दिन तक आपसे मनवाए बिना नहीं मानती हूँ। आपने एक झटके में मेरी गलती को माफ कर दिया?"

"छोड़ न, मुझे सब पता है। आइसक्रीम खाने चलेगी?"

चंद्रप्रकाश असहज हो रहे थे। वह आज तक अपनी बेटी से झगड़े नहीं थे।

उन्हें झगड़ना आता ही नहीं था। वैसे भी पिता बेटी से झगड़ना सीख ही कहाँ पाते हैं! पिता बेटी के हिस्से का झगड़ा भी उसकी माँ से कहकर ही कर पाते हैं। 'तुम्हारे लाड़ ने बिगाड़ दिया है इसको।' बस यही कह पाते हैं। चंद्रप्रकाश तो वह भी नहीं कह पाते थे।

"यार, आप पापा लोग इतने अच्छे क्यों होते हो! मुझसे लड़ तो लेते। मैंने तो कितनी आसानी से कह दिया कि आपका सपना बकवास था। लेकिन आपने मेरे सपने के लिए तो कभी नहीं कहा। मैं तो हमेशा ऐसे अतरंगी सपने देखा करती थी। बचपन में मुझे कभी एस्ट्रोनॉट बनना होता था, तो कभी मिस इंडिया तो कभी इंदिरा गाँधी। बन तो नहीं सकती थी। लेकिन जब एस्ट्रोनॉट बनने को कहा था तो आप नीले सफ़ेद रंग के जूते ले आए थे और मेरे सिर पर आपने एस्ट्रोनॉट के हेलमेट की तरह स्कूटर का हेलमेट रख दिया था। जब मिस इंडिया बनने को कहा था तो आपने मेरे सिर पर मेरे हेयरबैंड का टियारा बनाकर रख दिया था और सुष्मिता सेन की तरह बड़ा-सा मुँह खोलकर ब्लश करने की प्रैक्टिस कराते थे। जब इंदिरा गाँधी बनने का सपना देखा था तो मम्मी के दुपट्टे की साड़ी बाँध दी थी। आपने कभी नहीं कहा कि मेरा सपना बकवास है।"

"छोड़ न, चल राधे के यहाँ बर्फी खाने चलें?"

चंद्रप्रकाश लड़ाई से भाग जाना चाहते थे। वह बार-बार छुटकी की बात टाल जा रहे थे।

"मुझे नहीं खानी कुल्फी या बर्फी। आप मुझसे लड़ो। मुझसे पूछो। मैंने क्यों किया था ऐसा?" छुटकी ने झगड़कर कहा।

"तू नहीं मानेगी न? मुझसे झगड़े बिना?"

"नहीं।"

"ठीक है, तो बता। क्यों किया था तूने किशन को फोन?"

छुटकी ने गहरी साँस ली और कहा, "किशन अंकल का खुद कुछ ठिकाना नहीं है। दस-पंद्रह हजार की छोटी-सी सैलरी पर मामूली से नौकरी है, वो सरगम म्यूजिक में। वो आपको क्या सेट करते वहाँ! और यहाँ मम्मी? मम्मी आपसे कितना लड़ लें लेकिन आपके बिना एक दिन नहीं रह सकतीं। आपको दिल का दौरा भी पड़ चुका था तो रोज डर लगता था कि आप वहाँ अकेले कैसे रहोगे। और मेरे तो आप सुपरहीरो रहे हो। जैसे बैटमैन और

सुपरमैन होता है, वैसे ही आप मेरे पापामैन रहे हो। मैंने अपने पापामैन को कभी फेल होते या टूटते नहीं देखा है। मैं डर गई थी कि आप वहाँ अकेले कैसे स्ट्रगल करोगे। मुझे डर लगता था कि जब आप फेल होकर बंबई से लौटोगे तो पूरे कानपुर में आपका मजाक बन जाएगा। इसलिए मैंने किशन अंकल को फोन किया था और उन्हें जबरदस्ती कहा था कि वह आपको मना कर दें। मैं आपको प्रोटेक्ट करने की कोशिश कर रही थी।"

छुटकी कहते-कहते रोने लगी। अब उसका जी हल्का हो गया था। चंद्रप्रकाश उसे यूँ देख रहे थे जैसे उन्हें ये सब पहले से ही पता था। जैसे वह जानते थे कि उनकी बेटी जान-बूझकर उनके साथ ऐसा कभी नहीं करती, वह तो बस उन्हें मुश्किल में पड़ने से बचाने की कोशिश कर रही थी। वह तो बस उनकी माँ होने की कोशिश कर रही थी।

"और तुझे लगता है कि तेरे पापामैन को ये समझ नहीं आता! मेरी बेटियाँ मेरा मान हैं। तुझे, मुझे इतनी सफाई देने की जरूरत ही नहीं है मेरी बच्ची। चल अब कुल्फी खाने चलें? चाट और कचौरी भी खाएँ?"

"एक शर्त पर।"

"अब क्या?"

"आप वापस गाना-गाना शुरू करोगे।"

"अच्छा ठीक है, अब चलें कुल्फी खाने?"

"पहले प्रॉमिस करो।"

"तू बहुत जिद्दी है, चल प्रॉमिस। अब चलें?"

"ठीक है, मैं स्कूटर निकालकर लाती हूँ।"

"स्कूटर नहीं, आज कार से चलेंगे।"

"अच्छा? शादी के बाद से आज तक तो कार निकाली नहीं है। अभी तक गिफ्ट रैप है। हैं? अब तेल 80 रुपये लीटर नहीं है?"

"ओये ला न, पापामैन और उसके रॉबिन की सवारी है। शान से चलेगी।"

छुटकी ने फिर पापा की शर्ट में दुपट्टा खोंस दिया। बैटमैन के केप की तरह। चंद्रप्रकाश कैप में कार निकालने चले गए। कार लेकर आए तो खिड़की से उनका कैप उड़ रहा था। एकदम यूँ लग रहा था जैसे बैटमैन अपनी बैट-मोबिल कार से आ रहा हो। उनके एंट्री एकदम धाँसू हॉलीवुड फ़िल्म की एंट्री

जैसी लग रही थी। गेट खोलकर बाहर निकले। छुटकी का हाथ पकड़कर उसे दूसरे गेट से बा-इज़्ज़त अंदर बिठाया, जैसे ड्राइवर किसी वीआईपी मेहमान को अंदर बिठाता है। छुटकी मुस्कुराई। चंद्रप्रकाश ने एक्सीलेटर पर पूरा पैर जमा दिया और ब्रूम की आवाज़ से कार सनसनाते हुए गली से निकल गई।

पिंटू और अन्नू भी पार्क में थे। वे छुटकी और चंद्रप्रकाश को वापस साथ में ख़ुश देखकर देख बहुत ख़ुश हो रहे थे। दोनों की यारी-दोस्ती पिंटू और अन्नू की यारी से कम नहीं लग रही थी। पिंटू को यूँ लगा जैसे आज उसका प्रेम एक पल के लिए सफल हो गया। उस क्षण में थोड़ा-सा ही सही, पर मुकम्मल हो गया। उसने अन्नू को गले लगा लिया। अन्नू भी ख़ुशी से फूलकर कुप्पा हो गया। वह फिर से सोचने लगा कि भैय्या अपनी शादी में क्या सफ़ारी सूट पहनेंगे, या कुरता सदरी? या फिर सूट ही सही रहेगा?

कहने लगा, "देखे भैया, हम बोले थे न कि भाभी एक दिन आपके एफर्ट से जरूर खुश होंगी। देखिएगा भाभी एक दिन जरूर आकर आपको लव करेंगी।"

"लव करें न करें बे, वह खुश हैं, हमारे लिए यही बहुत है।" पिंटू पीछे घूम गया। वह नहीं चाहता था कि अन्नू यह देख पाए कि उसकी आँखों के कोर नम हो गए हैं।

"लव भी करेंगी भैया। आप कानपुर के रणवीर सिंह हैं।" अन्नू ने पिंटू को फिर पलटा लिया।

"अबे मजाक अलग बात है। तुम्हारी भाभी और हमारा कोई मेल भी तो नहीं है। कहाँ तुम्हारी भाभी, जैसे आसमान का चाँद, और कहाँ हम। उचक के छूने का कोशिश कर भी लें तो भी छू थोड़ा पाएँगे। और वैसे भी अब तुम्हारी भाभी देश छोड़कर जा रही हैं अमरीका। नील भैया के साथ।"

कहते-कहते पिंटू का गला भर आया। अन्नू उसे यूँ नहीं देख सकता था। इसलिए वह उसका जी बहलाने की कोशिश करने लगा। बड़ी गंभीरता से, दार्शनिक के अंदाज़ में बोला, "भैया, हम एक बात बोलें, हमको जादा अकल नहीं है लेकिन फिर भी कह रहे हैं। अगर आप किसी चीज को इतनी शिद्दत से चाहो, तो पूरी कायनात उसे आपसे मिलाने की साजिश करती है।"

अन्नू अवस्थी ने शाहरुख़ ख़ान की अदा से कहा था। कहते-कहते उसके

दोनों हाथ हवा में खुलकर झूल गए थे। कमर से खुलकर कंधे तक टहल आए थे। उसकी आवाज़ में मेमने की हकलाहट भी आ गई थी। जब उसने ये बात कही तो उसका चेहरा भी पेंडुलम की तरह डोला था। वह कानपुर का सस्ता शाहरुख़ ख़ान लग रहा था। अन्नू अवस्थी में शाहरुख़ ख़ान की आत्मा देखकर पिंटू की हँसी नहीं रुक रही थी, कहने लगा, "अबे चूतिये, एक तो इतना माहौल बनाकर बोले कि भैया हमको जादा अकल नहीं है फिर भी एक बात कह रहे हैं... और उसपे भी शाहरुख खान का डायलॉग चेंप दिए। अपना ओरिजिनल ही बोल लेते।"

अपने पिंटू भैया को वापस हँसता देख अन्नू ज़मीन पर बैठ गया था। लहालोट हो रहा था। मुस्कुराते हुए बोला, "भैया, फिल्म में जब सुने थे तो पूरा हाल सीटी मारा था। तो झूठ थोड़े बोला होगा शाहरुख, हैं? भले ही मेरा डायलॉग नहीं है लेकिन बात तो सच है न!"

अन्नू ने इतनी मासूमियत से कहा था कि पिंटू ने उसकी बात को सच मान लिया।

22

"छुटकी जी, पाँच हजार, पाँच हजार कमोड का ऑर्डर आया है। गवर्नमेंट ऑफ इंडिया की तरफ से। पूरे पचास लाख रुपये का परचेज ऑर्डर है। सरकार को हमारे कमोड के बारे में कैसे पता चल गया?"

पिंटू हाँफते-भागते चला आ रहा था। पीछे-पीछे अन्नू भी भागा चला आ रहा था। आज सुबह ही उसे भारत सरकार की तरफ़ से एक चिट्ठी आई थी, जिसमें उन्होंने लिखा था कि सरकार पिंटू के बनाए हुए कमोड के पाँच हज़ार यूनिट ख़रीदना चाहेगी।

सरकार जानना चाह रही थी कि वह कितनी जल्द इतने यूनिट सरकार को दिल्ली भिजवा पाएगा? पहले तो पिंटू को लगा कि किसी ने उसके साथ मज़ाक़ किया है, लेकिन सरकार की सील, लेटरहेड और मोहर देखकर उसे सब कुछ सच-सा मालूम हुआ। फिर भी उसे यह समझ नहीं आ रहा था कि एक छोटे से कटियाबाज़ को पचास लाख का परचेज़ ऑर्डर कैसे आ सकता है! और तो और भारत सरकार के पास यही काम बचा है कि वह पिंटू के काम में दिलचस्पी लेती!

अन्नू को पक्का यक़ीन था कि लेटर सरकार ने ही लिखा है। वह दुकान से लेंस ख़रीद लाया था। मुँहर को बड़ा करके देख रहा था और उसकी असलियत

जाँच रहा था। उसकी जाँच में लेटर एकदम असली पाया गया, लेकिन पिंटू अभी तक भौंचक्का था। उसकी जान-पहचान में सबसे जीनियस छुटकी ही थी, इसलिए वो मामला पता करने के लिए वह अन्नू को लेकर आईआईटी कानपुर पहुँच गया था।

छुटकी ने पूरा लेटर पढ़ा, मुस्कुराई और बोली, "हो सकता है सरकार ने अन्नू अवस्थी को कमोड पर बैठे देख लिया हो। अन्नू अवस्थी, लग रहा है सरकार तुम्हारी जासूसी कर रही है, बिग ब्रदर इज वाचिंग यू!" छुटकी ने अन्नू को तिरछी आँख से डाँटते हुए कहा।

"अरे बाप रे! हमाए दरवाजे में छेद भी है!" अन्नू को अचानक से याद आया और वह डरकर ज़मीन पर बैठ गया। उसे घबराहट हो रही थी। सोच रहा था कि रोज़ाना उसकी जासूसी होती है तो कहीं सरकार को मुँहनोचवा वाली सच्चाई भी न पता चल गई हो। और भी बहुत कुछ पता लग गया होगा? हम सब के भीतर दस-बीस आदमी होते हैं। बस भीतर झाँकने की देर होती है। अकेलेपन में अन्नू रोज़ रात 'आओ मीठी बातें करें' के कॉल सेंटर में काम करने लड़की जूली से रसीली मनोहर बातें भी किया करता था। अगर सरकार को वो भी पता लग गया तो? सीआईडी का इन्क्वॉयरी तो नहीं बैठ जाएगी? सीबीआई होता है या सीआईडी? सीआईडी तो शायद टीवी पर होता है, जिसमें एसीपी प्रद्युम्न काम करते हैं। अन्नू के दिमाग़ में ऐसी सौ बातें चल रही थीं। वो अगल-बग़ल देखने लगे। दूर खड़ा एक आदमी तिरछी नज़र से उसे देख भी रहा था। कहीं वह सीबीआई का तो नहीं था?

"छुटकी जी, पचास लाख! पचास... कैसे?" पिंटू अभी तक पचास लाख पर अटका हुआ था। यूँ लग रहा था जैसे उसे मिर्गी आ गई हो। अंदर बुलबुले फूट रहे हों।

"मैंने गवर्नमेंट ऑफ इंडिया की वेबसाइट पर तुम्हारे इनोवेशन की एंट्री अपलोड की थी। मैंने उन्हें लिखा था कि वह स्वच्छ भारत इनिशिएटिव में शौचालय बनाने के लिए कमोड तुम से प्रोक्योर करे। यू डिजर्व इट।"

छुटकी ने पिंटू का हाथ पकड़ लिया। वह अब थोड़ा शांत हुआ।

अब उसे थोड़ी-थोड़ी बात समझ आ रही थी। छुटकी ने चिट्ठी लिखकर स्वच्छ भारत इनीशिएटिव की देख-रेख करने वाले सरकारी ऑफ़िसर को पिंटू

के बनाए कमोड के बारे में लिखा था। साथ में आईआईटी में जीते हुए प्राइज़ का सर्टिफ़िकेट और तस्वीर भी भेजी थी। सिफ़ारिश की थी, कि सरकार पिंटू के बनाए कमोड मँगवाए और उन्हें गाँव-गाँव लगवाए। सरकार को आइडिया पसंद आ गया था। उन्होंने चिट्ठी का जवाब देकर फ़ौरन कमोड का ऑर्डर दिया था।

"अरे, लेकिन अन्नू अवस्थी को तो ये भी नहीं पता कि पचास लाख में कितने जीरो होते हैं। हैं बे? पता भी है?" पिंटू ने पूछा।

छुटकी ने आगे आकर उसको गले लगा लिया। पिंटू का हाँफना धीरे-धीरे एकदम रुक गया। उसे साँस आने लगी। दोनों एक बार फिर क़रीब आ गए थे, एक प्यारा-सा क्षण था। छुटकी और क़रीब आना चाहती थी लेकिन उधर अन्नू अवस्थी भी खड़ा था, इसलिए छुटकी पीछे हट गई। उसे लगा था कि अन्नू समझ जाएगा और दोनों को प्राइवेसी देने के लिए ख़ुद चला जाएगा लेकिन अन्नू तो और आँखें फाड़े दोनों को देख रहा था। जैसे किसी फ़िल्म का क्लाइमैक्स चल रहा हो। उसकी उत्सुकता बढ़ रही थी। बस पॉपकॉर्न और दे दिया जाता तो कुर्सी लगाकर वहीं बैठ जाता।

एकटक दोनों को देख रहा था। छुटकी ने उसकी तरफ़ देखा तो वह और उत्साहित हो गया। छुटकी को लगा कि थोड़ी देर और घूरने पर वह शर्माकर नज़र फेर लेगा लेकिन ऐसा नहीं हुआ। अन्नू और ख़ुश हो गया। जैसे ईद के सुंदर चाँद की दीद कर रहा हो। जैसे उसके सामने कुछ ऐतिहासिक घट रहा हो, जिसको देख पाना सौभाग्य की बात हो। अब वो सीआईडी का डर भी भूल गया था। अब बस उसे पिंटू भैया और छुटकी भाभी दिखाई दे रहे थे।

"अन्नू अवस्थी, तुम थोड़ा घूम के आओ न!" छुटकी ने ग़ुस्से में अन्नू को कहा।

"हम? हम किधर घूमने जाएँ?"

"अरे कहीं भी घूम आओ यार!"

"सुबह घूम तो आए हैं छुटकी जी। पार्क के चार चक्कर लगाए थे। कपालभाती भी किए थे।"

"अरे यार, तुम क्या पिंटू की स्टेपनी हो जो हमेशा उसके साथ फ्री में आते हो?"

"हम स्टेपनी क्यों होंगे ? भैया कोई स्कूटर थोड़े हैं।"

"अच्छा ठीक है, तुम ये पता करके आओ कि पचास लाख में कितने जीरो होते हैं।"

न मालूम क्यों अन्नू को इस बात में दम मालूम हुआ। अब वह चला गया। दौड़कर पचास लाख में ज़ीरो की गिनती पता लगाने निकल पड़ा। जैसे कोलंबस एक नयी दुनिया खोजने निकल पड़ा था। छुटकी पिंटू के और क़रीब आई। लेकिन दोनों कुछ कह नहीं सके। बस गहरी साँसें ले रहे थे।

उन दोनों की साँसों में एक संगीत था। दोनों अपनी ही साँसों की आवाज़ से डर गए।

छुटकी ने धीरे से उसका हाथ पकड़ लिया। मिनट भर की शांति के बाद बोली, "तुझे बस एक बात और बतानी थी। जब मैंने बचपन में तुझसे शादी की थी तो वीडियो गेम के लिए नहीं की थी। तू अच्छा लगता था, इसलिए..."

छुटकी उसका गाल चूमना चाहती थी। वह जैसे ही अपने होठों को उसके गाल पर रखने वाली थी, अन्नू अवस्थी भागा-भागा आया। और हाँफते-हाँफते बोला, "छुटकी जी, पचास लाख में दस जीरो होते हैं।"

वह ज़मीन पर पालथी मारकर बैठ गया था। जैसे ईनाम मिलने का इंतज़ार कर रहा हो। या जैसे पूजा निपट जाने के बाद लोग पंजीरी और चरणामृत बँटने का इंतज़ार करते हैं। छुटकी का पारा सातवें आसमान को छू रहा था, लेकिन अन्नू अवस्थी से समझदारी की उम्मीद करना बेकार था। वह पिंटू की ओर इस उम्मीद से देखने लगी कि वह अन्नू को किसी काम से टरका देगा लेकिन पिंटू को मिरगी जैसी आ रही थी। वो इस ख़याल से ही फंटूश हुआ जा रहा था कि छुटकी के होठ उसके क़रीब आ रहे थे।

"भैया काँप काहे रहे हैं? डेंगू-वेंगू तो नहीं हो गया? हम बोले थे मच्छरदानी में सोया करिए। चलिए डॉक्टर के पास।" अन्नू ने कहा और वह पिंटू को टैम्पू में बिठाकर भागा। पिंटू मूर्तिवत बैठा था। एकदम जड़ हो गया था। उसे आसपास की सुध-बुध एकदम नहीं थी। वह आज घर जाकर ख़ुद को उस संदूक़ में सुरक्षित रख लेना चाहता था जिसमें उसने छुटकी का छुआ हुआ सामान सुरक्षित रखा हुआ था।

आज उसका मोल लाखों गुना बढ़ गया था। अगर आज उसकी मूर्ति बनवा

दी जाती तो वह प्रेम की सभ्यता की धरोहर हो जाती। हज़ारों साल बाद जब वो ख़ुदाई में निकलती तो इश्क़ के छात्र उसका अध्ययन करते और उसे हड़प्पा-मोहनजोदाड़ो के शिलालेखों की तरह ध्यान से पढ़ते।

टैंपो में शब्बीर कुमार का गाना चल रहा था- 'तुमसे मिलकर, न जाने क्यों, और भी कुछ, याद आता है...' पिंटू उसकी आवाज़ की शराब चखकर और भी मदहोश हुआ जा रहा था। उसने ड्राइवर के गले में हाथ डाल लिया। ड्राइवर ने शीशे में पिंटू का मदमस्त चेहरा देखा और वह समझ गया कि उसे इश्क़ ने डस लिया है। उसने पिंटू को बाबा शब्बीर कुमार की शरण में छोड़ दिया और गाने की आवाज़ बढ़ा दी।

***

छुटकी ज़िद करके, गाना सुनाने के लिए, चंद्रप्रकाश को छत पर ले आई थी। साथ में मिट्ठू, पिंटू और अन्नू भी थे। छुटकी और पिंटू कनखियों से एक दूसरे को देखकर ख़ुश हो रहे थे। छुटकी शर्माती थी तो पिंटू और शर्माता था। एक चक्कर गोल घूम जाता था। चिढ़कर छुटकी ने शर्माना छोड़ दिया था।

चंद्रप्रकाश संकोच कर रहे थे। तीनों सामने कुर्सी लगाकर बैठ गए थे जैसे सामने टीवी चल रहा हो। अन्नू ताली बजाने लगा।

"कम ऑन अंकलजी! हो जाए कुछ तड़कता-भड़कता।" अन्नू ने कहा।

"बेटा, दिल नहीं लग रहा है, और सुलेखा ने बोला है सब्जी लेने जाना है।" चंद्रप्रकाश ने छुटकी से कहा।

"पापा, यू प्रॉमिस्ड! प्रैक्टिस करना है न?"

"अच्छा बाबा ठीक है।" चंद्रप्रकाश गाने लगे। वह गाना गाते हुए एकदम हिल नहीं रहे थे। यूँ गा रहे थे जैसे किसी बच्चे को सज़ा दे दी गई हो।

"पापा, ऐसे हाथ बाँध के क्यों खड़े हो, थोड़ा खुलकर गाओ।"

"हैं जी?"

"अरे थोड़ा हँसो-मुस्कुराओ। ऐसे बुत बनकर क्यों गाते हो।"

"सामने लोग बैठे होते हैं तो थोड़ा-सा स्ट्रेस तो होता ही है बेटा।"

"अंकलजी स्वैग में गाओ न।" पिंटू ने समझाया।

"स्वैग?" ये शब्द चंद्रप्रकाश ने पहली बार सुना था।

"अरे अंकलजी, स्वैग। स्वैग माने... अरे कनपुरिया भाषा में कैसे बताएँ? मम्म... माने रंगबाजी। रंगबाजी से गाओ अंकल। जैसे अपना अन्नू अवस्थी है न। एक नंबर का रंगबाज, वैसे ही, बाडी लैंग्वेज समझो। ऐ अन्नू अवस्थी, अंकलजी को रंगबाजी सिखाओ जरा।" पिंटू ने कहा।

अन्नू चंद्रप्रकाश के पीछे छुप गया। पिंटू भैया ने उसे किसी बड़े काम लायक़ समझा था। कोई छोटी बात थी भला! वह भी छुटकी जी के काम आने जितनी बड़ी बात के लिए। यह तो उतनी ही गंभीर बात हो गई जैसे प्रभु श्रीराम ने हनुमान जी को सीता मैया की मदद के लिए पुकार दिया हो। अन्नू का सीना चौड़ा हो गया लेकिन वह थोड़े संकोच के साथ थोड़ा शर्मा भी रहा था।

"क्या भैया आप भी, अब आपके आगे हम क्या रंगबाजी करेंगे! आप तो कानपुर के रणवीर सिंह हैं।"

उसका शर्माना रुक ही नहीं रहा था। गाल लाल हो रहे थे।

"अबे जादे मॉडेस्ट न बनो। वह बोल रहा है तो सिखाओ न।" छुटकी ने कहा।

अन्नू अवस्थी स्टाइल में आगे आया। अभी छाती चीर के अंदर पिंटू और छुटकी जी की तस्वीर दिखा सकता था। अपना सब कुछ न्योछावर कर देना चाहता था। उसने कॉलर चढ़ाया, शर्ट के दो बटन खोले, बाँहें फ़ोल्ड की और जीवन में रंगबाज़ी के बारे में जो भी सीखा था, चंद्रप्रकाश को समझाने लगा। "अंकलजी, देखिए। आप गाते तो एक नंबर हैं, लेकिन बहुत सिकुड़ के गाते हैं। थोड़ा बाडी को ओपन करके गाइए, ऐसे... और ये बाल देखिए, क्या कड़ुआ तेल लगा के चपटा लिए हैं। इनको खड़ा करिए। वह देखिए काला बंदर..."

"हैं? कहाँ? कहाँ?"

चंद्रप्रकाश डर गए तो अन्नू खिलखिलाने लगा।

"है थोड़ी, हम तो आपको डरा रहे थे। देखिए, बाल खड़े हो गए न आपके! ये नुस्खा हमेशा काम आता है। हम पापा के सामने मम्मी का नाम ले दें तो उनके भी बाल ऐसे ही खड़े हो जाते हैं।"

अन्नू जनरेटर की आवाज़ वाली हँसी से, बेढंगे तरीक़े से हँस रहा था। अब उसने दो बटन और खोल लिए। शर्ट की बाँहें कंधे तक और चढ़ा लीं, हवा में

दो उँगलियाँ ऐसे कैंची की तरह फैला दीं जैसे उनके बीच में एक अदृश्य सिगार हो। कहने लगा, "तो अंकलजी ऐसे समझ लो कि रंगबाजी में हर बात का तैश में जवाब देना होता है। जैसे बैटमैन चूना-कत्था खा के बोलता है न। आवाज भारी करके- 'हाय, आय एम बैटमैन!' ऐसे ही जोश में स्टेज पर आना है और पब्लिक से कहना है- 'आर यू रेडी पीपल?' स्वैग में। ऐसे उँगली का डब्लू बनाके और फिर दोनों आँखों में उँगली से इशारा करना है। कोंचना नहीं है, बस इशारा करना है। जैसे वह देवगन करता है न- बोल जुबाँ केसरी, वैसे ही। उँगली... आँख... आर यू रेडी पीपल? उँगली... आँख... आर यू रेडी पीपल? स्टेज पर आते ही आग लगा दो।"

अन्नू अपनी ही बात के मायाजाल में खो गया था।

छुटकी, पिंटू और चंद्रप्रकाश उसे आँखें फाड़े देख रहे थे लेकिन अन्नू ऐसे मगन हो गया था जैसे कोई सोलो नाटक परफ़ॉर्म कर रहा हो। वह एक इंटरनेशनल स्टार की तरह स्टेज पर परफ़ॉर्म करने लगा था। माइक लेकर ऐसे भारी आवाज़ में गा रहा था कि दूर पानी की टंकी तक उसकी आवाज़ जाकर लौट आ रही थी।

चंद्रप्रकाश ने उँगली के इशारे से उसे बीच में ही रोक दिया। बेचारा चुप हो गया। अब चंद्रप्रकाश की बारी थी रंगबाज़ी सिखाने की। उन्होंने पिंटू के कंधे पर हाथ रखा और बड़े ही आत्मविश्वास से मुस्कुराते हुए कहा, "इधर सुन! जो स्वैग मेरे पास है न, वह किसी और के पास नहीं है। तुम्हें पता है कि मेरा स्वैग क्या है? मेरा स्वैग ये है कि मैं उम्र से भले ही बूढ़ा हो गया हूँ लेकिन मन से बूढ़ा नहीं हुआ हूँ। मेरा स्वैग ये है कि जिस दिन मैंने ये तय किया कि मैं सिंगर बनना चाहता चाहता हूँ, उस दिन मैंने बुढ़ापे को लात मारकर अपने शरीर से निकाल दिया। मेरा स्वैग ये है कि मेरी बेटियाँ मुझे अपना दोस्त मानकर मेरे साथ ड्रिंक शेयर करती हैं। मेरा स्वैग ये है कि मैं अपनी बेटियों का पापामैन हूँ। समझा! आया बड़ा, जुबाँ केसरी!"

चंद्रप्रकाश ने स्टाइल से जुबाँ केसरी का पोज़ बनाया। अजय देवगन के अंदाज़ में और अन्नू को आँख मारी। पिंटू और छुटकी उछल पड़े। "आए हाए! अंकलजी! आप न टच कर जाते हो। क्या खतरू लौंडे हो आप।" पिंटू चंद्रप्रकाश के गले से चिपट गया।

"पापा, यार दिल खुश कर दिया आपने।"

छुटकी ने चंद्रप्रकाश को गले लगा लिया।

उसे चंद्रप्रकाश के आत्मविश्वास को लौट आया देखकर बहुत ख़ुशी हो रही थी। ख़ुशी से उसकी आँखें भी भर आई थीं। चंद्रप्रकाश का स्वैग सचमुच अनोखा लग रहा था। वह अपनी उम्र से तीस बरस जवान लग रहे थे। आज वह सचमुच के पापामैन लग रहे थे। सुलेखा दूर खड़ी उन्हें देख रही थी। वह भी बहुत ख़ुश थी। उसे उनमें वह चंद्रप्रकाश नज़र आ रहा था जो उसे ब्याह कर इस घर में लाया था।

23

"बेटा कहाँ ले जा रही है ? बता तो ?" चंद्रप्रकाश ने पूछा। उनकी आँखों पर पट्टी बँधी थी। छुटकी और मिट्ठू उन्हें कहीं ले जा रही थी। आज चंद्रप्रकाश का जन्मदिन था लेकिन उन्हें याद नहीं था। पिता को अपना जन्मदिन याद ही कहाँ होता है ! सुलेखा सुबह-सुबह खीर बना रही थी। तो वह तीन बार पूछ चुके थे कि आज खीर क्यों बन रही है ? एनिवर्सरी तो निकल गई ! छुटकी और मिट्ठू का बर्थडे भी निकल गया ! फिर किसलिए खीर बन रही है ? सुलेखा जवाब नहीं दे रही थी क्योंकि सुलेखा को उन्हें इस तरह से हैरान करने में बड़ा मज़ा आ रहा था।

छुटकी और मिट्ठू ने चंद्रप्रकाश की एक-एक उँगली पकड़ी हुई थी। बेटियाँ माँ हो गई थीं और पिता बच्चे। यह मुक़ाम सबके जीवन में एक बार ज़रूर आता है। जब बेटियाँ पिता के लिए माँ हो जाती हैं। उस क्षण यह दुनिया और भी ख़ूबसूरत हो जाती है। छुटकी उन्हें उँगली पकड़कर ले जा रही थी। जैसे वह बचपन में छुटकी की उँगली पकड़कर उसे चलना सिखाते थे, वैसे ही।

"थोड़ा सब्र करो। लेफ्ट, राइट, हाँ बस, आगे से लेफ्ट, और अब बस दस कदम और..." छुटकी ने कहा।

"अब पट्टी खोल लूँ ?"

"नहीं, पहले विश माँगो।" मिट्ठू ने कहा।

"बेटा, क्या बचपना करा रही है? किस बात की विश?"

"भूल गए? आज तुम्हारा बर्थडे है न! बर्थडे पर विश तो माँगते ही हैं।" मिट्ठू ने याद दिलाया।

"अरे बेटा बर्थडे है तो क्या हो गया! तेरे बर्थडे पर माँग लूँगा कुछ।"

"नहीं, अभी माँगो न। मान लो कि तुम बड़े सिंगर बन गए हो। तुम्हारा खुद का कोई कॉन्सर्ट हो रहा है, और तुम उसमें किसी रॉकस्टार की तरह गा रहे हो, अरे गाओ न।" छुटकी ने ज़िद की।

छुटकी का दिल रखने के लिए चंद्रप्रकाश मान गए। "ज़िंदगी एक सफ़र है सुहाना..." चंद्रप्रकाश ने सुर लगाया।

"सुपर! लेडीज एंड जेंटलमैन! मे आई प्रेजेंट टू यू, दी रॉकस्टार ऑफ कानपुर, चंद्रप्रकाश गुप्ता!" छुटकी ने ज़ोर से अनाउंसमेंट किया। चंद्रप्रकाश अचानक चुप हो गए।

"अरे गाओ, गाओ पापा।"

"यहाँ कल क्या हो, किसने जाना..."

"क्या बात है पापामैन! और बुलंद आवाज़ में। वो बालकनी वाले अंकल तक तुम्हारी आवाज़ जानी चाहिए।"

"अरे उडलेई उडलेई ओऊ... " चंद्रप्रकाश ने दिल खोलकर ज़ोर से सुर लगाया। बुलंद आवाज़ में। अब उन्हें छुटकी के खेल में मज़ा आने लगा था। वह झूमकर गाने लगे। जब गाना ख़त्म हुआ तो छुटकी ने उनकी पट्टी खोल दी। अचानक से लाइट ऑन हुई और सब लोग ज़ोर से चिल्लाए।

"सरप्राइज़! हैप्पी बर्थडे टू यू!"

चंद्रप्रकाश ने देखा कि छुटकी, मिट्ठू, पिंटू, सुलेखा और अन्नू ने बड़े जतन से मिश्रा के पुराने गराज को बड़ी ही ख़ूबसूरती से एकदम सुंदर सजा दिया था। सपनों की दुनिया की तरह। वही टूटा-फूटा गराज जहाँ चंद्रप्रकाश छुपकर गाते थे, आज किसी सुंदर से, सचमुच के ऑडिटोरियम की तरह लग रहा था। आज वहाँ सारे मोहल्ले वाले आए थे। रिश्तेदार, मिश्राइन, मिश्रा, अन्नू, पिंटू, चंद्रप्रकाश के बैंड वाले, दफ़्तर के साथी, सब्ज़ी वाला और दोस्त-यार।

गुब्बारे और झालर से सजावट थी। डिस्को लाइट भी लगाई हुई थी। पूरा

गराज जगमग हो रहा था। चंद्रप्रकाश के आज तक के जीते हुए इनाम भी सजाए गए थे, तस्वीरें भी। 'संगीत संध्या' और 'सुर संध्या' में इनाम लेते हुए तस्वीरें भी थीं।

छुटकी, पिंटू, मिट्ठू और अन्नू गराज को पिछले कई दिनों से सजा रहे थे। वहाँ से सारा कबाड़ हटा दिया गया था। टूटी-फूटी पुरानी कुर्सियाँ निकाल दी थीं। मिट्ठू की शादी में जो सजावट वाला बुलाया गया था, उसी से सारी सजावट करवाई गई थी। मिट्ठू की शादी का फूल वाला आज सचमुच में ऑर्किड और लिली ले आया था।

पूरा कमरा एकदम ताज़े फूलों से महक रहा था। आज तो फूलों में एक भी फूल गेंदा का नहीं था। सिर्फ़ ख़ास और ताज़े फूल। कमरे में पिता के लिए छुटकी और मिट्ठू के बनाए हुए ग्रीटिंग कार्ड भी सजाए गए थे। चंद्रप्रकाश के सारे उस्ताद जी लोग- रफ़ी, आशा, मन्ना, किशोर, लता, सैगल- सब दीवार पर विराजमान थे।

पीछे की तीन लाइनों में जो कुर्सियाँ लगी थीं उसमें चंद्रप्रकाश के बैंड वाले भी बुलाए गए थे। छोटे लाल भी आया था। आज उसने नयी शर्ट सिलाई थी। मिट्ठू के ससुराल वाले भी माफ़ी माँगने के लिए फूलों का बुके लेकर आए थे।

चंद्रप्रकाश फूट-फूटकर रोने लगे। वह छुप गए। जैसे कोई उन्हें देख न ले और वह पूरी दुनिया से ग़ायब हो जाएँ। लाइट्स जगमग हो रही थीं। किसी डिस्कोथेक की तरह झिलमिल हो रही थीं। गराज के बाहर एक बड़ा-सा पोस्टर भी लगाया गया था- 'ऐन इवविंग विद चंद्रप्रकाश गुप्ता- दि रॉकस्टार ऑफ़ कानपुर।' छुटकी और पिंटू ने पूरे मोहल्ले में सबको इनविटेशन कार्ड बाँटकर बुलाया था। सारे सुनने वालों के चेहरे पर मुस्कुराहट थी।

"इतने सारे लोग?" उन्होंने हैरानी से पूछा।

"हाँ अंकलजी, सब आपको ही सुनने आए हैं। हो जाए कुछ तड़कता-भड़कता।" पिंटू बोला।

चंद्रप्रकाश संकोच के साथ स्टेज पर आए। जैसे ही वह स्टेज पर आए, फिर से लाइट चली गई।"

"अरे यार, ये लाइट फिर चली गई।" जी.पी. सिंह बोला।

"इहाँ चाहे योगी जी की सरकार आए और चाहे अखलेश की। कानपुर

का कुछ नहीं हो सकता।" उमेश ने कहा।

"कांग्रेस आए तो कुछ सुधार हो।" अँधेरे में कहीं कोने से आवाज़ आई।

"कांग्रेस पाकिस्तान में आएगी। आप वहीं चले जाइए।" अँधेरे में कोई और बोला।

"अरे यार ये नेतागीरी न पेलो।" पिंटू चीख़ा और भागा। दौड़कर बाँस ले आया। अन्नू मोटा तार ले आया। पिंटू ने तार छीलकर बाँस पर बाँधा और बिजली की रफ़्तार से सामने वाले तार पर दे फेंका। दोनों तारों के छूते ही कमरा फिर से जगमग हो गया। कमरे में ख़ुशी की लहर दौड़ पड़ी। उसकी माँ मिश्राइन ख़ुशी से रो पड़ी।

"अब क्या बताएँ बहन, हमारा लड़का बहुते होनहार है। लोकल इंजीनियरिंग कालेज से पढ़ा है तो क्या हुआ, दिमाग से तेज है। वह तो उसको आईआईटी के एग्जाम के पहले चेचक निकल आई थीं नहीं तो वह भी निकाल ही लेता।"

मिश्राइन अपने आँसू पोंछने लगी। बत्ती आ चुकी थी और अब चंद्रप्रकाश के चेहरे पर थी। सब उन्हें देखने लगे। चंद्रप्रकाश अभी भी संकोच कर रहे थे। जो व्यक्ति अरसे से छुप-छुपाकर अकेले गा रहा हो, झीलों के सामने, कुर्सियों के सामने, कुत्ते, तकिया, गत्ते के बेजान कटआउट्स के सामने; उसे अचानक से इतने सारे लोग सुनने आ जाएँ तो उसका जी जुड़ा के पिघल ही जाएगा।

"चंद्रप्रकाश जी गाइए न..." मिश्रा गुटका थूककर खड़ा हो गया। वह बोला।

आज मोहल्ले भर ने उसे पहली बार बोलते हुए सुना था।

"चंद्रप्रकाश जी आप बहुत बढ़िया गाते हैं, आप गाइए।" मिश्रा फिर बोला। कमला पसंद थूककर बोला।

सब हैरान से उसे देख रहे थे। यह तो एक ऐतिहासिक घटना हो गई थी। कानपुर का जब इतिहास लिखा जाएगा, तो उसमें पहले पन्ने पर लिखी जाने लायक़ घटना यही होगी।

"लो अब तो आपको गाना ही पड़ेगा। अंकलजी ने तो तब भी गुटका न थूका था जब घर में चोर घुस आया था।" अन्नू अवस्थी बोला।

चंद्रप्रकाश स्टेज पर आए और उन्होंने माइक सँभाला। माइक को मुट्ठी में

लेते ही उनके शरीर में करेंट दौड़ गया। जैसे भरपूर जान आ गई हो।

"मैं पहले अपनी पत्नी सुलेखा के लिए कुछ गा दूँ?" उन्होंने पूछा। सुलेखा शर्माकर छुप गई।

"चौदहवीं का चाँद हो, या आफ़ताब हो..."

"धत्त!"

"शर्माती क्यों हो। तुम्हारे लिए तो एक ग़ज़ल भी तैयार की है। तुम हमेशा पूछती थी न कि मुझे अंगूर पसंद है या किशमिश। तो अब ये ग़ज़ल सुनो।" सुलेखा घबराकर आँचल का कोर दाँत से चबाने लगी।

"माशूक़ का बुढ़ापा... लज़्ज़त दिला रहा है, अंगूर का मज़ा अब... किशमिश में आ रहा है।" चंद्रप्रकाश ने गाया तो कमरा जी उठा। सीटियाँ और तालियाँ पूरे मोहल्ले में गूँजने लगीं। फिर चंद्रप्रकाश शुरू हुए तो रुके नहीं। एक-से-एक सुंदर गाने गाकर समा बाँध दिया। तमाम लोग जो ज़िंदगी भर उनका उपहास करते थे, वह आज उनके लिए ताली बजा रहे थे। नहीं भी बजाते तो कोई बात नहीं थी। यह छोटा-सा कॉन्सर्ट बस चंद्रप्रकाश और उनकी बेटी छुटकी का था। दोनों के लिए यादगार बन जाने के लिए। एक ऐसी याद जिसके सहारे पूरी ज़िंदगी काटी जा सकती थी।

"ओये होए अंकलजी, जान ही ले ली आपने तो!" पिंटू खड़े होकर ताली बजाने लगा।

"अंकलजी, आप न, टच कर जाते हो!" अन्नू ने जाकर स्टेज पर चंद्रप्रकाश को गले लगा लिया।

सुलेखा चुपचाप उनके पास आई। आकर उनकी उँगली पकड़ ली और एकांत में ले गई। उन्हें ऐसे देखने लगी जैसे शादी के पहली रात देख रही थी। एक नौजवान जो सुलेखा के सपनों की पूर्णता था, जो सुलेखा का अभिमान था।

वह उनसे माफ़ी माँगना चाहती थी। क्योंकि उनसे बिछड़ जाने के डर से सुलेखा ने कभी उनके सपनों की अहमियत ही नहीं समझी। उल्टा उनके सपनों को अपनी सौतन ही माना। लेकिन आज उन्हें इतना सुंदर गाता देखकर और उन्हें ख़ुशी से रोता हुआ देखकर सुलेखा के भीतर बहुत कुछ बदल गया था। उसे पछतावा हो रहा था कि वह उन्हें क्यों समझ नहीं पाई।

उनकी आँखों में देखकर कहने लगी, "मुझे माफ़ कर दो। आज के बाद

कभी छुपकर मत गाना। सबके सामने शान से गाना। कोई कहे कि बूढ़े हो गए हो तो उसकी एक न सुनना। पिता जी कहते थे न कि मन से मानो तो बुढ़ापा है, न मानो तो लौटा हुआ बचपन है। इसीलिए इतना लंबा जिए और हमेशा खुश रहे। याद है न? बुखार से बदन तपता रहता था, लेकिन फिर भी जिंदगी के आखिरी दिन बारिश में खूब भीगे। जब मरे भी तो उनके चेहरे पर मुस्कान थी, लंबी मुस्कान। लगता ही नहीं था कि मर गए हैं। हमेशा कहते रहे कि पछतावे की जिंदगी से तो नादानी का जीवन भला! मुझसे अक्सर कहते थे कि इंसान जब मरे तो उसे ये मलाल नहीं होना चाहिए कि जिंदा रहते उसने मन का जीवन नहीं जिया!"

चंद्रप्रकाश सुलेखा को यूँ देखने लगे जैसे वह उसे दुल्हन बनकर आने पर देखा किए थे। वह एक नयी सुलेखा थी जो कहीं खो जाने के बाद आज फिर मिल गई थी। आसमान में चाँदनी रात थी। तारे टिमटिम कर रहे थे। चंद्रमा उन्हें टिमटिमाते देख ख़ुश हो रहा था। वो अपनी रौशनी चमकाकर उनकी टिमटिम को और चमका रहा था। पास में रफ़ी साहब पोस्टर में मुस्कुरा रहे थे। वह अपनी मुस्कुराहट के नूर से चंद्रप्रकाश के नूर को और चमका रहे थे।

"कितनी सुंदर रात है। वो गाना सुनाइए न... चाँदनी रातें", सुलेखा ने चंद्रप्रकाश का हाथ अपनी दोनों हथेलियों के बीच भरकर कहा।

चंद्रप्रकाश गाने लगे- "चाँदनी रातें... चाँदनी रातें... सब जग सोए, हम जागे, तारों से करें बातें... चाँदनी रातें... चाँदनी रातें..." सुलेखा ने उनके कंधे पर अपना सिर टिका दिया।

***

सब मेहमानों के चले जाने के बाद छुटकी, मिट्ठू, सुलेखा और चंद्रप्रकाश साथ में दारू पीने बैठे थे। आज सुलेखा ने भी अपना गिलास आगे बढ़ाया इसलिए चंद्रप्रकाश और भी ख़ुश थे। चंद्रप्रकाश ने अभी तक काग़ज़ की कैप नहीं उतारी थी, जिस पर हैप्पी बर्थडे लिखा हुआ था। चारों के बातचीत के तरीक़े से समझ आ रहा है कि वह चार-पाँच पैग आराम से डाउन थे।

जैसे बचपन के दोस्त पूरी तरह नशे में तर हो जाने के बाद बात करते हैं, वह वैसे ही बात कर रहे थे। चारों आज परिवार से बढ़कर, पक्के दोस्त हो

गए थे।

"पापा, यू आर माई ब्रो!" मिट्ठू ने कहा।

"ओये! पापा इज माई ब्रो! नॉट योर ब्रो!" छुटकी ने कहा।

"नो, माई ब्रो! तू तो वैसे भी जाने वाली है अमेरिका। फिर तो पापा मेरे अकेले के ही ब्रो रहेंगे न!"

"नो, नॉट योर ब्रो! माई ब्रो!"

"हट! ही इज माई ब्रो!" सुलेखा बोली और उसने रीफिल करने के लिए अपना गिलास आगे बढ़ा दिया। छुटकी ने उसका गिलास भरा और वह हँसने लगी- "मम्मी, वो हसबैंड हैं तुम्हारे! ब्रो कहाँ से हो गए?" चंद्रप्रकाश और मिट्ठू की हँसी छूट गई। पहले तो सुलेखा चिढ़ गई लेकिन फिर वह भी अपनी बचकानी बात से अपनी हँसी नहीं रोक पाई और ख़ूब हँसी। पूरा परिवार बहुत ख़ुश था। उन्होंने पहले कभी, इस तरह साथ बैठकर, बेफ़िक्री के साथ ठहाके नहीं लगाए थे।

छुटकी पाँच पैग डाउन थी। उसने छठा भी बना लिया।

बोलना शुरू हुई तो फिर रुकी नहीं। बोलती थी, अपना गिलास भरती थी, पूरा पी जाती थी और फिर बोलती थी। वह अपने दिल की सारी बात अपने पिता से कह देना चाहती थी। जो एक अरसे से उसने अपने दिल में दबाकर रखा था। शराब तो बस एक बहाना था। कई बार हम शराब बस इसलिए पीना चाहते हैं कि हम वह सब कह सकें जो आम तौर पर संकोच या साहस न होने से नहीं कह पाते। छुटकी सब कुछ इसलिए कह रही थी क्योंकि उसे पता था कि बाद में वह सब कुछ शराब के मत्थे मढ़ सकती है।

"पापामैन, तुमको मेरे लिए सिंगर बनना है। मुझे हारना एकदम अच्छा नहीं लगता। यू हैव टू फकिंग मेक इट। सॉरी! फक नहीं बोलना है। लड़कियाँ गाली नहीं देती हैं, साला गाली तो बस लड़के दे सकते हैं। ओह शिट! फिर गाली दे दिया। सॉरी! सुलेखा जी, गाली देने के लिए सॉरी।"

छुटकी ने अपना गिलास फिर से भरा।

"साला! वह बालकनी अंकल कौन होता है तुम्हारा मजाक बनाने वाला! साला! खुद तो आज तक बालकनी से निकला नहीं है। मेरे को न्यूटन बोलता है तो कह ले लेकिन मेरे पापामैन को जज करता है! साला घोंचू... चिलगोजा!"

छुटकी ने एक पैग और बनाया।

"मेरी आँखों में देखो पापामैन! ये घनचक्कर को दिखा दो कि सपने देखने की कोई उम्र नहीं होती है। तुमको छुटकी के पापा के नाम से क्यों जाना जाता है। साला! मुझे तुम्हारे नाम से जाना जाना चाहिए। वह देखो, छुटकी जा रही है। कौन छुटकी? अरे वही, अपने गुप्ता जी की बेटी। कौन गुप्ता जी? अरे वही जो बहुत सुंदर गाते हैं, पापामैन। साला! बन के दिखाओ सिंगर। सॉरी सुलेखा जी! गाली देने के लिए सॉरी!"

आज उसे पिता की दोस्त हो जाना अच्छा लग रहा था।

वह जानती थी कि कल शराब उतर जाएगी तो फिर से लिहाज़ करना पड़ेगा। फिर मन का ग़ुबार कैसे निकलेगा। कल फिर चंद्रप्रकाश पिता हो जाएँगे और सुलेखा माँ। कल फिर मिट्ठू और छुटकी बेटियाँ हो जाएँगी। फिर कब ऐसा होगा कि चारों पक्के दोस्त हो जाएँ और दोस्तों की तरह तफरियाँ करें। शराब पीकर शरारत करें। जिसे मन हो उसे गालियाँ दें और एक-दूसरे को गले लगा लें। लतीफ़े सुनाएँ और ख़ूब हँसें। इसलिए छुटकी ने सब कुछ शराब के मत्थे मढ़कर पूरा दिल खोलकर अपने परिवार के सामने रख दिया और चारों ने ख़ूब प्रेम से रात भर बातें छानीं। जैसे कॉलेज की आख़िरी रात दोस्त बातें छाना करते हैं।

तभी दरवाज़े पर घंटी बजी। सुलेखा अंदर आई तो उसके हाथ में चिट्ठी थी। छुटकी ने लिफ़ाफ़ा खोलकर देखा उसका पासपोर्ट और वीज़ा घर आ गया था। सबके चेहरे पर शिकन आ गई। चंद्रप्रकाश का चेहरा उतर गया। लेकिन फिर भी छुटकी का उतरा चेहरा देखकर चंद्रप्रकाश ने उसे मुस्कुराने को कहा।

"बेटा, ये तो खुशी की बात है। पूरे खानदान से तू पहली लड़की है जो अमेरिका पढ़ने जा रही है। अब मैं पूरे मोहल्ले में छाती चौड़ी करके घूम सकता हूँ।"

24

सुलेखा, चंद्रप्रकाश और मिट्ठू छुटकी को छोड़ने स्टेशन पर आए थे। छुटकी को अगले दिन सुबह नील के साथ दिल्ली एयरपोर्ट से अमेरिका की फ़्लाइट पकड़नी थी। अन्नू अवस्थी और पिंटू दूर खड़े थे। पिंटू छुप रहा था। वह नहीं चाहता था कि छुटकी यह देख ले कि वह रुआँसा था।

पुरुष अक्सर ऐसा करते हैं, वह अपने भीतर की स्त्री को हमेशा दुनिया से छुपाकर रखते हैं और जीवनभर इसकी पीड़ा झेलते हैं।

नील भी वहीं खड़ा था और वह ट्रेन चलने के इंतज़ार में हड़बड़ा रहा था।

"छुटकी, ट्रेन में बैठो। ट्रेन छूट गई तो अपनी फ्लाइट भी छूट जाएगी।" नील ने कहा।

"सुबह साढ़े सात बजे ट्रेन दिल्ली पहुँच जाएगी। न्यूयॉर्क की फ्लाइट रात 10 बजे की है। तू अंदर बैठ यार जाकर। मैं मिल लूँ सारे लोग से?" छुटकी ने चिढ़कर कहा।

नील अंदर जाकर बैठ गया।

"ओये, रॉबिन! जब पापामैन दुखी नहीं है तो तू क्यों दुखी है?" चंद्रप्रकाश ने कहा।

"यात्रीगण कृपया ध्यान दें। कानपुर से नयी दिल्ली जाने वाली गाड़ी संख्या

दो, चार, एक, सात, प्रयागराज एक्सप्रेस अब प्रस्थान के लिए तैयार है।" अनाउंसमेंट हुआ। पिंटू को घबराहट होने लगी, वह भागकर आया और छुटकी के पास खड़ा हो गया और उसे एक-टक देखने लगा। वह उसे रोक लेना चाहता था लेकिन उसे ये नहीं पता था कि वह उसे किस हक़ से रोकता। इस तरह चलती ट्रेनों के पीछे दौड़कर अपने महबूब को रोक लेना उसने फ़िल्मों में देखा था लेकिन पिंटू सोच रहा था कि जो फ़िल्मों में होता है वो असल ज़िंदगी में कहाँ होता है! अगर वैसा हमारे जीवन में भी होने लगता तो लोग फ़िल्में देखने ही क्यों जाते! फ़िल्में हमारे नीरस जीवन की रिक्तता को झूठमूठ पूरा होते हुए दिखाने की क़वायद ही तो हैं!

"छुटकी, गाड़ी चलने वाली है। ट्रेन इज मूविंग।" नील ने कहा। पिंटू का दिल धक्क से हुआ। लेकिन वह आदतन हँसा। छोटी-सी हँसी के पीछे कितना भी बड़ा दर्द हो, छुपाया जा सकता है। इसलिए वह हँसते हुए बोला।

"अरे हाँ, आ रही हैं वो। रेल है कोई हवाई जहाज नहीं है जो दो पल में रफूचक्कर हो जाएगा। पकड़ लेंगी दौड़कर।" पास आकर छुटकी से कहने लगा।

"आप टेंशन मत लीजिएगा। हम रखेंगे अंकलजी का खयाल। और फिर अंकलजी ने बागबान तो देखी हुई है, हाहाहा..."

पिंटू फिर से झूठी हँसी हँसा। नहीं हँसता तो दर्द से कलेजा फट जाता। छुटकी भी हँसी। फिर दोनों चुप हो गए। चंद्रप्रकाश ने नील की तरफ़ इशारा करके छुटकी से कहा, "बेटा, इस लड़के में वह बात नहीं है। कितना हड़बड़ करता है ये।"

"अब तो मैं इसके साथ ही अमेरिका जा रही हूँ पापा। देर हो गई है।"

"बेटा, तू मुझे इस उम्र में अपने दिल की सुनने के लिए कहती है और तू खुद अपने दिल को अनसुना कर रही है। मैं तो फिर भी बूढ़ा हो गया हूँ। तेरी तो सारी उम्र पड़ी है।"

"पापा, अब जाना पड़ेगा। ट्रेन जा रही है।"

"बेटा, प्यार का मतलब ठहराव है। प्यार संडे का आलस है, मंडे की भागदौड़ नहीं। प्यार पेड़ की छाया है बेटा। धूप की चिलचिलाहट नहीं।"

पापा की बात छुटकी को सीने पर धक्क से लगी। जैसे किसी ने धक्का

देकर गिरा दिया हो और फिर झंझोड़कर उठा लिया हो। लेकिन तब तक बहुत देर हो गई थी क्योंकि ट्रेन चल दी थी। ट्रेन को तो कुछ देर रुकने के लिए बोला भी नहीं जा सकता था। ट्रेन कितनी विशालकाय और लंबी होती है। चंद्रप्रकाश ने इस स्टेशन पर इतने साल काम किया था, जवानी से लेकर बुढ़ापे तक, ट्रेन उनके कहने से भी नहीं रुकती।

चंद्रप्रकाश ने चुटकी का माथा चूमकर उसे अलविदा कहा और वह वापस लौट गए। वह नहीं चाहते थे कि रॉबिन अपने पापामैन को रोता देख लेती। वह भी पुरुष थे। वह स्टेशन के बाहर रुककर थोड़ी देर रो लिए।

छुटकी ने नील को देखा, जो हड़बड़ा रहा था। पिंटू को देखा, जो हँस रहा था और छुटकी को भी इशारे से हँसने के लिए कह रहा था। ट्रेन चलने लगी तो पिंटू साथ में भागने लगा। छुटकी ने हाथ बढ़ाया लेकिन पिंटू ने उसका हाथ नहीं पकड़ा। छुटकी के हाथ की छाया आज भी ज़मीन पर पड़ रही थी। वह छाया पकड़ने लगा। जब तक छू सका तब तक। उसे अच्छी तरह पता था कि आज के बाद उसे छुटकी की परछाईं भी नसीब नहीं होगी।

उस दिन अन्नू अवस्थी घर जाकर बहुत रोया। उसने क़सम खा ली कि वह आज के बाद फ़िल्में क़तई नहीं देखेगा। ख़ासतौर पर शाहरुख़ ख़ान की फ़िल्म। भले ही सेटमैक्स चैनल पर 'दिलवाले दुल्हनिया ले जाएँगे' कितनी भी बार आए, वह ये वाली फ़िल्म तो एकदम नहीं देखगा।

पिंटू घर आकर नहीं रोया। वह मुस्कुराया। रोने से भी अधिक पीड़ा वाली मुस्कुराहट से हँसा। उसने संदूक़ खोला और उसमें रेल नीर की प्लास्टिक की बोतल सँभाल कर रख दी। आज छुटकी ने स्टेशन पर इस बोतल से पानी पिया था। पिंटू ने काले स्केच पेन से बोतल पर आज की तारीख़ लिख दी और संदूक़ पर ताला लगा दिया। टीवी पर शब्बीर कुमार का गाना बज रहा था, उसने टीवी बंद कर दिया और वह पागल जैसा ज़ोर से हँसा।

***

ट्रेन अलीगढ़ जंक्शन पर रुक गई थी। छुटकी हाथ धोने के लिए उठी तो उसे अगले डब्बे से आता हुआ गिरधारी दिख गया। वह गिरधारी को पहचानती थी। जब वह पापा के दफ़्तर जाती थी तो वह कुछ दफ़े गिरधारी से मिल चुकी

थी। वह जानती थी कि गिरधारी रेलवे के दफ़्तर में फ़ंड का काम देखता है। गिरधारी भी छुटकी को देखते ही पहचान गया।

"अरे! तुम अमेरिका नहीं निकली क्या बेटा?" गिरधारी ने पूछा।

"कल की फ्लाइट है अंकल। वही पकड़ने के लिए दिल्ली जा रही हूँ। लेकिन आपको कैसे पता?" छुटकी ने पूछा।

"तुम्हारे पापा तुम्हारी पढ़ाई के लिए फंड के पैसे निकालने आए थे न। तुम्हारे पापा जैसे लोग बहुत कम ही होते हैं बेटा। फंड के पैसे से बंबई जाना चाहते थे, सिंगर बनने के लिए। लेकिन फिर जब तुम्हारे अमेरिका में एडमिशन की बात आ गई तो उन्होंने सारा पैसा निकालकर तुम्हारी पढ़ाई में लगा दिया।"

गिरधारी छुटकी को आशीर्वाद देकर चला गया। छुटकी अपराधबोध में वहीं खड़ी रह गई। उसने कभी पापा से पूछा ही नहीं था कि एडमिशन फ़ीस का पैसा वह कहाँ से लेकर आए। उसे लगा जैसे पापा ने इतने साल तक हर चीज़ का बंदोबस्त किया है, वैसे ही अमेरिका जाने का भी प्लान पहले से ही कर रखा होगा। चंद्रप्रकाश ने कम सैलरी होने के बावजूद घर ख़र्च इतने अच्छे से चलाया था कि दोनों बेटियों को कभी ये महसूस ही नहीं हुआ कि उनकी सैलरी बहुत नहीं थी। इस बार भी उन्होंने छुटकी से झूठ कह दिया था कि तू पैसे कि चिंता न कर, मेरे पास अच्छी-ख़ासी सेविंग है। छुटकी ने उनकी बात सच मान ली थी।

वह अपनी सीट पर आ गई। पापा के बारे में सोचने लगी।

नील मोबाइल पर टाइम पास कर रहा था। छुटकी फ़ोन पर चंद्रप्रकाश के बर्थडे की फ़ोटो देख रही थी। लेफ़्ट-राइट मोबाइल स्वाइप कर रही थी। तभी एक बूढ़ा भिखारी और उसकी बेटी ट्रेन में चढ़े। दोनों नाक के सुर से गाते हुए भीख माँग रहे थे। बहुत सुंदर गा रहे थे। यही गाना चंद्रप्रकाश ने अपने बर्थ डे के फंक्शन में गाया था।

"जिंदगी एक सफर है सुहाना..." बूढ़ा गा रहा था।

"नील, कितना सुंदर गा रहे हैं न दोनों..." छुटकी ने नील से कहा।

"नील, सुन न... ये गाना पापा अक्सर गाते हैं।"

"मुझे पुराने गाने बहुत ही बोरिंग लगते हैं।" नील ने मोबाइल में मुँह गड़ाए हुए कहा।

छुटकी ने अग़ल-बग़ल वालों से कहा, "देखिए न, ये कितना सुंदर गाना गा रहे हैं!"

सब अपने फ़ोन में घुसे हुए थे। ख़ैर, इसमें कोई नयी बात नहीं थी। आजकल सब फ़ोन में ही तो घुसे हुए होते हैं। बूढ़े और लड़की को गाते हुए कोई सुन नहीं रहा था। छुटकी को ऐसा लगा जैसे चंद्रप्रकाश गराज में अकेले गा रहे हैं और उन्हें कोई सुन नहीं रहा है।

उसने बग़ल वाले से फिर कहा, "दो मिनट देखिए तो, कितना बढ़िया गा रहे हैं वो।"

बग़ल वाला मोबाइल में नहीं होता तो वह देख पाता कि लड़की ने बूढ़े की छोटी उँगली कस के पकड़ी हुई थी जैसे वह उसका हाथ कभी नहीं छोड़ेगी। छुटकी मोबाइल में नहीं थी, तो उसने इस दृश्य को यूँ देखा जैसे यह दुनिया का सबसे सुंदर दृश्य हो। बूढ़े की मुट्ठी में लड़की की छोटी उँगली एकदम महफ़ूज़ थी। छुटकी से रहा नहीं गया और उसने तय कर लिया कि वह अब यहीं उतर जाएगी।

वह अपना सामान फटाफट उतारने लगी। नील हैरान था।

"ओ हेलो! क्या? ये अलीगढ़ है, दिल्ली नहीं आया है अभी।"

"मैं यूएस नहीं जा रही। मैं कानपुर वापस जा रही हूँ।"

"यूएस नहीं जा रही? क्यों? वहाँ जाना तो हमारा हमेशा का सपना था!"

नील छुटकी को यूँ देख रहा था जैसे छुटकी एक पहेली हो जो उसकी समझ में एकदम नहीं आ रही थी। कानपुर के लिए अमेरिका को छोड़ देने से बड़ी पहेली कोई होगी भला!

"पहले अपना घर और अपना शहर तो रौशन कर लूँ। दुनिया बाद में रौशन कर लूँगी।" छुटकी ने कहा।

"क्या बोल रही है तू!"

"मैंने पापा से कितनी आसानी से कह दिया कि MIT वाज माई ड्रीम एंड आई कांट लिव विदाउट इट। लेकिन उनके सपने का क्या! वो भी तो अपना सपना पूरा किए बिना नहीं रह पाएँगे। सबका सपना कीमती होता है।"

"तू इस कचरा जगह के लिए अमेरिका छोड़ रही है! छुटकी, तू बेवकूफ है क्या?" नील चिल्लाया।

"बेवकूफ नहीं हूँ, बुद्धू हूँ।" छुटकी ने सामान उतार लिया।

नील ने आज उसे बेवक़ूफ़ कहा था। पिंटू तो इसी बात पर मर मिटा था कि छुटकी ने उसे बुद्धू कह दिया था। वह अचानक पिंटू को बहुत मिस करने लगी।

"मुझे अभी समझ आया है कि कभी-कभी किसी और का सपना पूरा करने से जो खुशी मिलती है, वह अपना सपना पूरा करने से भी नहीं मिलती है। जो खुशी पिंटू के चेहरे पर थी, मैं वही पापा के चेहरे पर भी देखना चाहती हूँ। तू नहीं समझेगा। बेस्ट ऑफ लक!"

***

छुटकी ने बाहर आकर टैक्सी पकड़ी और उसे सीधा कानपुर संट्रल ले जाने को बोला। वह रास्ते भर उसे और तेज़ चलाने के लिए कहती रही। टैक्सी वाले सौ की स्पीड पर टैक्सी भगाता रहा। छुटकी से रहा नहीं जा रहा था, वह जाते ही अपने पापा को गले लगा लेना चाहती थी। वह बीच में ढाबे पर दाल रोटी खाने के लिए रुकना चाहता था लेकिन छुटकी ने उससे लगातार चलते रहने का अनुरोध किया तो वह मान गया। उसने जेब से पाँच सौ रुपये की बख़्शिस निकालकर नोट उसकी जेब में डाल दिया।

टैक्सी वाले ने स्पीड और बढ़ा दी। अब काँटा एक सौ बीस पर था। सड़क अच्छी थी तो वह रास्ता फटाफट नाप ले रहा था। उसकी टैक्सी में उसकी पत्नी और बेटी की तस्वीर थी। छुटकी तस्वीर देखकर मुस्कुराई। कुछ ही घंटों में टैक्सी कानपुर सेंट्रल पहुँच गई। वह भागते हुए टिकट काउंटर पहुँची। चंद्रप्रकाश हमेशा की तरह टिकट काउंटर पर टिकट बना रहे थे। वह लाइन में लग गई। छुटकी पीछे से चिल्लाई।

"एक टिकट बंबई सेंट्रल।"

चंद्रप्रकाश नीचे देखते हुए टिकट बना रहे थे। आवाज़ उन तक नहीं पहुँची।

"पैसेंजर का नाम, चंद्रप्रकाश गुप्ता।"

चंद्रप्रकाश अब ऊपर देखने लगे।

"चंद्र प्रकाश गुप्ता... उम्र 52... ट्रेन कोई-सी भी चलेगी।"

चंद्रप्रकाश भागते हुए बाहर आए। हैरान थे कि अचानक छुटकी यहाँ कैसे!

"बेटा तू? इधर? तू दिल्ली नहीं गई?" उन्होंने पूछा।

"नहीं जा पाई पापा।" छुटकी ने रोते हुए कहा।

"बेटा? तेरी फ्लाइट थी न? क्या हो गया?" उन्होंने छुटकी के आँसू पोछे।

पैसेंजर टिकट क्लर्क के बाहर निकल आने से एकदम नाराज़ हो गए और चीख़ने लगे।

"अरे आप टिकट बनाइए। हम लोग कब से खड़े हैं!"

"पापा, जिंदगी भर बस दूसरों की टिकट बनाते रहोगे? अपनी टिकट कब बनाओगे?" छुटकी ने कहा और उसने अपने आँसू पोंछे।

"बेटा, तू क्या बोल रही है!"

"अरे हेलो!" पैसेंजर फिर चीख़े।

"आप लोग चुप रहेंगे?" छुटकी ने ज़ोर से डाँटकर भीड़ को चुप करा दिया।

"बेटा, अब मैं एकदम खुश हूँ। और अब तो बंबई जाने का कभी खयाल भी नहीं आता। मैं नौकरी में भी एकदम खुश हूँ। कल तो बड़े बाबू कह रहे थे कि दो महीने में मेरा प्रमोशन होने वाला है।"

"पापा, हमारी खुशी के लिए और कितना झूठ बोलोगे! मुझे मालूम है कि आप सिर्फ हमारे सपने पूरा करने के चक्कर में इस स्टेशन में तीस साल से पिस रहे हो। पापा, सबकी टिकट बहुत बना ली। अब अपनी टिकट बनाने का टाइम आ गया है। मम्मी की फिकर मत करो। और घर कैसे चलेगा उसकी भी चिंता मत करो। वह मैं और मिट्टू कर लेंगे।"

चंद्रप्रकाश ने छुटकी को गले लगाया।

"ट्रेन में गिरधारी अंकल मिले थे। आपने मुझे बताया क्यों नहीं कि आपने फंड का पैसा भी मेरा सपना पूरा करने के लिए निकाल लिया? मैं अमेरिका चली गई तो आपका सपना कभी पूरा नहीं होगा। और आपका सपना पूरा नहीं हुआ तो मैं अमेरिका में कभी खुश नहीं रह पाऊँगी। पापा, जाओ।" छुटकी ने ज़बरदस्ती चंद्रप्रकाश को अभी, इसी वक़्त, अपना इस्तीफ़ा लिखने के लिए भेज दिया।

वह अंदर कमरे में गए। दराज़ खोली। वहाँ इस्तीफ़ा पहले से ही लिखा हुआ रखा था। बहुत अरसे पहले लिखा था। यह नहीं पता था कि कब देंगे,

लेकिन बस लिखकर रख लिया था। दिल को सुकून मिलता था। जब भी नौकरी बहुत तकलीफ़ देती थी, इस्तीफ़ा लिखकर रख लेते थे। तकलीफ़ थोड़ी कम हो जाती थी। जब-जब बड़े बाबू गाने के लिए डाँटते थे, जब वह चंदर की जगह महेंदर, धरमेंदर या राजेंदर बुलाते थे, जब नौकरी में मशीन जैसा महसूस होता था, तब-तब।

"आप सरकारी नौकरी छोड़ रहे हैं? आपको मालूम है कि रेलवे में चपरासी बनने के लिए आठ लाख का रेट चल रहा है?" बड़े बाबू ने कहा।

"किस बात की सरकारी नौकरी बड़े बाबू! आपको तो मेरा नाम तक नहीं पता। मेरा नाम चंद्रप्रकाश गुप्ता है। महेंदर नहीं, राजेंदर नहीं, धरमेंदर नहीं। आप बीस साल से मेरे बॉस हैं। लेकिन मैं आपके लिए इतना भी मायने नहीं रखता कि आप मेरा नाम भी याद रखें। ये लीजिए मेरा इस्तीफा। मेरी बेटी कहती है कि बाकी सबकी टिकट बहुत बना ली, अब अपनी टिकट बनाने का टाइम आ गया है।" चंद्रप्रकाश कहते-कहते मुस्कुराने लगे।

"आपको मुँह के बल गिरना है तो जाइए, हमें क्या!"

"सर जाना जरूरी है। मुँह के बल गिरना या नहीं गिरना तो लगा रहता है। बस ये समझ लीजिए- जीवन नश्वर है!"

चंद्रप्रकाश की मुस्कुराहट और भी खिल गई। उन्होंने अपनी बाजुएँ खोल लीं। जैसे पंछी पिंजरे से आज़ाद होने पर पंख फैला लेते हैं।

वह बड़े बाबू के कमरे से बाहर आए, पीछे की सीट पर छुटकी को बिठाया और स्कूटर उठाकर सीधा घर के लिए निकल पड़े। रास्ते में वही अघोरी मिला। चंद्रप्रकाश ख़ुशी-ख़ुशी चिल्लाए- "जीवन नश्वर है!" अघोरी भी चीखा- "जीवन नश्वर है!" और दोनों हँसे। अघोरी की मुस्कुराहट देखकर आज उन्हें समझ आया कि वह अघोरी पागल नहीं था। पागल तो वे लोग थे जो उस अघोरी को पागल समझते थे। अघोरी इसीलिए उन सब पर हँसता था और लोग उसे बेवजह इतना हँसने के लिए पागल समझने लगते थे।

अघोरी जीवन का सच जान चुका था। आज चंद्रप्रकाश को देखकर उसे सुकून हुआ कि वह भी उसकी ही तरह इस जीवन के नश्वर होने का सच समझ गए हैं।

***

आज पूरा परिवार चंद्रप्रकाश को स्टेशन छोड़ने निकला था। उमेश आदत के हिसाब से आज भी बालकनी में खड़ा था।

"उमेश जी, जा रहा हूँ मैं बंबई। और हाँ आपके भांजे की मदद की जरूरत नहीं है। बाकी आप अपनी बालकनी का खयाल रखो। लेकिन ये जरूर ध्यान रहे कि, जीवन नश्वर है!"

चंद्रप्रकाश बोलकर ज़ोर से हँसे। छुटकी, पिंटू, अन्नू और सुलेखा भी दोहराने लगे- "जीवन नश्वर है!"

"अंकलजी ने ये सही मंतर निकाला है। जीवन नश्वर है! किसी पे भी फूँक दें तो वह खड़े-खड़े लबड़झंड हो जाए।" अन्नू ठठाकर हँसा।

चंद्रप्रकाश चले गए। उमेश बालकनी में ही रह गया।

चंद्रप्रकाश ट्रेन में बैठे तो सुलेखा का चेहरा थोड़ा उतरा हुआ था। वह उसे हँसाते हुए बोले, "सुलेखा, टेंशन नहीं लेने का। पापामैन कुछ भी कर सकता है। पापामैन इज वर्ल्ड्स स्ट्रांगेस्ट सुपर हीरो।"

"आप मेरे लिए परेशान मत हो। हमको पता है कि आपको अंगूर एकदम पसंद नहीं है। किशमिश पसंद है।" सुलेखा शर्माकर हँसी। ट्रेन ने लंबी कू की आवाज़ दी तो सबने हाथ हिलाकर चंद्रप्रकाश को विदा कहा। ट्रेन रेंगने लगी। कानपुर सेंट्रल का बोर्ड उलटी दिशा में चलने लगा। चंद्रप्रकाश सीधी दिशा में। कानपुर जितना पीछे छूटता जाता था, बंबई उतना क़रीब आता जाता था। या यूँ कह लें, अतीत जितना पीछे छूटता जाता है, भविष्य उतना क़रीब आता जाता है। चंद्रप्रकाश अपना नया भविष्य रचने निकल पड़े थे।

ट्रेन आगे बढ़ गई। पर्वत, पहाड़, नदी, पेड़ और ख़ूबसूरत नज़ारों के बीच से गुज़र रही थी। सबकी ख़ूबसूरती चंद्रप्रकाश के चेहरे पर पसर रही थी। सामने बैठे पैसेंजर ने पूछा, "आप बंबई जा रहे हैं?"

"हाँ।"

"किस काम से?"

"सिंगर बनने?"

"क्या बनने?"

"सिंगर।"

"हैं? इस उम्र में?"

पैसेंजर हैरानी से चंद्रप्रकाश के चेहरे पर उनकी उम्र को देख रहा था।

"आदमी भले ही बूढ़ा हो, उसकी कोशिश जवान होनी चाहिए। और बुढ़ापा तो जिंदगी का स्लॉग ओवर है, उसे फ्रंटफुट पर खेलेंगे तभी तो छक्का मारेंगे।" कहकर चंद्रप्रकाश खिलखिलाकर हँसे। ट्रेन का पूरा डिब्बा गुलज़ार हो गया।

***

चंद्रप्रकाश अपना सपना पूरा करने बंबई पहुँच गए।

बंबई पहुँचने पर किशन सिंह ने चंद्रप्रकाश को एक फ़िल्म में कोरस में बस एक छोटा-सा आलाप गाने का मौक़ा दिया। और चंद्रप्रकाश बड़े ख़ुश थे!

एक बड़े स्टूडियो में एक गाने की रिकॉर्डिंग हो रही थी। फ़िल्म जगत का एक बहुत बड़ा सिंगर काँच के केबिन में गीत रिकॉर्ड कर रहा था। दूसरे केबिन में कोरस खड़ा था और वो गीत के बीच की पंक्तियाँ और आलाप गाने के लिए तैनात था। कुल मिलाकर कोरस में बीस लोगों की संख्या थी। चंद्रप्रकाश उनमें से एक थे। लेकिन दूर से देखने से ही समझ आ जाता था कि वह पूरे स्टूडियो में सबसे अधिक ख़ुश थे। उनका चेहरा चमक रहा था।

चंद्रप्रकाश उस सिंगर से भी अधिक ख़ुश थे जो फ़िल्म जगत का सबसे जाना-माना सिंगर था।

वह अपने ग्लास केबिन से, शीशे के उस पार, उस सिंगर को गाते देख रहे थे। उनमें बच्चों का उत्साह था। उनके लिए उस मशहूर सिंगर को सुनना एक मैजिकल मोमेंट था। वह अपनी बारी आने का इंतज़ार कर रहे थे। उत्साह से दमक रहे थे। उनकी ख़ुशी छिपाए नहीं छिप रही थी। जब सिंगर ने मुखड़ा और अंतरा ख़त्म किया तो चंद्रप्रकाश ने अपने हिस्से का आलाप लिया।

बस एक छोटा-सा आलाप लेकिन उनका आलाप सुनकर सब हैरान हो गए। एक सच्चा सुर, इतना सुंदर आलाप, इतना सुंदर स्वर कि सिंगर ने उन्हें मुड़कर देखा। म्यूज़िक डायरेक्टर ने भी।

"कौन है ये?" म्यूज़िक डायरेक्टर ने पूछा था।

"कोई चंद्रप्रकाश गुप्ता जी हैं, कानपुर से।" असिस्टेंट ने कहा था।

"गिव मी सम मोर वोल्यूम।"

अस‍िस्टेंट ने वोल्यूम बढ़ाया। सब दंग रह गए और उनके सुर में खो गए। चंद्रप्रकाश इस बात से अनभिज्ञ थे और आँख बंद करके गा रहे थे। एक हाथ कान पर था। जब उन्होंने अलाप ख़त्म करके आँखें खोलीं तो सिंगर, म्यूज़िक डायरेक्टर, रिकार्डिंग टीम और सारा कोरस उन्हें घेरकर खड़ा था और ताली बजा रहा था।

चंद्रप्रकाश की मुस्कुराहट पूरे स्टूडियो में खिल गई थी। ज़िंदगी बस इतनी बड़ी हो तो भी बहुत है न! एक असाधारण क्षण में मुस्कुराते हुए होठों की लंबाई जितनी बड़ी।

है न?

चंद्रप्रकाश अपना गाना रिकॉर्ड करके स्टूडियो से बाहर आए। बंबई में, अँधेरी वेस्ट में एक बारात सड़क पर जा रही थी। बैंड का बेसुरा सिंगर मोहम्मद रफ़ी का गाना गा रहा था। न सुर का पता था, न ताल का। चंद्रप्रकाश उसके पीछे हो लिए, उसे सच्चा सुर लगाना सिखाने के लिए।

वह मशहूर सिंगर चंद्रप्रकाश के पीछे पीछे चला आ रहा था। चंद्रप्रकाश इस बात से अनभिज्ञ थे। वह दूर से चंद्रप्रकाश को बैंड वालों से बहस करते हुए देखता रहा।

"अरे बेटा सुर में गाओ... अरे बेटा थोड़ा ऊँचा खींचो..."

***

आप लोग अगर मुझे मुआफ़ करें तो मैं इसके आगे की कहानी आपको नहीं बताना चाहूँगा।

क्योंकि इसके आगे की कहानी बताने से यहाँ तक की कहानी लिखने का मक़सद बेकार हो जाएगा। क्योंकि फिर आप चंद्रप्रकाश की सफलता और असफलता में ज़िंदगी के मायने खोजने लगेंगे। यह सवाल एकदम फ़िज़ूल है कि वह सफल हुए या नहीं? बड़े सिंगर बने या नहीं? बंबई जाकर पिस गए या साबुत बचे रहे? क्योंकि जीवन सफलता और असफलता से परे है। सफलता की होड़ हमें जीवन का आनंद ही नहीं लेने देती। सफल होने की ख़्वाहिश में हम जीवन का रस लेना भूल जाते हैं। हम ये भूल जाते हैं कि हमने सपना क्यों देखा था? सपना तो हमनें अपने आनंद के लिए देखा था न!

इसलिए इस कहानी के आख़िर में ज़रूरी बस यह है कि चंद्रप्रकाश ने बंबई जाने की ट्रेन पकड़ ली।

ज़रूरी बस यह है कि उन्होंने बुढ़ापे में भी सपना देखा।

ज़रूरी बस यह है कि उन्होंने सपना देखा।

ज़रूरी बस यह है कि वह अपने गंतव्य के लिए निकल पड़े।

ज़रूरी बस यह है कि हम अपना भुलाया हुआ सपना वापस देखें और उसे पूरा करने निकल पड़ें। हो सकता है कि हमें सपना पूरा करते हुए अपने हिस्से का सूरज न मिले, लेकिन हम अपने सपने के जुगनू ही खोज लें। दुनिया में फैले अँधेरे में ये जुगनू ही बहुत हैं।

है न?

चंद्रप्रकाश से प्रेरणा लेकर कानपुर में और भी लोगों ने सपना देखा।

सुलेखा ने भी एक भूला-बिसरा सपना पूरा किया। छुटकी ने माँ को फ़ूड डिलीवरी एप्प ज़ोमैटो पर लिस्ट कर दिया। अब कानपुर भर से उसके मटन के ऑर्डर आते हैं, वेज वाले उसकी कटहल की डिश भी चिकन जैसे मज़े से खाते हैं। सुलेखा अब 'सुलेखाज़ किचेन' नाम से अपना यूट्यूब चैनल भी चलाती है। देशभर की महिलाएँ उसका चैनल देखकर ख़ूब हिम्मत पाती हैं।

नील अमेरिका पहुँच गया। वह अब इलेक्ट्रिक कार के मॉडल को प्रोफ़ेसर म्यूलर के साथ पूरा कर रहा है। छुटकी उसके बिना भी कानपुर में ख़ुश है। वह कहती है कि नील अच्छा लड़का तो था लेकिन बस उसमें नमक कम था।

नील को अमेरिका की ऊँची-ऊँची इमारतें पसंद थीं जबकि छुटकी को खुली छतों पर लेटकर तारे देखना पसंद था और वैसे भी, अमेरिका में तो लाइट भी नहीं जाती। वहाँ कटिया मारने के लिए कोई पिंटू भी तो नहीं होता।

इसलिए छुटकी पिंटू के साथ यहीं कानपुर में रहकर रिसर्च कर रही है। उसे पिंटू की बात जम गई थी। "सारे अच्छे लोग देश छोड़कर चले गए तो देश को अच्छा कौन बनाएगा? और ऐसा इनोवेशन जो किसी के काम आ जाए, उससे बड़ा इनोवेशन कुछ नहीं होता।"

इसलिए वह पिंटू के साथ भारत में रहकर उन लोगों के लिए रिसर्च करने लगी ज़िनके लिए कोई रिसर्च नहीं करता। दोनों मिलकर ग़रीब तबक़े के लोगों के लिए इनोवेशन करते हैं। ऐसी चीज़ें बनाते हैं जो उनके रहने, खाने, पीने और

बेसिक ज़रूरतों के लिए काम आती है।

अब जब पिंटू उसकी छाया छूने की कोशिश करता तो वह जबरदस्ती उसका हाथ पकड़कर उसे अपने पास खींच लेती है और कसकर उसके होठ चूम लेती है। एक रोज़ जब वह यूँ ही उसके हाथ की छाया छूने की कोशिश कर रहा था तो छुटकी ने उसे अपनी ओर खींचकर कहा था- "एक नंबर के बुद्धू हो तुम। मैं अब इस छाया के खेल से बोर हो चुकी हूँ। तुझे समझ क्यों नहीं आता है कि जब कोई लड़की किसी लड़के को बुद्धू कहती है तो इसका मतलब यही होता है कि वह उसके प्यार में पड़ चुकी है?"

पिंटू को आज भी यक़ीन नहीं होता है कि छुटकी सचमुच उसे प्यार करती है। वह आज भी उसका छुआ सामान चुराकर लाता है और उसे अपने संदूक़ में छुपाकर रख लेता है। ये अलग बात है कि उसका संदूक़ इतना बड़ा नहीं है कि उसमें वो ख़ुद को भी छुपा ले। वह सिकुड़कर-लेटकर संदूक़ में घुसने की कोशिश तो आज भी करता है, लेकिन चार फ़ुट के संदूक़ में छह फ़ुट का आदमी आता है भला!

***

आपके सपनों की ख़ातिर

हर किताब लिखते वक़्त मेरी ख़ुद से यही उम्मीद होती है कि मैं आपको सुकून के कुछ पल दे सकूँ। आपको टाइम ट्रैवेल कराके, आपकी ज़िंदगी की हसीन यादों के गलियारों में, उँगली पकड़कर टहला लाऊँ। थोड़ा हँसा-रुला सकूँ और जीवन में बेहतर करने के लिए थोड़ी-सी ऊर्जा दे सकूँ।

आपसे एक बेहद आत्मीय-सा रिश्ता जुड़ गया है क्योंकि मेरी किताबों को इतना प्यार देकर आपने मुझे इतना सुख दिया जिसकी मैंने कभी कल्पना भी नहीं की थी।

मेरे लिए अब लिखना, उसी प्यार को वापस लौटाने की कोशिश हो गई है।

इस किताब को लिखते वक़्त हमेशा यही सोचता रहा कि यह किताब उन लोगों तक पहुँचे जिन्होंने कुछ सपने देखे थे, लेकिन रोटी-कपड़ा-मकान की मशक़्क़त उनसे उनके सपने छीन ले गई।

अगर यह किताब आपको उन सपनों को वापस पूरा करने की हिम्मत दे सकी है, तो मेरा लिखना सफल रहेगा।

आपको यह किताब कैसी लगी—यह जानना मेरे लिए बहुत मायने रखता है। इस बाबत मुझे ज़रूर लिख भेजिए। अगर आपको कोई भूला-बिसरा सपना पूरा करने में, मैं आपकी मदद कर सका तो मुझे बड़ी ख़ुशी होगी। वैसे तो यह बहुत बड़ी ज़िम्मेदारी है, लेकिन कई बार जब हम किसी से अपने मन की बात कह पाते हैं तो हमारा मन हल्का हो जाता है और हमें हिम्मत मिलती है और हिम्मत से कुछ भी साधा जा सकता है।

इसी उम्मीद में,

आपका निखिल

Email- AuthorNikhilSachan@gmail.com

Facebook - facebook.com/nikhil.sachan

Twitter - twitter.com/SachanNikhil

Instagram - instagram.com/nikhil_sachan_